I0751752

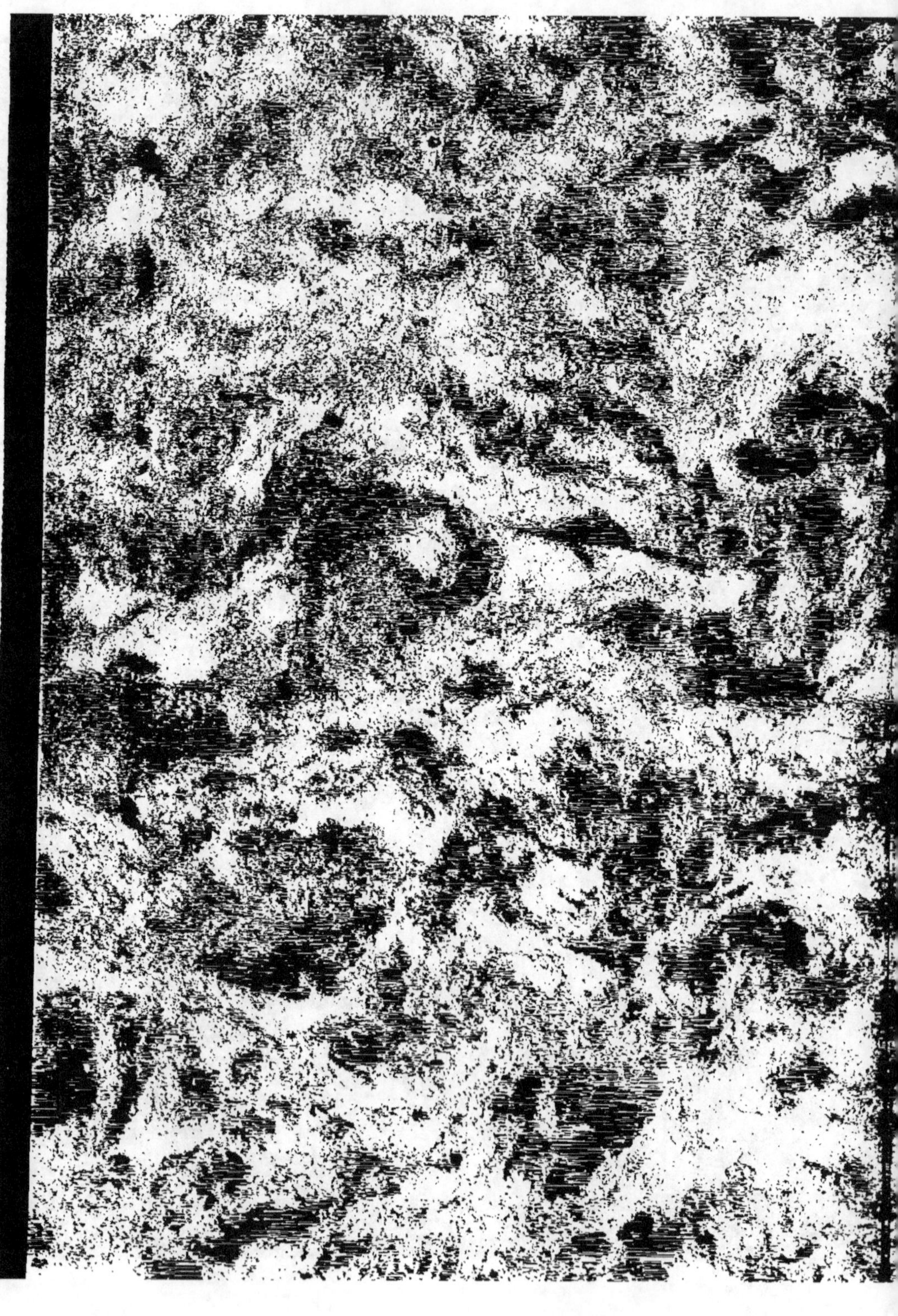

LES

USCOQUES

LA PATRICIENNE DE VENISE

ROMAN HISTORIQUE

PAR T. T. JEZ

TOME SECOND

PARIS
LIBRAIRIE G. FISCHBACHER
33, RUE DE SEINE, 33

1882

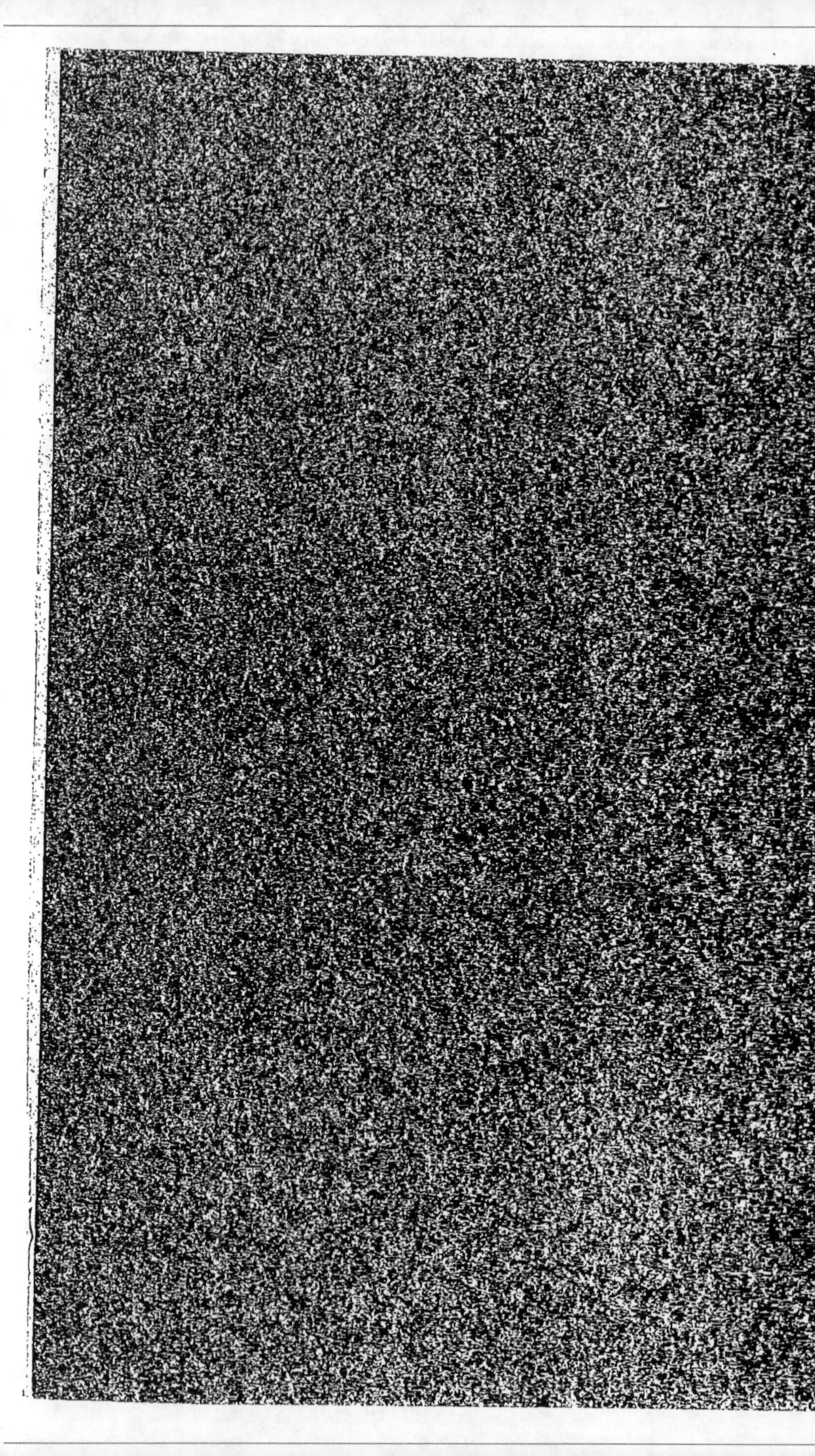

LES USCOQUES

LA PATRICIENNE DE VENISE

LES

USCOQUES

LA PATRICIENNE DE VENISE

ROMAN HISTORIQUE

PAR T. T. JEZ

TOME SECOND

PARIS
LIBRAIRIE G. FISCHBACHER
33, RUE DE SEINE, 33

1882

LES USCOQUES

SECONDE PARTIE

I. — Sous de bons auspices.

Les Uscoques de Segne commençaient leur expédition sous d'heureux auspices. La seule contrariété qu'ils eussent éprouvée avait été causée par la disparition inexplicable du chef qu'ils voulaient élire et mettre à leur tête.

Il avait disparu.

Au premier moment cela parut étrange, étrange et digne de réflexion. Mais on n'avait pas le temps de réfléchir ; c'est pourquoi chacun chassa le souvenir de cet incident de son esprit, comme on écarte un obstacle de sa route. Il n'y eut à la fin que deux hommes qui ne purent s'empêcher d'y revenir sans cesse par la pensée : c'était André Kosmatch et le père Cyprien.

Lorsqu'on proclama publiquement le nom

de Bertuci comme celui de premier woïvode, le moine laissa tomber les bras avec découragement. Kosmatch lui glissa à l'oreille :

— Allons ! au lieu de guerre, nous allons avoir des exercices acrobatiques. Nous sommes perdus !

Ces mots avaient un sens tout particulier dans la bouche de Kosmatch, — et cela parce qu'il était un de ceux qui ne perdent jamais confiance.

— Du diable, si l'on sait que faire à présent !...

— Hein ?... fit le moine, relevant tout à coup la tête, comme s'il s'éveillait d'une profonde méditation.

— Irons-nous ou n'irons-nous pas ?...

— Mais quelle question !...

— Deux alternatives, dont l'une est mauvaise, l'autre pire encore... Marcher sous les ordres de Bertuci, c'est aller à une perte certaine ; ne pas marcher, ce serait une honte.

— Et qu'est-ce qui vaut mieux : notre perte ou notre honte ?

Kosmatch se gratta la tête.

— Et d'ailleurs... la perte ?... la perte ?... continuait le moine. La perte n'existe que pour celui qui a quelque chose à perdre... Mais nous, que nous reste-t-il encore ?...

A ces mots, Kosmatch tendit le cou, enfla les joues, et, de toute la force de ses poumons, il jeta ce cri :

— Jivio Bertuci!...

Son appel, repris par la foule, retentit en chœur dans les airs et fut renvoyé par les échos de la montagne. Quand les derniers sons en furent évanouis, Kosmatch s'écria de nouveau le premier :

— *Jivio otatchbina* (Vive la patrie)!..

Et ce cri fut de nouveau répété avec un éclat pareil à l'éclat du tonnerre, et il fut porté au loin, dans les montagnes, les gorges et les forêts, — si loin qu'il parut aller de Segne jusqu'à Serayewo, et retentir parmi ses murailles blanches, et arriver jusqu'à l'oreille du vizir qui accablait la Bosnie d'une main de fer. Serayewo se présenta subitement à la pensée de tous, comme s'il avait été évoqué par un charme. Le vizir du sultan leur vint aussi à la pensée. Les Uscoques éprouvaient une sorte de satisfaction sauvage à irriter ce haut dignitaire par un cri qui blessait ses oreilles.

Aussi résonna-t-il pendant longtemps...

— *Jivio otatchbina* !...

Allait-il jusqu'à Serayewo? On peut au moins en douter, à cause de la distance qui était trop grande. La voix, même lorsque les échos la répètent, ne peut aller si loin. Elle frappa les parois des montagnes, elle se brisa aux monts et aux forêts, et elle effaroucha les oiseaux qui se nichent dans les rochers. De petits points noirs se détachaient des sommets grisâtres qui s'élancent, silencieux, vers le ciel, et ces points noirs s'élevaient dans les airs. Ils s'élevaient et planaient, et l'on pouvait reconnaître les faucons rapides, les vautours aux larges ailes et les aigles majestueux. Tout en planant, de temps à autre, ils se suspendaient sur leurs ailes et ils s'arrêtaient, comme pour écouter les échos qui venaient troubler leur calme. L'un des aigles, décrivant un large cercle, s'arrêta au-dessus de Segne et se suspendit au-dessus des Uscoques.

— *Oro* (un aigle)!... fut le cri immense qui s'éleva de toutes les poitrines.

Tout à coup la clameur se tut, faisant place à un silence absolu.

Les Uscoques ayant tous levé la tête, suivirent d'un regard attentif les mouvements mesurés du roi des oiseaux. Leurs yeux réflétaient une attente intense, comme s'ils s'attendaient à quelque présage du destin. Un augure s'était annoncé.

A cette époque, dans ces contrées et dans la nation qui avait produit les Uscoques, les augures jouaient un rôle important. Ils n'avaient pas, comme dans l'ancienne Rome, des prêtres spécialement occupés à les expliquer; ils possédaient néanmoins la foi absolue du peuple, une foi transplantée du sol païen sur le sol chrétien, et entretenue avec cette chaleur de sentiment qui distingne les croyances des peuples jeunes.

Les Uscoques considéraient donc en silence cet aigle qui avait déployé ses larges ailes et qui restait immobile au-dessus d'eux. Il avait baissé la tête. On pouvait distinguer son bec recourbé et ses yeux ronds et brillants qu'il paraissait promener sur la multitude. Les Uscoques étaient sûrs qu'il les examinait, et ils attendaient avec angoisse le dernier mot de cet augure.

L'aigle resta un instant immobile dans

les airs; au bout de quelques minutes, il fit un mouvement de l'aile droite, puis un mouvement de l'aile gauche; il déploya l'éventail de sa queue, tendit le bec et s'élança comme une flèche dans la direction du Sud-Est.

— En Bosnie!... s'écria un Uscoque.

— A Serayewo!... reprit un autre.

— Il nous montre la route!... — ajouta un troisième.

— L'aigle est notre woïvode!... — s'écria un quatrième.

Et, tout à coup, toutes les bouches, toutes les poitrines poussèrent de nouveau le même cri :

— *Jivio otatchbina*!...

Et quelques-uns criaient à l'oiseau en agitant le bras :

— *Dobar put, oro* (Bon voyage, l'aigle)!... Nous, les faucons, nous allons te suivre!... Salue nos frères, et dis-leur de nous attendre là-bas!...

Et quelques-uns criaient des menaces aux Turcs.

Et d'autres pleuraient.

L'augure s'annonçait d'une manière heu reuse.

Cet augure avait gagné les Uscoques à la cause de Bertuci mieux que les arguments les plus éloquents n'auraient pu le faire. On oublia Djordji. Bertuci, qui ne comptait peu avant que de rares adhérents, possédait déjà la confiance générale, à tel point que le père Cyprien lui-même, qui était allé chercher Djordji à Rome et qui l'avait amené à Sègne exprès pour l'opposer à Bertuci, ne put rien dire, en présence de ce présage et de ces marques de confiance, que ces mots :

— Ah ! les décrets de Dieu sont impénétrables ! Que sa sainte volonté s'accomplisse !

Kosmatch et tous ceux qui auraient préféré marcher sous les ordres de Miloschewitch pensèrent la même chose. Quant à la majorité, elle ne raisonnait pas. Pour elle, ce qui s'était fait était bien fait ; ce qui allait se passer, l'attirait, par un charme impossible à décrire, vers le but que l'on avait devant soi : la guerre contre l'oppression de la Bosnie. Les Uscoques avaient concentré sur ce but toute la puissance de leur pensée, et toute la force de leur volonté et ils ne faisaient attention à rien autre.

Ils ne firent pas attention à ce qui se passa au moment où ils proclamaient Bertuci woïvode. Une vieille femme avait paru au milieu d'eux. Elle avait une quenouille fixée à la ceinture ; ses cheveux gris s'échappaient de dessous le mouchoir attaché autour de sa tête ; sa taille était inclinée, sa figure ridée, ses yeux voilés par la tristesse, quoique des éclairs rapides apparussent quelquefois derrière ce voile. Elle était sortie comme sortent d'ordinaire les femmes de la campagne pour causer avec leurs voisines. La quenouille était à sa ceinture et le fuseau à sa main. Quand la place le lui permettait, elle filait machinalement ; mais son fuseau reposait la plupart du temps dans le creux de sa main, et ses yeux erraient sur la foule avec ce regard de curiosité contenue, qui note et retient dans la mémoire chaque geste et chaque mot.

Les Uscoques s'écartaient avec respect sur son passage.

C'était la vieille mère de Djordji, Louba la veuve de Milosch !

Elle passait, calme, silencieuse, indifférente. Elle ne cherchait personne, elle ne s'arrêtait devant personne. Quand elle aperçut de loin le père Cyprien, ses lèvres remuèrent, comme si elles proféraient des paroles du langage humain. Ce n'était cependant qu'un mouvement automatique, provoqué par une pensée qui se manifestait par le mouvement des lèvres. Ce geste de la bouche se rencontre souvent chez les personnes âgées. Et Louba était très âgée. Elle remua donc les lèvres et continua son chemin, prêtant l'oreille au bruit des conversations.

Quand les Uscoques proclamèrent Bertuci woïvode, elle ne fit que sourire amèrement.

Quand ils jetèrent le cri de : « Jivio otatchbina ! » elle se redressa, son œil brilla, et elle branla tristement la tête.

Quand l'aigle se suspendit au-dessus de Sègne, quand il s'envola et que les Uscoques envoyèrent à sa suite des souhaits de bon voyage, deux larmes brillèrent sur les cils de la vieille femme, elle se retourna brusquement et fit quelques pas avec vivacité, comme si elle voulait aller vite quelque part, chercher quelque chose; mais elle s'arrêta, soupira du fond de sa poitrine, et continua à passer au milieu de la foule, calme, silencieuse, indifférente.

Les Uscoques n'y faisaient pas attention.

Pouvaient-ils faire attention à quoi que ce soit? Pouvaient-ils arrêter leur esprit à quelque chose qui ne fût pas en rapport direct avec l'unique objet de leurs désirs, de leur amour, avec cette guerre qui, commençant sous d'heureux auspices, les enivrait d'avance de l'idée du triomphe?

Aujourd'hui finissait pour eux, demain allait commencer; entre aujourd'hui et demain il y avait tant de choses à faire.

Les Uscoques étaient, à la vérité, sur un pied de guerre permanent. Les expéditions incessantes qu'ils faisaient par terre et par mer, contre les Turcs, les obligeaient à être toujours sur le qui vive, tant sous le rapport de l'organisation que sous celui de l'armement. Au point de vue de l'organisation, ils étaient divisés en *tchétas*, en *démi-tchétas* et en dizaines, et ils étaient commandés, soit r des *tchëtowozas*, soit, à la manière turque, par des centurions et des décurions; dans les incursions conduites par terre, ceux-ci avaient sous leurs ordres des détachements plus ou moins grands, et dans les expéditions par mer, un nombre de *tchaïkas* plus ou moins considérable. Il y avait parmi ces chefs une hiérarchie naturelle qui désignait d'avance celui qui devait conduire le corps entier des Uscoques de Segne. Cette fois Wuk devait prendre le commandement. L'organisation était donc prête. Quant à l'armement, chaque Uscoque portait sur sa personne un arsenal complet, selon une coutume empruntée aux Turcs : des pistolets à la ceinture, des couteaux, un yatagan et quelquefois une hache, une épée au côté, un mousquet ou un arc avec son carquois à l'épaule, une lance ou une massue à la main. Les formes et les espèces de ces armes variaient à l'infini, ce qui ne mettait aucun obstacle à en faire un emploi convenable. L'uniformité était impossible sous ce rapport. Chacun se servait de l'arme qu'il avait pu se procurer, et l'habileté individuelle tenait lieu des exercices collectifs. Les épées musulmanes recourbées, les lon gues épées de Tolède, les sabres hongrois et les glaives allemands rendaient les mêmes services; et quand il s'agissait de tirer sur l'ennemi, les uns lui envoyaient des balles de leurs mousquets ou de leurs pistolets, les autres, des flèches de leurs arcs.

Tous les préparatifs semblaient donc faits.

Mais on peut être prêt de différentes manières. Autre chose est de faire une simple incursion, de tomber à l'improviste, de « mettre à sac, incendier et s'enfuir », et autre chose est de partir pour la guerre.

Aussi, dès que l'aigle se fut envolé, la place de l'église se vida rapidement, et Segne se changea en quelques instants en un immense atelier, dans lequel un travail fiévreux se mit en train. Dans chaque forge de la ville, les étincelles jaillissaient et des coups de marteau redoublés retentissaient. Les arquebusiers, les armuriers, les serruriers, les selliers ne pouvaient suffire qu'à grand'peine. Les tailleurs et les cordonniers ne restaient pas inactifs non plus. Les menuisiers eux-mêmes trouvèrent de l'ouvrage. La ville entière retentissait donc des coups de marteau, du grincement de la scie, et l'on ne voyait que le va et vient de gens dont l'allure trahissait une grande hâte. Celui-ci allait chercher quelque chose, celui-là portait un objet quelconque. Ceux qui avaient le plus d'expérience s'approvisionnaient dans les auberges de vin et de nourriture; ceux qui en avaient moins se pourvoyaient d'instruments de musique, de chalumeaux et de *drymbas*, pour ne pas s'ennuyer pendant les marches et dans les camps.

Il y eut même un chanteur aveugle qui, pinçant les cordes de la *gousla*, racontait, dans un langage rythmé, l'histoire des deux corbeaux qui firent part à la tzaritza Militza, en revenant du champ de Kossowo, de la mort de son époux et de celle de ses neuf frères, les frères Yougowitch. Ce récit accompagnait et soutenait le travail. Les bruits, les grincements et les coups dans les ateliers lui répondaient et s'unissaient à lui dans un hymne guerrier qui semblait soulever les Uscoques. L'un ou l'autre d'entre eux s'arrêtait en passant auprès du vieillard aveugle; il écoutait en caressant ses longues moustaches, il hochait la tête, jetait au chanteur une pièce de monnaie, et s'en allait. Il ne s'arrêtait pas longtemps, on était pressé. Le vieillard avait cependant toujours des auditeurs, et ceux-ci ne perdaient rien à s'arrêter un instant, car chaque mot du vieux *gouslar* était pour eux un aiguillon.

Les femmes prenaient aussi une grande part à ces préparatifs.

Il convient de rappeler ici que l'organisation des Uscoques, semblable sous beaucoup de rapports à celle des Cosaques Zaporogues, en différait essentiellement en ce qui concernait leurs relations avec les femmes. Le célibat était la loi cardinale qui obligeait tous les Zaporogues. La femme n'était tolérée dans la Sitcha sous aucun prétexte. C'était tout le contraire chez les Uscoques. Non seulement le mariage était permis chez eux, mais ils se montraient pleins de sollicitude pour le sort de leurs compagnes, trop souvent exposées au veuvage. Pour remédier à cet état d'abandon, on avait pris une coutume qui avait acquis force de loi, et d'après laquelle les Uscoques non mariés devaient épouser les veuves de ceux qui avaient péri sur le champ de bataille. Et comme la partie masculine se recrutait continuellement, dans des proportions plus grandes que la partie féminine, de nouveaux venus arrivant des contrées soumises à la domination turque, vénitienne ou même allemande, les femmes ne pouvaient jamais rester longtemps veuves.

Les Uscoques vivaient de la guerre, comme le laboureur vit de son champ, comme l'ouvrier vit de son métier, comme le marchand vit de son commerce. Ils s'entretenaient eux-mêmes et ils entretenaient leurs familles par la guerre. Les femmes Uscoques les aidaient donc dans leurs préparatifs de départ avec la tranquillité que donne un avenir assuré, avec l'empressement qu'éveille l'espoir d'une amélioration quelconque.

Telle était la philosophie qui reposait au fond du mariage, philosophie peu agréable peut-être pour les hommes, mais qui, en tous cas, leur faisait honneur, car elle prouvait le désintéressement complet du sexe fort en faveur du sexe faible. Le mari exposait sa propre personne; mais il couvrait sa femme d'une protection qui persistait encore après sa mort. Cela touche à un sentiment chevaleresque très élevé, plus élevé souvent que celui des paladins de l'Occident.

Les Uscoques se défaisaient en faveur de leurs propres épouses de cet égoïsme masculin, qui fait considérer la femme comme une chose, un instrument, une servante, une esclave. Cette coutume peut servir de preuve d'une haute moralité, en présence des accusations des historiens qui ne savent trouver de mots assez expressifs pour peindre la sauvagerie et la férocité de ces *hussards* (1) de la mer. Ils « hussardaient », il est vrai, sur terre et sur mer; mais il n'en est pas moins vrai qu'ils entouraient la femme, sans égard pour eux-mêmes, de la protection vigilante de la loi.

Mais revenons-en au fil de notre récit.

Les femmes, avons-nous dit plus haut, prenaient une grande part dans les préparatifs. Cette participation était d'un puissant secours pour les hommes. En effet, les préparatifs se faisaient à quatre mains, c'est-à-dire avec une promptitude redoublée, et

(1) *Hussard,* brigand, bandit.

ils se faisaient à quatre yeux, c'est-à-dire avec une attention deux fois plus grande. Les femmes avaient de l'expérience, car elles étaient souvent exposées à de telles épreuves; elles approvisionnaient et armaient leurs maris, quelques-unes avec des larmes silencieusement refoulées, d'autres avec une résignation vraiment spartiate.

La journée entière fut consacrée aux préparatifs. Le soir, l'animation ne cessa pas dans la ville. Longtemps encore les étincelles jaillirent des enclumes, les lumières brillèrent dans les ateliers des armuriers, des arquebusiers, des serruriers et des selliers; et les grincements des scies, le ronflement des soufflets et les coups de marteau résonnèrent encore longtemps. Ce ne fut que fort tard que le calme s'établit pour un instant. Sègne se couvrit de ténèbres. La ville se plongea dans le silence de la nuit. Elle était bercée dans son sommeil par le chant mystérieux de la mer, par le mugissement des flots qui venaient se briser sur le rivage. Elle était veillée par les sentinelles allemandes, dont les pas mesurés résonnaient dans le silence et dont les hallebardes reluisaient sur les murailles crénelées du château.

Mais ce silence ne dura pas longtemps.

Avant que le jour eût paru, avant que l'aube eût coloré les cieux, le calme fut interrompu par le son des trompettes, qui s'éleva subitement et qui retentit si fort que l'air en parut ébranlé. Les échos le portèrent au loin dans les environs. Les oiseaux en furent éveillés dans les forêts. Les mouettes battirent des ailes en criant, et s'élancèrent en voletant au-dessus de la côte.

Les trompettes sonnèrent à trois reprises, et Segne s'emplit de nouveau de vie et de mouvement. La place commença à se remplir de peuple qui affluait de toutes les ruelles comme les ruisseaux affluent dans un lac, et qui se massait devant l'église. La cloche matinale appelait les gens dans le sanctuaire. Une partie y entra ; une autre, plus grande, resta en dehors. L'attitude de chacun exprimait un pieux recueillement. Cela dura quelques minutes. Un moine parut sur le perron de l'église ; il étendit les mains au-dessus des têtes inclinées, fit le signe de la croix, aspergea la foule de quelques gouttes d'eau bénite ; il se produisit aussitôt sur la place un mouvement qui avait pour but de séparer les hommes armés des vieillards, des femmes et des enfants.

Les premiers rayons du jour éclairèrent cinq *tchetas* rangées l'une à côté de l'autre en ordre de bataille. Un étendard flottait au-dessus de chacune d'elles. Les clartés de l'aurore étaient réfléchies par les cuirasses et par les armes.

Les tchetas se rangèrent et se mirent en marche.

Je suis forcé d'exprimer ici mon profond chagrin de ne pas posséder le don poétique des *gouslars* slaves, qui excellent à décrire les armées au moment où elles se mettent en marche. Avec quelle exactitude ils savent le faire ! Comme le moindre détail n'échappe pas à leur attention ! Comme ils savent transformer leur parole en pinceau, et peindre, pour ainsi dire, chaque figure à part, de sorte que le lecteur les voit défiler une à une devant ses yeux! Hélas! je ne suis pas poète; je dois me contenter de faire une simple description, d'après les récits de la légende et de l'histoire.

Les tchetas s'ébranlèrent l'une après l'autre à travers les ruelles étroites. Toute la population de Sègne les suivit. Il se forma une colonne longue et mince, dont la tête marchait en bon ordre, et dont la queue avançait pêle-mêle ; elle fut un instant cachée par les maisons, mais elle reparut en dehors des portes de la ville, et s'étendit dans toute sa longueur, le long du sentier qui descendait la montagne en replis sinueux. Un *gouslar* aurait pu demander : Sont-ce là des cygnes qui descendent à la mer? Il aurait pu répondre à cette question : Non, ce ne sont pas des cygnes, bien qu'ils aillent à l'eau, ce ne sont pas non plus des faucons, car les faucons s'élèveraient dans les airs. Et puisque ce ne sont ni des cygnes, ni des faucons, ce doivent être des Uscoques, semblables aux uns et aux autres. Ils avancent comme s'ils nageaient, ils nagent comme s'ils volaient. Ils descendent de la montagne à la mer Bleue, suivis de leurs vieux parents, de leurs jeunes femmes et de leurs petits enfants... Leurs mères, leurs femmes et leurs enfants les suivent avec des larmes dans les yeux, une prière dans le cœur, une bénédiction sur les lèvres.

C'est ainsi que le vieux gouslar aurait raconté le départ des guerriers, et il n'y aurait point eu d'exagération dans son récit. Sègne s'était dépeuplée, en effet. A l'exception de la garnison allemande du château, qui regardait avec indifférence du haut des murailles ; à l'exception de quelqu'un encore, dont nous parlerons en temps et lieu, tout ce qui vivait dans la ville avait escorté les Uscoques au port. Les vieillards se hâtaient, en s'appuyant sur leurs bâtons; les femmes portaient les enfants dans leurs bras. Ils les escortèrent ainsi aussi loin que la route le permit; et lorsque celle-ci se fut terminée, ils se répandirent à droite et à gauche et envahirent pêle-mêle les rives du golfe dans lequel les tchaïkas attendaient les guerriers.

Ici le gouslar aurait eu de nouveau un vaste champ pour une description poétique.

— Combien y avait-il de tchaïkas?... Il y en avait juste trente. Combien chacune d'elles pouvait-elle porter de guerriers?... C'est selon, vingt au plus, six au moins, et en moyenne douze.

Le gouslar devrait cependant choisir des

couleurs particulières pour dépeindre ces barques, car elles n'étaient rien moins que pittoresques. Elles ne brillaient pas par des teintes variées, elles ne se distinguaient pas par l'élégance de leurs formes. Leur unique qualité consistait en ce qu'elles ne s'enfonçaient pas profondément dans l'eau, et qu'elles étaient maniables et agiles, soit à la voile, soit à la rame. Toutes les défectuosités qu'un œil exercé y aurait pu trouver étaient compensées par l'habileté des marins qui les dirigeaient.

En un clin d'œil, toutes les tchaïkas se remplirent de guerriers en armes ; en un clin d'œil, elles quittèrent toutes le rivage ; au milieu du port, il se fit une confusion momentanée, dont sortit, en un instant, un ordre de bataille ; et l'on put reconnaître dans cet ordrè les tchétas, composées chacune de six tchaïkas. Chaque tchéta avait en tête la barque de son chef, au mât de laquelle flottait le drapeau. Dans la première barque, en tête de toutes les autres, Wuk était appuyé sur une lance, debout au pied du mât. Au fond était assis un moine encapuchonné.

Pourquoi ce moine avait-il rabattu son capuchon, comme s'il avait honte de se montrer aux yeux des hommes, tandis que les autres Uscoques jetaient sur le rivage des regards hardis et joyeux? Pourquoi?... C'était le père Cyprien. En montant dans la barque, il s'était arrêté, avait tourné la tête et jeté les yeux au sommet de la montagne, comme s'il attendait quelqu'un. Evidemment, il tardait exprès. Enfin il soupira, fit un geste de la main, se dit quelques mots à soi-même, se glissa tout au fond de la barque et rabattit son capuchon sur ses yeux. C'était la barque même sur laquelle il était venu avec Djordji de Venise à Sègne, une barque solide, légère, éprouvée. Ce souvenir sans doute l'avait fait soupirer. Un autre aurait dû la monter. Où était cet autre?...

Maintenant le bateau était monté par le moine lui-même, par deux rameurs, un pilote, deux guerriers assis sur la banquette transversale, par celui qui portait le drapeau et par Wuk qui, en vertu de l'ordre hiérarchique, avait le commandement en chef de cette flottille uscoque.

Ce dernier fit un signe, et les tchaïkas s'élancèrent en avant. Elles s'enfonçaient l'une après l'autre dans le passage étroit qui était l'unique issue du port ; elles se dérobaient un instant derrière les rochers, et reparaissaient bientôt comme des oiseaux aquatiques, se balançant sur les flots du canal de Morlaquie.

Lorsqu'elles eurent toutes reparu et qu'elles eurent couvert la mer comme une volée de canards sauvages, des milliers de bras s'étendirent vers elles sur la rive et des milliers de voix s'élancèrent dans les airs :

— Que Dieu vous conduise!.. Bon voyage!.. Combattez vaillamment !.. Chassez les Turcs de la patrie !...

Un chant répondit à ces cris. Il s'éleva en chœur de centaines de poitrines à la fois, et retentit en mesure, accompagné par le battement cadencé des rames :

Au bruit sourd des rames, au mugissement des [ondes,
A travers les profondeurs d'azur,
Voguez, barques légères, vers cette contrée du [monde,
Où le pays se baigne dans l'air pur;

Où les champs se couvrent de fleurs odorantes,
Où leur parfum vous entoure;
Où... s'élèvent des gibets et des pals sanglants,
Où les chaînes grincent tour à tour.

Les quatre premiers vers se répétaient après chaque strophe, tandis que les quatre autres changeaient; et à chaque changement l'enthousiasme belliqueux augmentait de plus en plus, comme il convient à des hommes partant pour les combats.

Ceux qui étaient restés sur la rive tendaient les bras vers eux.

Et sur le sommet de la montagne, non loin des portes de la ville, sur une hauteur qui s'élevait à côté du sentier et d'où l'on pouvait observer la mer, une vieille femme se tenait debout. Elle avait aussi les bras tendus du côté des tchaïkas. Elle envoyait aussi des souhaits à ceux qui s'en allaient. Elle jetait des paroles au vent — des paroles que personne ne comprenait, que personne n'entendait. Les cris de la foule rassemblée sur le rivage, les sanglots des femmes et le chant des Uscoques dominaient ses appels.

Et sur le sommet d'une autre montagne qui s'élevait du côté opposé à Sègne, mais qui dominait de loin sur la mer, un homme en haillons de mendiant se tenait debout. Il abritait ses yeux de la main et il considérait attentivement la flottille des tchaïkas, dorée par le soleil levant. Il la considérait et il souriait. Il agitait son bâton en l'air, comme s'il voulait faire des signes que personne n'apercevait. Une grande joie, qui déformait singulièrement ses traits, s'épanouissait sur sa figure mobile et dépourvue de barbe. Non loin de l'endroit où il s'était arrêté un peu plus bas, un sentier serpentait à travers la montagne; il conduisait à la frontière des possessions turques, et il n'était connu que des cerfs et des Uscoques. Cet homme demeura quelques instants immobile, puis, traçant en l'air une croix au-dessus des tchaïkas agiles, il descendit en courant le sentier, et se mit à les suivre de ce pas ferme et assuré par lequel se distinguent les montagnards.

II. — Le fou.

Nous ne suivrons pas les tchaïkas dans eur course à travers la mer. Que le voyage leur soit propice! Nous dirons seulement en guise de commentaire que, comme elles étaient au nombre de trente, elles ne pouvaient accomplir le voyage avec autant de rapidité que s'il n'y en avait eu qu'une seule. Elles avançaient lentement, en se tenant sans cesse non loin des côtes et en se dirigeant vers le Sud. Elles louvoyaient, et une intention fortement marquée se manifestait dans leur louvoyement : c'était celle d'éviter les regards humains. Elles naviguaient aussi loin que possible des corps de garde vénitiens, assez nombreux sur les îles du golfe de Kierneron, et elles contournaient à distance les galères qu'il leur arrivait de rencontrer. Ces précautions augmentaient encore la lenteur du voyage. Plus d'une fois, en effet, la flottille dut rebrousser chemin et prendre une autre direction; plus d'une fois elle dut chercher refuge dans les basses eaux et dans les sinuosités du rivage. Ajoutons-y les courants et les vents contraires, contre lesquels il fallait lutter, et nous ne serons pas surpris de ne voir les Uscoques, cinq jours après leur départ de Sègne, que parmi les îlots qui forment l'archipel de Sebenico. Une fois là, ils furent obligés de se cacher. Il était dangereux de naviguer dans les eaux sur lesquelles veillait l'œil vigilant des Vénitiens.

C'est là que nous les laisserons.

Vers la fin du chapitre précédent, nous avons parlé d'un mendiant en guenilles qui observait les tchaïkas du haut de la montagne, et qui avait pris le sentier conduisant aux frontières des possessions turques. Nous allons suivre les pas de cet homme.

Il y avait en lui quelque chose du cerf ; il marchait avec une adresse et une agilité étonnantes à travers des sentiers où un autre n'aurait osé faire un seul pas. Souvent le chemin se perdait tout-à-coup, mais ce n'était pas un obstacle pour lui. Il descendait une pente sur des cailloux glissants, ou bien il sautait d'un rocher à l'autre, il s'accrochait aux buissons, grimpait les cols comme une chèvre sauvage, et il allait, il allait toujours, rapidement, fermement, en s'arrêtant de temps à autre pour s'orienter. On pouvait bien dire de lui qu'il parvenait là où le corbeau ne porterait pas un os. Il se laissait glisser dans les vallons, gravissait les hauteurs les plus escarpées, et tout cela aussi facilement et aussi légèrement que s'il eût marché sur une grande route. La fatigue ne se laissait pas apercevoir sur sa physionomie. Evidemment il était dans les montagnes comme dans son élément, dans le milieu où il était né et dans lequel il avait passé son jeune âge. Il ne se fatiguait pas, parce qu'il n'avait rien à porter, pas même un sac pour les provisions, ce qui était contraire aux coutumes établies, et ses vêtements méritaient à peine de porter ce nom. Une chemise de toile très grossière, toute trouée et rapiécée, et des pantalons aussi troués et rapiécés que la chemise ne le couvraient qu'à moitié. Ses pieds étaient nus, sa tête découverte ; il avait un bâton à la main. Tel était son costume de voyage.

Ce costume, témoignage de la plus profonde misère, s'accordait fort mal avec l'extérieur plein de santé, de vigueur et de virilité du mendiant. Les formes souples et puissantes de son corps et son système musculaire développé au plus haut point, tranchaient singulièrement avec ces guenilles ; ce costume surprenait surtout d'une manière pénible ceux qui savaient que la riche nature des pays slaves méridionaux est loin d'exiger un travail excessif pour se couvrir et satisfaire aux premiers besoins de la vie. La santé et la misère n'allaient pas de pair. Pour devenir mendiant, il fallait être infirme. Or notre homme ne présentait pas trace d'une infirmité quelconque.

Et cependant il avait l'air d'un mendiant, bien qu'il traversât une contrée dans laquelle il n'était pas possible de mendier. Des parois nues de rochers, des gorges inaccessibles, des précipices à pic, des forêts séculaires, aucun indice de la présence des hommes : où aller demander l'aumône ? Et il paraissait se tenir exprès dans ces endroits reculés. Il aurait pu descendre sur la route qui passait par Ottohatch ; il n'y descendait pas. Cette route, il est vrai, tournait en zigzags et doublait la longueur du parcours, tandis que les sentiers qu'il suivait l'abrégaient de moitié. Aussi, dès le premier jour de sa course, notre mendiant descendait-il dans la vallée de l'Unna, vis-à-vis des blanches murailles de Bihatch ; cette localité était une forteresse dans laquelle une garnison turque surveillait la frontière des possessions du padischah.

Il s'arrêta quelques instants, sourit à la forteresse comme à une ancienne connaissance, fit un signe de tête et, cassant quelques branches d'aubépine, il les tressa en une guirlande fantastique qu'il mit autour de son front. Les feuilles lui couvrirent une partie du visage. Il planta diverses autres branches dans les trous de ses habits. Il orna son bâton des grandes feuilles de la bardane. Dans ce costume, il se remit en marche, suivant la route qui conduisait à la ville. Il rencontrait de temps à autre des passants qui s'arrêtaient et le considéraient avec surprise. Mais il ne faisait attention à personne; la tête rejetée en arrière, la démarche assurée, il allait droit devant lui en agitant les membres.

Comme il entrait dans la ville, un détachement de gens armés, une dizaine d'hommes, lui barra le chemin.

—*Kakó si* (Comment cela va-t-il), André?... l'interpella celui qui paraissait être le chef. — D'où viens-tu et où vas-tu?

— Je viens de derrière moi et je vais devant moi... répondit le mendiant.

— *Ne war, ne yok* (Qu'y a-t-il, que n'y a-t-il pas)?

— Les aigles de la montagne sont devenus imbéciles et ont choisi un hibou pour woïvode.

Les gens armés éclatèrent de rire tous d'une voix.

— Et qu'en dis-tu, toi?... demanda le chef.

— Je vais chez le vizir avec cette nouvelle. Il s'en réjouira, il me fera asseoir à sa table et m'offrira à boire du vin frais.

Les gens armés rirent de nouveau, en jetant des regards railleurs sur la personne du mendiant.

— C'est sans doute pour le vizir que tu as mis ces beaux habits?..

Le mendiant fit un geste de la main et reprit sa marche.

Dans la ville, dans la rue, des enfants s'amusaient à faire des monceaux de poussière. Dès qu'ils aperçurent le mendiant paré de feuilles et gesticulant des bras, ils se dispersèrent, comme une volée de perdrix se disperse à la vue d'un vautour; mais bientôt ils se rassemblèrent en bande et se mirent à le poursuivre. La bande augmentait à chaque instant. Au bout de la première rue, il y avait déjà une trentaine de gamins qui escortaient le misérable en criant à tue-tête :

— André le fou!... le fou!... ah! ho! André! montre-nous le *kara-guiez*...

Le mendiant, sans se retourner et sans s'arrêter, se dirigeait directement vers la place du marché.

Les enfants le suivaient sans le quitter d'une semelle. Le même cri se faisait entendre à tout instant dans la bande :

— *Kara-guiez*...

Sur la place du marché, il s'arrêta tout à coup. Il remit la couronne qui s'était dérangée, examina les branches fixées dans les trous, se baissa et, prenant une poignée de poussière, il la jeta sur les enfants. Un grand rire s'éleva dans la bande, accompagné de cris, de miaulements, de piaulements.

— Le fou!

L'accompagnement prit bientôt le dessus. Le rire fut couvert par les cris. Un des gamins lança une poignée de poussière sur le mendiant. D'autres suivirent son exemple.

De son côté, le mendiant ripostait. Une nuée épaisse envahit la place et engloutit les acteurs de cette scène. On ne pouvait voir ce qui s'y passait ; on entendait seulement au milieu du tourbillon les éclats de rires aigus des enfants.

Ce divertissement aurait duré Dieu sait combien de temps, si les gens plus âgés n'étaient pas intervenus.

Dans le chœur unanime des rires, un gémissement se fit tout à coup entendre :

— *Yaou!... Yaou!... Yaou!...*

Un cri répondit aux gémissements :

— *Hodja!..*

Ce mot, répété par plusieurs bouches, eut pour résultat immédiat de faire disparaître les enfants, comme si on les eût balayés de la place. Ils s'enfuirent et disparurent. La poussière tomba, et notre mendiant reparut bientôt, mais semblable à un épouvantail. Les blancs des yeux seuls brillaient sous les paupières. Tout le reste du personnage était couvert, des pieds à la tête, d'une couche épaisse de poussière, qui s'était surtout amassée sur la tête, à cause de la guirlande et des cheveux ébouriffés.

Un Turc dans la force de l'âge s'était arrêté devant le mendiant. Il tenait à la main le bâton qui avait servi à châtier les petits agresseurs; de loin, tout à l'entour, d'autres Turcs regardaient avec indifférence, les uns allant et venant sur la place, d'autres assis, les jambes repliées sous eux-mêmes, dans de petites boutiques en bois, d'autres dans des échoppes de revendeurs.

Le Turc resta un instant sans rien dire. Ses yeux laissaient voir de la compassion, alliée à un certain respect, expliqué par la vénération qu'ont les musulmans pour les hommes visités par le mauvais esprit.

— *Hosh guieldy*... fit-il au bout d'un instant.

— *Safal guieldy*... répondit gravement le fou.

Le Turc branla la tête.

— Tu nous reviens encore une fois?

— Je passe. Je me rends à mon konak, qui brille au loin par son toit doré. On m'y attend avec des *scherbets*, du *pilaf*, du *kiebab* et toute sorte de *tatlas*.

— Et avant d'y arriver, tu crèveras de faim. Viens.

Il lui fit un signe et prit les devants. Le fou le suivit et ils s'arrêtèrent devant la boutique d'un boulanger, qui mettait justement sur sa devanture de bois un pain encore tout chaud.

— Donne-nous une miche. Allah te la payera.

Sans mot dire, le boulanger tendit au Turc la miche demandée.

Ils allèrent plus loin. Ils s'arrêtèrent à l'échoppe d'un revendeur qui avait à l'étalage différents légumes.

— Donne-nous une gousse d'ail. Allah te la payera.

Le revendeur, sans mot dire, leur donna une gousse d'ail.

Ils allèrent plus loin. Ils s'arrêtèrent devant une échoppe où l'on vendait du sel. Un morceau de sel gemme vint se joindre au pain et à l'ail.

Ce n'était pas encore tout. Sans s'éloigner de la place, le Turc conduisit le mendiant vers un établissement singulier qui mérite une description particulière. C'était un plateau rond en bois, posé sur un trépied. Un morceau de viande hachée s'élevait sur le plateau, mélangé de feuilles de persil et d'oignon vert. Quelques poêles à frire étaient jetées sous le trépied, et un fourneau portatif en grès, où brûlait de la braise de bois, était posé à côté ; entre le fourneau et le trépied, un homme était assis sur un petit escabeau; il chassait avec une branche de tilleul les mouches qui s'élevaient en nuée compacte au-dessus de la viande.

Le Turc s'arrêta devant cet homme et lui adressa les mêmes paroles qu'aux trois précédents. Mais celui-ci fit plus que les autres. Sans rien dire, il prit une des poêles sur lesquelles était figée de la graisse refroidie, et il la mit sur le fourneau. Puis il agita la branche ; il se fit un bourdonnement confus parmi les mouches, qui, profitant de la distraction momentanée du marchand, s'étaient abattues sur la viande et l'avaient couverte d'une couche grisâtre. Ensuite, crachant dans ses mains pour humecter la peau, le propriétaire de la cuisine portative prit avec les doigts un peu de viande du sommet du morceau, la roula dans ses mains, et en fit une boulette allongée qu'il jeta dans la poêle. Il répéta ceci à deux reprises. Une odeur appétissante de viande frite se répandit dans l'air. Le marchand secoua la poêle à plusieurs reprises, tourna et retourna les boulettes avec le bout du doigt et, lorsqu'elles furent frites à point, il tendit la poêle au Turc. Celui-ci présenta le pain rompu par la moitié et, y mettant la viande frite, il le donna au mendiant avec le sel et l'ail.

Tout cela s'était passé aussi convenablement et aussi tranquillement que si c'était une chose tout à fait naturelle. Aucune pensée égoïste n'accompagnait cet acte de charité musulmane. Le Turc l'avait accompli sans prononcer aucune parole; le mendiant accepta l'aumône sans remercier. Il prit le pain farci de viande et imbibé de graisse succulente; il prit l'ail et le sel, s'assit auprès d'une fontaine qui s'épanchait par plusieurs tuyaux, et se mit à dévorer ce qu'il avait reçu. Nous disons à dessein « dévorer », parce qu'il y avait dans sa manière de manger quelque chose de bestial, de féroce et de repoussant. Il se fourrait dans la bouche le pain et la viande, il mordillait le sel et il termina son festin par l'ail, qu'il mangea tout seul; il but de l'eau, ne s'essuya pas la bouche et se remit en marche.

A une certaine distance de la ville, sur la route qui mène à Yaïtza, il fut surpris par la nuit.

Personne ne trouvera étonnant qu'un homme comme le mendiant de Bihatch n'eût aucun souci de choisir le gîte où il passerait la nuit. Il s'écarta un peu de la route et se coucha dans le premier sillon venu. Mais, avant de se coucher, il se mit à genoux, se signa pieusement, joignit les mains et fit sa prière du soir. Il convient de noter cette prière, en remarquant que, tandis qu'il priait, et malgré la guirlande bizarre qui entourait son front et les branches fixées dans les trous de ses habits, malgré la poussière qui couvrait ses cheveux et sa figure, ses yeux brillaient d'une expression où il n'y avait pas trace d'aliénation mentale. Au contraire, ils reflétaient le calme et la raison. Et son visage avait une autre apparence pendant son entretien avec Dieu que dans Bihatch, à son contact avec les hommes. C'était à ne pas le reconnaître.

Ce double caractère se manifestait en lui

pendant tout le cours de son voyage, qui avait pour terme Serayewo, et qui dura quatre jours à peu près. Toutefois, même dans son contact avec les hommes, il n'était pas toujours le même. Sa manière d'être subissait certaines modifications ; il y avait là aussi une sorte de duplicité. L'aliéné s'adressait autrement aux musulmans, et autrement aux chrétiens. Il parlait aux premiers sans ordre ni raison, — les pensées ni les mots n'avaient aucun rapport entre eux; en parlant aux chrétiens, il se servait de métaphores qui renfermaient, comme l'enveloppe de certaines graines, des choses substantielles. Ainsi, par exemple :

— Où le bon Dieu te conduit-il, André ?.. était la question ordinaire que lui adressaient les chrétiens.

— *Oyé ha!* où Dieu me conduit ? Il a ouvert la porte toute grande et il m'a dit : Va où tu veux, fais ce que tu veux, et deviens ce qu'il te plaît !... Et moi, je vais où je veux, je fais, je deviens ce que bon me semble... Je me rends en visite chez le vizir et, en route, j'éveille les faucons.

Quelquefois il chantait aux chrétiens des

strophes détachées, qui se rapportaient presque toutes aux faucons ; par exemple :

— Ne dormez pas, faucons, ne croupissez pas dans la peur des vautours... Un bruit s'élève du côté de la mer... C'est le bruit des ailes des faucons qui reviennent à leur nid avec des serres aiguisées contre les vautours. Ils m'ont envoyé pour vous annoncer leur arrivée. Vous aussi, aiguisez vos serres...

— Que signifie ce chant?... disaient les chrétiens entre eux. André est-il réellement possédé, ou bien nous apporte-t-il des nouvelles des ...

Ils ne prononçaient pas le dernier mot, de peur que quelqu'un ne le surprît et ne le rapportât aux Turcs ; en revanche, ils prenaient en considération les paroles du chant, et ils aiguisaient leurs serres en silence. Ces paroles mystérieuses et incompréhensibles étaient comme des graines que le fou jetait derrière soi; ces graines germaient, mais, par malheur, elles germaient inégalement et de différentes manières. Quelquefois elles se perdaient sans aucun résultat ; d'autres fois, elles se développaient jusqu'à l'exubérance. Çà et là, quelques

Bosniaques ne savaient pas garder les précautions indispensables; on eût dit que quelque chose les soulevait. Ils s'impatientaient et dans leur impatience ils proféraient des menaces qui blessaient les Turcs à l'endroit le plus sensible. Et comme le mot « Bertuci » les contrariait le plus, parce qu'on avait proclamé dans toutes les villes et les villages l'ordre de punir de mort ceux qui le prononceraient, quelques-uns jetaient ce nom aux Turcs avec emportement, et ils étaient conduits à la mort. Cela entretenait dans les esprits une fermentation où bouillonnaient tour à tour la crainte et l'espérance, et c'est au milieu de ce bouillonnement que tombaient les strophes mystérieuses du fou. Les chrétiens haussaient les épaules, branlaient la tête et disaient :

— Ou bien il est fou, ou bien il ne l'est pas...

Le mendiant se hâtait, comme s'il était poursuivi, ne prenant de repos qu'autant qu'il en fallait pour soutenir ses forces; il se nourrissait partout à peu près de la même manière qu'à Bihatch. Les enfants l'entouraient de rires et de clameurs; les gens âgés lui témoignaient de la compassion et du respect. Sa folie lui servait de sauf-conduit; grâce à elle, il passait sans obstacle parmi les Turcs et les chrétiens.

Partout où il se montrait, on l'accueillait comme une vieille connaissance. Ce fait prouve assez qu'il ne parcourait pas pour la première fois les campagnes bosniaques. Chacun le connaissait, chacun l'appelait par son nom; partout les enfants turcs lui demandaient à grands cris le *kara-guiez*.

Cela se répétait dans chaque petite ville; cela se répéta aussi à Serayewo. Dès les premiers pas qu'il fit dans la capitale de la Bosnie, une nuée d'enfants turcs l'entoura, l'escortant avec force cris et rires à travers les rues, jusqu'à la place au fond de laquelle s'élevait un grand konak; c'était l'habitation du premier gouverneur de la province, du vizir, comme on l'appelait alors.

Un vacarme indescriptible s'éleva sur la place. Les clameurs, les rires, les sifflements remplissaient l'air et se faisaient entendre au loin. Les Turcs à l'air grave, assis à leurs boutiques sur différents points de la place, regardaient avec indifférence tout ce tohu-bohu. La sentinelle postée devant le konak y faisait à peine attention. Aucun *hodja* charitable ne venait au secours du malheureux livré à la merci d'une cohue déchaînée de citoyens turcs âgés de sept à douze ans.

Que voulaient ces citoyens au misérable fou?

Ils exigeaient de lui le *kara-guiez*, ils le lui demandaient en criant; ils se dispersèrent tout à coup, mais bientôt ils l'entourèrent d'un cercle encore plus serré. Au milieu le fou était étendu sur le sol, immobile et insensible comme on ne peut l'être qu'après la mort. Les enfants l'observaient à distance, en se levant sur la pointe des pieds et en tendant le cou.

Soudain, il s'agita avec un mouvement convulsif. Les enfants reculèrent effrayés; mais la curiosité les força à se rapprocher de nouveau.

Alors il se mit à hurler comme un loup, à miauler comme un chat et à aboyer comme un chien. Les enfants partirent d'un immense éclat de rire.

— Ohé, le fou!.. ohé, André!.. *kara-*

guiez!... — étaient les cris aigus qui s'échappaient du milieu de la troupe.

La foule se pressait autour du malheureux.

Cette foule enfantine fut tout à coup dispersée par les Arnaütes du konak, ayant un tchaüch à leur tête; celui-ci s'arrêta devant André et lui adressa les mots suivants :

— Allons, lève-toi... le vizir t'appelle... marche, chez le vizir!..

Le fou ne bougea pas.

— Allons!... s'écria le tchaüch en le poussant du pied.

Cette injonction n'eut pas plus d'effet que la précédente.

— Le chien serait-il crevé?

— Non, non!... il n'est pas crevé!... vociférèrent les enfants. Il vient d'aboyer! il vient de hurler!.. Il vient de miauler!... criaient-ils tous à la fois.

— Lève-toi donc!... fit le tchaüch de nouveau.

Mais voyant que cette fois encore son appel n'avait pas de résultat, il dit aux Arnaütes :

— Emportez-le!

Cet ordre fut immédiatement mis à exécution. Deux Arnaütes approchèrent de ses pieds, deux autres de ses épaules; ils se courbèrent, soulevèrent André, et se mirent en marche du côté du konak.

— Que fera-t-on de lui?... criaient les enfants qui accompagnaient au pas de course les gardiens de l'ordre public.

— On l'enfermera dans le hapiz!... répondaient les uns.

— On le mettra sur le pal!... répliquaient les autres.

— On lui tranchera la tête! on le pendra!.. reprenaient la plupart.

Devant l'entrée du konak, un des gardiens les attaqua la lanière au poing et s'élança à leur poursuite. Les enfants reculèrent, s'enfuirent et disparurent de tous côtés. La porte du konak se referma, après avoir donné passage aux Arnaütes chargés de leur fardeau.

Les suppositions des enfants se trouvèrent être tout à fait erronées. André ne fut pas porté au hapiz, mais bien dans la chambre la plus somptueuse du konak, dans le salamlik. C'était dans cette chambre que le vizir, s'il n'avait pas des hôtes très distingués à recevoir, passait tous les moments de repos après les fatigues que lui causait le gouvernement de l'éyalet de Bosnie.

Ces fatigues devaient être très grandes, car les moments de repos occupaient tout le jour, à l'exception d'une heure dans la matinée. Hassan-pacha restait assis des journées entières sur des coussins moëlleux; il sommeillait, égrenait son chapelet et regardait par la fenêtre. Il faut bien ajouter que ces regards jetés par la fenêtre comptaient parmi les fatigues du gouvernement, car la vue s'étendait sur toute la place, sur Serayewo et sur les environs, et plus d'une fois, grâce à cette vue, le pacha donna des ordres qui ne furent pas sans influence sur le gouvernement de la province, ni sans désagrément pour ceux qui avaient le bonheur d'être sujets du padischah.

Hassan-pacha est pour nous une ancienne connaissance. C'est ce renégat italien qui était venu rendre visite à Osman-bey Sokolitch, au moment où celui-ci condamnait Milosch Widulitch au supplice du pal. Beaucoup de temps s'est écoulé depuis cette époque. Hassan-pacha a changé, il a vieilli, il s'est épaissi, il a considérablement engraissé et a beaucoup gagné en importance. Il était peut-être, grâce à son embonpoint, l'un des vizirs les plus considérables de l'empire du padischah. Il jouissait de la réputation de guerrier, car c'était lui qui avait institué les *Martoloques* (1). Il passait pour un gouverneur très énergique, car il avait décrété la peine de mort contre tous ceux qui prononceraient le nom de « Bertuci ». On lui attribuait enfin un sentiment très développé de sa propre dignité, parce que, en apprenant que Bertuci avait donné son nom à un chien, il s'était enflammé d'un grand courroux et avait pris la résolution d'exterminer tous les Uscoques, jusqu'au dernier.

Chose curieuse : comment ce bruit avait-il pu parvenir aux oreilles du vizir? Les sandjakleys, les beyler-bekis, les muphtis

(1) Les *Martoloques*, milice formée sur le modèle des Uscoques, et dont la tâche principale était de défendre les frontières ottomanes contre les incursions des tchetas uscoques. C'était un mélange de toutes les races et de toutes les religions. L'espoir du pillage les poussait au combat. Ils pillaient, sans distinction, les chrétiens et les musulmans.

les kitabdjis, en un mot, tous les dignitaires qui occupaient les premières places dans le corps administratif et qui avaient le plus facile accès auprès de sa personne, ne pouvaient parvenir à expliquer cette énigme malgré tous leurs efforts. Quel avait été l'audacieux qui avait osé glisser ces paroles à l'oreille du pacha à trois queues? Qui avait pu se hasarder à une témérité pareille?

Ce ne peut être que Franzika-hanem... disaient ceux pour lesquels les relations intimes du harem étaient moins secrètes que pour d'autres, et qui avaient certaines raisons de croire que le vizir gouvernait la Bosnie, mais qu'il était lui-même gouverné par sa femme, une Italienne. Les Turcs ne pouvaient prononcer son nom, « Franceska », et ils le changeaient en « Franzika ». Mais ceux qui faisaient ces conjectures étaient en très petit nombre. En général, on mettait le fait d'avoir appris cette nouvelle sur le compte de la grande sagesse du vizir, devant laquelle rien ne pouvait demeurer secret.

C'est en présence de ce sage vizir appuyé sur des coussins et à moitié endormi, que les Arnaütes apportèrent André; ils le déposèrent sur le plancher du salamlik.

Le vizir grommela quelque chose, caressa sa barbe, fit un signe du doigt, et la chambre se vida en un clin d'œil. Les Arnaütes qui avaient apporté le fou, les serviteurs qui se tenaient en file le long des murailles, quittèrent prestement le salamlik, laissant le vizir en tête à tête avec André. Mais ce tête à tête ne dura pas longtemps. A un nouveau signe du vizir, une porte de côté s'ouvrit à deux battants, laissant passer d'abord six eunuques noirs qui se rangèrent au fond de la salle. Après eux, une femme seule entra; elle n'était plus jeune, mais sa physionomie était imposante; de haute taille, bien formée, pleine de la majesté féminine, elle semblait créée pour régner et pour commander. Tout un essaim de femmes accourut sur ses pas, et toutes étaient choisies de manière à satisfaire le goût le plus difficile: des Géorgiennes, des Tcherckesses, des Grecques, des Turques, jeunes, gaies, ravissantes, habillées avec toute la recherche orientale. Tout cet essaim envahit la salle. La femme imposante s'assit à côté du vizir;

les autres, animées par une curiosité qui faisait étinceler leurs yeux noirs, bleus, gris ou bruns, entourèrent en demi-cercle le fou, toujours étendu sur le plancher et fantastiquement paré de guirlandes, de fleurs et de feuillage.

Un cadavre véritable aurait seul pu rester insensible sous le feu de ses yeux. André n'était pas encore un cadavre. Aussi son corps commença-t-il par tressaillir tout entier, puis ses membres se mirent à bouger un à un, d'un mouvement semblable à celui que fait un serpent lorsqu'il rampe avec lenteur. Son visage, ses mains, ses pieds, sa poitrine, son corps entier se tordaient en contorsions grotesques, ce qui faisait rire les belles spectatrices et les étonnait énormément. C'était un divertissement, un spectacle que leur noble maître avait daigné leur procurer.

Oui, c'était un spectacle. Aujourd'hui encore, les spectacles les plus goûtés en Orient sont ceux où l'homme se présente à ses semblables dans l'état de l'abaissement le plus abject. Pour s'en convaincre, il suffit d'assister aux représentations appelées *kara-*

guiez, qui abrègent aux fidèles la longueur des nuits du ramazan. Quelle débauche de l'imagination !... Quelle dépravation du goût !... Cela fait horreur. Ou bien les représentations données par les Bohémiens... Il n'y a donc pas à s'étonner que Hassan-pacha , un Turc naturalisé, ait donné pour spectacle aux habitantes de son harem un homme aliéné.

Les femmes le dévoraient des yeux ; elles riaient et faisaient toute sorte de remarques malicieuses sur sa figure noircie par la poussière, sur ses vêtements en lambeaux et son accoutrement bizarre, recherchant des comparaisons spirituelles dans le règne animal. Les Lacédémoniens s'amusaient de comparaisons semblables à la vue des îlotes ivres. Les Turcs ne furent donc pas les seuls à chercher une distraction dans l'avilissement de la nature humaine.

André continua pendant un certain temps ses grimaces et ses contorsions ; tout à coup il se releva, se mit sur son séant, et promena son œil hagard tout autour de soi.

A ce regard, les houris se rejetèrent en arrière, se couvrant le visage de leurs mains.

Le vizir sourit, amusé par l'effroi des belles femmes, et il caressa sa barbe.

— Que va-t-il faire maintenant?... demanda la femme assise à côté du vizir.

Elle considérait le mendiant avec une attention particulièrement intense.

— Regarde, Franceska, regarde... répliqua le pacha.

Le fou se leva, répara le désordre de ses vêtements et, tournant la tête avec lenteur, il arrêta son regard expressif sur les yeux de Franceska. Il prit ensuite un air grave, fit quelques pas et s'assit sur le divan d'honneur, là où s'assied d'ordinaire le maître du logis, lorsqu'il reçoit des hôtes moins distingués que lui-même. Cette gravité était d'un haut comique, et faisait un contraste frappant avec la misère profonde qu'exprimait toute la personne d'André. Aussi un éclat de rire unanime s'éleva sur toute la ligne des spectateurs. Les eunuques noirs montrèrent leurs dents blanches. Le pacha lui-même retenait des deux mains son abdomen. Franceska seule se contenta d'un sourire, qui entrouvrit ses lèvres de corail et fit passer un éclair dans ses yeux.

Vint ensuite la réception des hôtes. Evidemment, le fou se considérait comme le maître de céans, et jouait son rôle avec le plus grand sérieux, comme s'il l'avait appris exprès pour une comédie. Il demeura un instant silencieux, puis il se tourna du côté du pacha, inclina légèrement la tête, selon les prescriptions de l'étiquette, et dit :

—*Salam alelkim*... ils sont partis mardi...

Le pacha répondit :

— *Alelkim salam*...

Les houris riaient; les eunuques montraient les dents; la bonne humeur du maître causait une jubilation générale. Quant à Franceska, les derniers mots : « ils sont partis mardi, » qui pour les autres étaient un non-sens échappé aux lèvres d'un fou, avaient pour elle une signification importante. On voyait dans ses yeux qu'elle les attendait. Quand André les eut prononcés, elle fit un mouvement des sourcils et des paupières, comme pour dire :

— Je comprends...

Personne ne vit ce geste ; le fou absorbait l'attention générale, en continuant à jouer son rôle de seigneur.

— *Ne war, ne yok?...* demanda-t-il après un silence, et il ajouta : *Clissa.*

Un éclair de triomphe passa dans les yeux de Franceska, tandis que toute l'assistance, contenant son rire, attendait la réponse du pacha.

Hassan-pacha répondit après une courte réflexion :

— Le bruit court que tu recevras la bastonnade aux talons...

Et les houris de rire. Mais cette réponse ne troubla pas André. Au contraire. Il l'accueillit comme une nouvelle dont son hôte, le vizir, lui faisait part, et il répliqua :

— C'est bien... Je suis satisfait... Bertuci woïvode? Ha, ha, ha!.. On l'a attrappé... C'est bien... Qu'il soit donc pendu dimanche... dimanche, répéta-t-il avec accent, sur un arbre élevé ; sur la plus haute branche, d'abord le chien noir aux orbites rouges... puis Bertuci à la queue du chien... Je le veux... ce sont mes ordres... cela doit être... dimanche...

L'assemblée demeurait silencieuse pendant ce discours, les houris se mordaient les lèvres pour réprimer leur hilarité. Le pacha, entendant prononcer le nom de Bertuci, fronça les sourcils. Mais la fin de ce galimatias incohérent dissipa les nuages de son front. Il trouva plaisante l'idée de pendre Bertuci à la queue du chien même qui portait son nom, à lui. Cette idée lui fit un plaisir énorme. Il alla jusqu'à battre des mains de joie, en s'écriant :

— *Evala... mashala* !

Mais Franceska poussa un soupir et sa figure s'assombrit. Sa tristesse fut cependant passagère. Elle concentra sur André toute son attention, et, par les mots et les phrases sans suite qu'il continuait à jeter, elle apprit successivement : la bénédiction que lui accordait le Saint Père, l'attitude qu'avaient prise vis-à-vis des Uscoques les Etats de l'Eglise, l'empire d'Allemagne et la république de Venise, et une foule d'autres détails que le reste des auditeurs ne soupçonnait même pas.

Ce divertissement dura une heure entière. Le pacha rit tout son content, les houris aussi. André se soutint dans son rôle jusqu'à la fin ; pour terminer, il se leva brusquement, fit un moulinet avec son bâton, comme s'il était dans la rue ou sur la grande route, et se dirigea vers la porte. Hassan-pacha fit signe aux eunuques de ne pas l'arrêter. Il sortit, et se remit en marche, de quel côté? On le vit, le soir, hors de Sérayewo, sur la route conduisant aux montagnes qui séparent les sources du Werbas du lit de la Narente.

Le lendemain matin, on vit sur la même route quelques cavaliers qui avançaient en toute hâte. Ceux qui les rencontraient les regardaient avec surprise. Car ces cavaliers étaient des eunuques, suivis des olans du vizir, armés de pied en cap ; ils escortaient une femme coiffée d'un turban et vêtue d'un yashmak. Un voile léger lui couvrait la figure. Les passants demandaient :

— Qui est-ce?

— Franzika-Hanem... était la réponse unanime.

— Où va-t-elle?

Personne ne savait y répondre.

II. — Vers le même but.

Avant d'en revenir aux Uscoques que nous avons laissés dans l'archipel de Sebenico, nous devons expliquer, en quelques mots, le dernier épisode du chapitre précédent, celui qui nous représente une femme du harem, Franceska, à cheval en tête des olans du vizir.

En Orient, les lois excluent les femmes de toute participation aux affaires qui touchent de près ou de loin à la vie publique. Mais à côté des lois, il y a les coutumes, et celles-ci permettent certaines modifications qui tempèrent l'absolutisme législatif, et qui amènent des exceptions à la règle générale. Sur ce point, la nature prend souvent sa revanche de la loi. Une femme douée d'intelligence et de force de volonté l'emporte souvent sur l'homme, et fait de lui son instrument. Les annales turques citent plusieurs exemples de ce genre; mais elles ne citent que ceux qui sont devenus célèbres par quelques traits extraordinaires; elles passent sous silence l'influence féminine incessante que doivent subir, par la force même des choses, les conducteurs de l'empire ottoman. Que de sultanes ont gouverné la Turquie du fond du harem! Que de favorites ont souvent décidé des affaires les plus importantes de l'Etat! Cette influence est si connue, que toutes les ambassades des cours étrangères qui résident à Constantinople, possèdent des fonds spécialement destinés à entretenir des relations avec les harems du sultan et des principaux dignitaires. Toutefois une ombre épaisse recouvre cette partie de l'action diplomatique; pour la pénétrer, l'histoire n'a aucun document à sa disposition, car la destruction systématique des documents est la condition fondamentale des entreprises diplomatiques, menées à bonne fin grâce à la participation occulte des femmes.

Les faits cependant remplacent l'absence des documents. Il est arrivé quelquefois que des femmes ont pris part publiquement à la politique, elles ont même paru sur les champs de bataille. Nous ne devons pas aller bien loin pour chercher un exemple. En 1854, Kara Fatma Hanem amena sur le théâtre de la lutte un détachement de deux cents cavaliers, qu'elle commandait en personne.

Il n'est donc pas étonnant que, deux siècles et demi avant Kara Fatma, Franceska, surnommée en turc Franzika-Hanem, se fût mise en route, à la tête de quelques cavaliers qui lui servaient d'escorte.

Quel était le but de son voyage?

C'est pour éclaircir ce point que nous devons en revenir à la flottille uscoque, cachée aux yeux des Vénitiens dans l'archipel de Sebenico, lequel appartenait tout entier à la République, de même que le port de Sebenico, situé sur la côte de la Dalmatie.

Agréable refuge, n'est-ce pas ? chez ceux-là même dont il fallait se défier.

Les Uscoques savaient depuis longtemps déjà qu'il fallait se défier des Vénitiens. La République ne leur témoignait pas, à la vérité, une inimitié ouverte et franchement déclarée. Au contraire. Le fait qu'ils attaquaient et détruisaient les galères turques lui était même agréable dans une certaine mesure, au point de vue commercial. Le commerce turc sur l'Adriatique était forcé d'employer des galères vénitiennes. C'était donc un gain clair et net pour la République, et il l'eût engagé à venir en aide aux hussards de la mer, si la raison d'Etat n'y avait mis obstacle. Les traités en effet, qui étaient tout aussi respectés à cette époque qu'ils le sont de nos jours, imposaient à la République des devoirs envers la Sublime Porte. Venise était donc obligée de sévir quelquefois contre les Uscoques et de les pendre de temps en temps, dans des endroits bien en vue. Mais, en cette affaire, elle agissait avec un véritable laisser-aller. Tantôt elle passait tout aux Uscoques, tantôt elle les poursuivait pour la moindre chose; néanmoins c'était toujours elle qui leur fournissait les armes et les munitions de guerre, en échange des sequins conquis par eux sur les Turs. On pourrait appeler les rapports entre Venise et les Uscoques, des rapports d'hostilité bienveillante, ou de bienveillance hostile, comme on voudra. Car elle s'efforçait tout à la fois: 1° d'observer au pied de la lettre le traité par lequel elle s'engageait à faire la police de la mer

Adriatique ; 2° de tolérer les attaques dirigées contre les vaisseaux turcs, ce qui délivrait sa marine commerciale de toute concurrence ; 3° de fournir des armes aux Uscoques, ce qui donnait des gains considérables à ses marchands d'armes et de munitions ; grâce à ces raisons compliquées, sa manière d'être avec les Uscoques était plus changeante que l'humeur d'une femme. On aurait dit souvent qu'elle se laissait guider par le caprice. Tantôt ceci, tantôt cela. Et jamais il n'était possible de deviner de quel côté le vent soufflait à Venise.

Aussi les Uscoques avaient-ils pour règle générale, dans leurs expéditions maritimes, de se défier des Vénitiens. Ce n'était pas cependant qu'il n'y eût certains signes particuliers, certains symptômes qui laissaient deviner l'humeur de la République. Quand les vaisseaux de guerre croisaient dans le golfe plus fréquemment que d'habitude ; quand une agitation inaccoutumée se manifestait dans les châteaux ; quand on apprenait par des moyens détournés que les autorités vénitiennes de l'archipel avaient reçu quelques ordres nouveaux : c'étaient là des signes qui ne présageaient rien de bon.

Aucun de ces signes ne se laissait apercevoir à la flottille uscoque qui naviguait vers le sud. Au contraire. On aurait pu croire que, pour cette fois, la République leur était plus favorable que jamais. Nulle part on ne voyait la moindre agitation. Les galères semblaient ne pas exister, et l'une d'elles, qu'ils aperçurent à la hauteur de l'îlot de Mélade, changea aussitôt de direction comme pour les éviter exprès.

— Un bon vent souffle du côté de Mlet (Venise)... répétait Wuk, qui avait une grande expérience pour tout ce qui concernait les expéditions maritimes.

— Pourvu qu'il ne change pas... répondait le moine.

Les habitants des îles, tous Dalmates, et par conséquent amis sincères des Uscoques, ne leur communiquaient que de bonnes nouvelles. Ils les rassuraient sur un point important, c'est que les autorités vénitiennes n'avaient reçu aucun ordre récent.

—Nous pourrons prendre la pleine mer... disaient quelques voix.

— Je ne le conseillerais pas... répondait le moine avec énergie.

Wuk, qui était tout aussi au courant des caprices de la mer que de ceux de la République, se tenait aussi sur ses gardes. Il ne s'éloignait pas des côtes, des basses eaux et des détroits orageux. Mais ces précautions paraissaient superflues. Les Uscoques murmuraient, importunant leurs supérieurs par leurs plaintes et leurs appels.

— En pleine mer!... en pleine mer!... criait-on dans les tchaïkas, chaque fois que la barque conductrice s'enfonçait dans l'intérieur des archipels qui se succèdent sans interruption le long de la côte.

Ces demandes importunes avaient leur raison d'être. La navigation entre les îlots et les rochers, outre qu'elle retardait le voyage, devait encore se faire presque continuellement à la rame. Elle était donc pénible au plus haut point. Les bras se fatiguaient, tandis que sur la pleine mer on pourrait déployer les voiles et, pourvu qu'il ne soufflât ni du sud ni du sud-est, on arriverait au but sur les ailes du vent. C'était une grande différence.

Quel était donc le but du voyage maritime des Uscoques?

La direction qu'ils suivaient ne permettait pas de le reconnaître au premier abord. Il paraissait être quelque part sur les côtes de la Dalmatie. Mais en quel endroit? Evidemment là où le but du voyage s'unissait au but de l'expédition, c'est-à-dire en un point qui pourrait servir de base à des opérations militaires contre la Turquie. Il pouvait donc être, soit à Zadar (Zara), soit à Shibenik (Sebenico), soit à Splet (Spalatro). Ces points sont situés l'un à la suite de l'autre, et chacun d'eux est à la naissance d'une route qui mène à l'intérieur des possessions turques. La route de Zadar passe par Obrowatz, celle de Shibenik par Knin, celle de Splet par Clissa; — la première est longue et difficile; la seconde est gardée par les Vénitiens; la troisième est la plus accessible, bien que Clissa, le refuge primitif des Uscoques, fût une place très forte, défendue par une garnison turque. Mais cette circonstance ne faisait que la rendre d'autant plus attrayante.

Par conséquent, le but du voyage, qui

comprenait en soi le but de l'expédition, ne pouvait être autre que Splet.

Il en était ainsi en réalité. La flottille des Uscoques se rendait à Splet, ce qu'aucun Uscoque ne savait, à l'exception de Wuk et du père Cyprien, mais ce que tous devinèrent dès qu'ils eurent dépassé Zadar. Ils étaient sûrs au commencement qu'ils aborderaient à Shibenik. Shibenik était sous la domination de la république de Venise; Splet était sous celle de l'empire d'Allemagne. Et comme l'empire fermait les yeux sur leur expédition, la république devait prendre vis-à-vis d'eux une attitude hostile, et ne pouvait leur prêter son port pour base d'opération.

Elle poussait cependant si loin la tolérance dans son hostilité, que les Uscoques pouvaient croire à un accès de bienveillance.

Pas un vaisseau de guerre ne croisait dans l'archipel de Kiemeron.

— Jivio les Metitchis (les Vénitiens !)... s'écrièrent en chœur les Uscoques en apercevant la galère qui fit semblant de ne pas les voir.

Et ils insistaient :

— En pleine mer !.. en pleine mer !..

Zadar, ou plutôt le cap Puntadura, situé un peu plus au nord, est à la limite méridionale du golfe de Kierneron. Plus au sud, les eaux de l'Adriatique prennent leur nom des côtes le long desquelles les îles forment trois groupes reliés les uns aux autres par des chaînes de rochers. Le premier groupe, celui de Zadar, se compose d'un triple rang d'îles étroites et allongées, dont la dernière, appelée Incoronata, se termine par un long promontoire dans la direction du sud-est ; elle est continuée sous l'eau par une suite de rochers, qui apparaissent au-dessus des flots comme le bord supérieur d'une dentelle, et qui se rattachent à leur tour à l'île de Zuri. Zuri a la forme d'un croissant tourné vers la mer par son côté plein, et embrassant par son côté concave toute une troupe de petits îlots qui embarrassent l'entrée du golfe. Ces îlots forment le second groupe, l'archipel de Sebenico. Plusieurs colonies sont situées sur les bords du golfe, entre autres, Sebenico à l'entrée et Skardona au fond.

Dès le golfe de Sebenico, le tracé du rivage va directement au sud, et, arrivé au cap appelé Punta della Planca, il se recourbe et va directement à l'est, pour s'incliner de nouveau dans la direction du sud-est. Ce second coude forme un angle ouvert, qui contient un troisième groupe d'îles, plus grand que le précédent. C'est un archipel qui masque l'angle, au sommet duquel sont situées les ruines de la fameuse Salone, et non loin de là la ville de Splet. Nous devons ajouter qu'entre le golfe de Sebenico et le cap Punta della Planca, il y a le long du rivage une bande ininterrompue de tout petits îlots, de rochers et de récifs qui rendent la navigation excessivement dangereuse.

Une fois arrivés à la hauteur de la pointe méridionale de l'île Incoronata, qui ferme au sud l'archipel de Zadar, nos navigateurs avaient deux directions à choisir : ou bien celle qui traverse par le milieu l'archipel de Sebenico, qui coupe à angle droit la route maritime conduisant au golfe, et qui, ayant atteint les îlots et les récifs de la côte, allait tout droit au cap Punta della Planca ;

ou bien, laissant à gauche l'île de Zuri, ils pouvaient prendre la pleine mer et se diriger vers leur but par le sillon que suivent les grands vaisseaux. Ce dernier chemin était au premier, comme la grand'route est aux sentiers non tracés; elle était non seulement plus facile, mais encore plus courte.

Naturellement les Uscoques se prononçaient tout d'une voix en faveur de cette dernière. Ils la demandaient avec tant d'instance, que Wuk se vit obligé de prendre leur désir en considération, et d'expliquer à ceux qui étaient soumis à son commandement, qu'il ne s'en tenait que par prudence aux passages inaccessibles aux grandes galères vénitiennes.

— Précautions superflues! fut l'opinion générale. Si les Vénitiens étaient mal disposés, nous nous en serions déjà aperçus. Il n'y a rien à dire! en pleine mer!

Les plus prudents disaient :

— Essayons.

Wuk suivit le conseil de ces derniers. Il cacha la plus grande partie de la flottille parmi les îlots qui se détachent du promontoire d'Incoronata, et, choisissant les tchaïkas les plus légères et les plus rapides, il prit la direction de la mer.

On eut bientôt la preuve que cette précaution n'était rien moins qu'inutile. Car à peine les tchaïkas de l'avant-garde se trouvèrent-elles en pleine mer, qu'elles aperçurent à l'horizon les voiles de plusieurs navires qui semblaient manœuvrer de façon à leur fermer l'entrée de l'archipel de Zadar. Ce n'était qu'une supposition. Mais cette supposition fut bientôt vérifiée. Un brick de guerre approcha des tchaïkas toutes voiles dehors, et, arrivé à une portée de canon, il plia la plus grande partie de ses voiles, démasqua ses batteries, se tourna de côté et ouvrit immédiatement un feu de mitraille.

Cette mitraille était éloquente.

Il va sans dire que les Uscoques ne s'arrêtèrent pas longtemps à admirer son éloquence. Dès les premiers coups de feu, ils plièrent leurs voiles et se dispersèrent de tous côtés en rayons excentriques. Chaque tchaïka prit une direction différente. Les unes s'élancèrent tout droit sur l'île de Zuri, comme si elles avaient l'intention de se briser contre ses rochers ; les autres filèrent au sud, d'autres au nord. Le brick arrêta le feu et déploya de nouveau toutes ses voiles ; mais il ne savait qui poursuivre. Il courut donc d'abord vers le sud, puis il se tourna au nord, et reprit finalement son ancien poste d'observation, se contentant de louvoyer en face du promontoire d'Incoronata.

Cet essai décida définitivement de la route que devait choisir la flottille uscoque. Il ne lui en restait qu'une seule, — celle qui passait par le milieu de l'archipel de Sebenico ; il y aurait encore à traverser furtivement la route périlleuse qui aboutissait au golfe, pour arriver enfin aux récifs de la côte.

La flottille reprit donc son voyage, laissant à droite l'île de Zuri. Elle leva l'ancre et alla se réfugier parmi les rochers et les îlots, attendant le retour des tchaïkas qui avaient pris une fausse direction pour dérouter la poursuite.

La journée entière se passa dans l'attente. Les Uscoques qui revenaient donnaient raison à Wuk ; mais, pour se justifier sans doute devant leur propre conscience, ils ne pouvaient exprimer en termes assez vifs leur étonnement du changement subit survenu chez les Vénitiens.

— Qui l'aurait jamais pensé?.. Qui aurait pu le prévoir? s'écriaient-ils.

— Il faut en user avec Mlet comme avec un cheval... expliquaient ceux qui partageaient l'opinion de Wuk. Approchez-en sans crainte, mais prenez garde qu'il ne vous lance une ruade.

— L'illustre République a rué. Le malheur n'est pas encore bien grand.

— D'où lui vient cet accès de colère?

Pour résoudre ce problème, on tâcha de prendre langue. Ce n'était pas difficile. Les renseignements arrivèrent d'eux-mêmes, sous les traits d'un pêcheur de Shibenik qui rapporta que, non seulement les autorités vénitiennes venaient de recevoir les ordres les plus rigoureux, mais que la flotte avait été augmentée par de nombreux renforts, et qu'un nouveau capitaine, muni de pouvoirs exceptionnellement étendus, avait pris le commandement en chef de l'escadre entière.

— Comment s'appelle ce capitaine? — interrompit Wuk.

— Signor Almora Tiepolo.

— Tiepolo ! s'écria le moine.

L'exclamation du père Cyprien surprit tous ceux qui écoutaient le récit du pêcheur.

— Tiepolo ! le frère ! le frère !

— Eh bien, qu'est-ce que ça fait ? fit un des Uscoques. Si le père du capitaine avait deux fils, il n'est pas étonnant que celui-ci soit le frère de son frère.

Le moine répondit plus tranquillement, comme s'il tâchait de se contenir :

— Sans doute, ce n'est pas étonnant ; mais il faut savoir que tout Tiepolo est un implacable ennemi des Uscoques.

Ces paroles causèrent une certaine impression. Cependant, l'un des anciens ayant fait observer que, si l'on voulait noter les noms de tous les ennemis des Uscoques, on n'arriverait jamais au bout, les Uscoques reprirent leur insouciance.

— Qui n'est pas notre ennemi, en effet ? Si ce n'était pas Tiepolo, ce serait un autre, et que ce soit lui ou un autre, du moment qu'il a reçu l'ordre de nous témoigner de l'hostilité, cela doit nous être tout à fait indifférent.

En effet, c'était indifférent. Le moine n'avait nul besoin d'expliquer d'une manière plus précise le sens de son exclamation. Les Uscoques savaient qu'ils devaient se tenir sur leurs gardes. C'était tout ce qu'il fallait.

Toute la difficulté consistait à traverser inaperçus l'espace découvert qui précédait le golfe, espace sur lequel ou pouvait s'attendre à une vigilance redoublée.

Mais ce n'était pas les Uscoques que l'on pouvait surprendre par la vigilance. Ils avaient pour la combattre des stratagèmes perfectionnés par la vie d'aventures et de périls qu'ils menaient, et basés sur leur connaissance approfondie de tous les secrets des côtes et des archipels au milieu desquels ils se trouvaient.

Ce qui aurait pu leur être le plus favorable dans ces circonstances, c'eût été une tempête sur la mer. Protégés par l'orage, ils auraient pu traverser ouvertement et en plein jour les passages les plus dangereux.

Ils avaient besoin d'une tempête; aussi en amenèrent-ils une.

A un ordre donné par Wuk, les tchaïkas se dispersèrent de différents côtés, enfilant les passages resserrés entre les îlots. Quelques-unes se dirigèrent vers la terre ferme. Il ne resta de toute la flottille que la seule barque montée par Wuk et par le moine; celle-ci se dissimula derrière un groupe de récifs, non loin du golfe de Sebenico. C'était là le point de ralliement. Toute la flottille devait s'y réunir le lendemain au point du jour. Le temps était calculé. Les Uscoques avaient tout le reste de la journée et toute la nuit suivante pour appeler les vents à leur aide.

Et ils les soulevèrent.

Les contemporains leur attribuaient la puissance infernale de conjurer les éléments. Ils le faisaient d'une manière bien simple.

Quelques heures après que les tchaïkas se furent dispersées, d'épaisses fumées apparurent sur les sommets des montagnes qui surgissent parmi les îlots et sur les promontoires de la terre ferme. Ces fumées s'élancèrent d'abord droites vers le ciel, comme de sombres panaches sur des casques de guerriers.

Le moine secoua la tête avec mécontentement.

— Pas tout de suite, mon père, dit Wuk, — attendez un peu. Que les pierres se réchauffent seulement.

Peu de temps après, les panaches de fumée commencèrent à se déformer.

— Ah! ah! fit remarquer Wuk, qui était en observation sur le rivage. Les nôtres attisent le feu.

Vers le soir, ce n'étaient plus des colonnes, mais des turbans de fumée qui enveloppaient les sommets, répandant dans tous les environs une forte odeur d'incendie, et retombant en lambeaux sur la mer, comme si une force indomptable inclinait sur le niveau des flots les fronts sourcilleux des montagnes.

— Ça chauffe de plus en plus... Les galères vénitiennes commencent à danser. Demain, elles danseront mieux encore.

Un spectacle des plus magnifiques se révéla à la nuit tombante. Sur la côte et sur les îles, plusieurs montagnes étaient en feu, et leurs flammes, montant aux nuages en colonnes ardentes, jetaient tout à l'entour un éclat empourpré. Cet éclat illuminait la erre et les eaux. Il se reflétait dans leseaux comme dans un miroir, il étincelait à leur surface en lueurs métalliques, et se brisait dans leur sein en milliers de couleurs. Il se dessinait sur la terre en formes étranges, gigantesques, farouches, qui semblaient se mouvoir comme des montagnes et, exécutant une danse fantastique, se transporter de place en place, tournoyer sur elles-mêmes, et glisser rapidement les unes derrière les autres. Qu'on y ajoute encore un mugissement sourd et menaçant, le pétillement et le tourbillonnement des étincelles, et l'on se représentera en imagination un tableau sauvage et majestueux, terrible, mais sublime.

— Les Vénitiens ne diront pas au moins que nous les traitons en ennemis. Ils n'ont pas besoin de lanternes pour trouver l'entrée du port, remarqua Wuk.

En effet, une réverbération ardente éclairait la route qui conduisait au golfe de Sebenico. On apercevait sur cette route, après l'heure de minuit, des galères vénitiennes couvertes de toutes leurs voiles, glissant silencieuses comme dans un panorama. Elles fuyaient la pleine mer. Le vent croissait en violence ; au lever du soleil, il soufflait déjà avec toute la fureur d'une tempête.

Avant que le jour eût paru, toutes les tchaïkas uscoques se trouvaient réunies au point de ralliement. Il n'en manquait pas une seule.

Wuk ne fit pas d'appel. Il avait reconnu au premier coup d'œil que les bateaux y étaient tous. Il dut seulement s'informer de ceux qui les montaient.

— Hé! êtes-vous tous présents?..

Un silence affirmatif tint lieu de réponse.

— Personne ne s'est-il grillé là-haut?

— Ha! ha! ha! — répondit-on en chœur.

— Nous allons nous montrer de près aux Vénitiens; qu'ils nous comptent, à présent.

Il donna un ordre. La flottille s'ébranla.

La tempête était déchaînée. Les vagues s'élançaient sur la mer en furie, et s'enflaient comme des montagnes aux sommets blanchissants d'écume. Le vent arrachait cette écume de la crête des vagues et l'emportait çà et là dans les airs, et il chantait, il sifflait, il gémissait, il grondait, et il lançait les lames d'eau contre les rochers du rivage et les brisait en millions de gouttelettes. L'orchestre entier de la tempête faisait entendre sa musique terrifiante.

Cette musique était accompagnée par les rires joyeux et moqueurs des Uscoques, — le vent dominait ces éclats de rire et ne les laissait pas arriver aux oreilles des Vénitiens, qui observaient du haut des murailles de Sebenico.

La tempête leur liait les mains. Leurs galères étaient à l'ancre dans le port. Ils observaient avec le sentiment de leur impuissance les tchaïkas uscoques qui, comme pour se railler d'eux, passaient au-dessous de la ville à deux ou trois portées de canon. Elles ressemblaient sur les flots à des coquilles de noix. A tout moment, elles apparaissaient sur la crête des vagues écumantes, pour s'enfoncer dans l'abîme, et reparaître encore, et s'enfoncer de nouveau. Leur sécurité était complète. C'est pour cela et aussi parce qu'elles avaient à lutter contre le vent qui eut déjà cent fois renversé et noyé, ou brisé contre le rivage des marins moins expérimentés, c'est pour cela, dis-je, qu'elles passaient lentement, plongeant et élevant tour à tour des rangées de rames luisantes, qui apparaissaient de loin comme les pieds de ces insectes qui glissent à la surface des eaux, et se prélassant sous leurs étendards, qui flottaient effrontément au sommet des mâts.

Les Uscoques se laissaient aller avec le plus grand plaisir à cette taquinerie à l'égard des Vénitiens. Eux, les faibles et les méprisés, ils avaient humilié les puissants de ce monde. Des occasions de ce genre se présentent quelquefois aux petits ; mais cela ne peut arriver que lorsqu'ils sont parvenus à dominer les puissants par la supériorité de leur intelligence, c'est-à-dire lorsqu'ils parviennent à tourner à leur profit les forces de la nature. La nature ne garde pas ses forces à la disposition exclusive des faibles, ni à celle des puissants, mais elle les met au service de tous ceux qui les ont approfondies et qui savent en faire un usage convenable. C'est l'histoire du moucheron en lutte avec le lion ; c'est l'histoire du colibri qui abat le vautour. Cette histoire se répète souvent parmi les hommes. Nous renvoyons aux chroniques ceux qui en désirent des preuves et des exemples, et nous ne faisons que noter ici le fait, que les Uscoques, enfermés de tous côtés par les Vénitiens, se tirèrent du piège grâce à la connaissance qu'ils avaient de la nature des vents. Ils provoquèrent une tempête en causant un ébranlement artificiel dans les couches de l'atmosphère (1) ; ils s'échappèrent, jetèrent un défi à la marine militaire de la République, et atteignirent sans accident les eaux pleines de rochers et de bas-fonds, qui s'étendent depuis le golfe de Shibenick jusqu'au cap Punta della Planca. Ils tournèrent ce cap et entrèrent en plein dans l'archipel qui se groupe au fond du golfe de Splet.

Ils avaient traversé le danger sans accident. Ils pouvaient s'en féliciter.

Néanmoins n'oublions pas que c'étaient des hommes, et que leur organisme physique exigeait le rétablissement de son équilibre ébranlé. Le lion lui-même doit prendre du repos après une grande fatigue. Après une nuit de travail et d'insomnie, après leur lutte

(1) Voyez : *Istoria degli Uskoschi*, da Minucio Minuci.

avec la tempête, les Uscoques avaient besoin de quelques moments de repos, d'autant plus que les fatigues de la guerre les attendaient encore au terme de leur voyage. Dès qu'ils eurent traversé le détroit resserré entre le continent et les deux îles appelées la grande et la petite Zirone, ils jetèrent l'ancre sur le rivage. La flottille se cacha dans une baie, les marins descendirent à terre, allumèrent des feux et improvisèrent un campement, qui fut bientôt plongé dans un sommeil de héros.

Lorsqu'on est accablé de fatigue, surtout lorsqu'on a échappé heureusement à un grand péril, on dort d'un sommeil auquel les plus justes pourraient porter envie.

Laissons-les donc jusqu'à ce qu'ils s'éveillent et revenons à la voyageuse qui avançait en toute hâte à la tête des olans du vizir.

Le voyage de Franceska et celui des Uscoques avaient ceci de commun, que l'un et l'autre tendaient au même but. Les uns voyageaient par mer, l'autre par terre; ceux-ci sur des tchaïkas, celle-là à cheval; mais ceux-ci comme celle-là se dirigeaient vers le même point ou du moins vers des points fort rapprochés. Les Uscoques allaient à Splet, et derrière Splet ils avaient Clissa, qu'ils ne pouvaient éviter s'ils voulaient continuer leur expédition; Franceska allait à Clissa, qu'elle ne pouvait éviter si elle voulait pousser son voyage plus loin. La distance entre Splet et Clissa peut être parcourue en une heure.

Franceska précédait les eunuques et les olans de la portée d'un bon fusil. C'était sans doute son ordre, ou bien son habitude. Lorsqu'elle s'arrêtait, ils s'arrêtaient aussi, observant toujours la distance prescrite; ils ne s'approchaient de la hanem que lorsqu'elle leur faisait un signe, ce qui d'ailleurs arrivait rarement. Elle était précédée d'un courrier qui lui préparait aux haltes de jour et de nuit un accueil pareil à celui dont on honorait les plus hauts dignitaires: il chassait les habitants des meilleures maisons, organisait un service de femmes, attendait l'arrivée de la hanem et, prenant ses ordres pour le jour suivant, il repartait sans tarder. On reçut ainsi notre voyageuse à Narom, à Woïnitza, à Licona, à Bialobrzeg, partout,en un mot,où la fatigue l'obligea de faire halte.

Néanmoins ces arrêts étaient courts. Evidemment la hanem était pressée. Elle ne s'arrêtait qu'aussi longtemps que la nécessité l'y forçait, et, dès qu'elle avait réparé ses forces, elle remontait à cheval. Sa monture, habituée à aller l'amble, avançait vivement. Le voyage se faisait donc d'une manière prompte et commode ; il ne fut interrompu par aucun incident qui méritât une mention particulière.

Bialobrzeg est attaché comme un nid d'hirondelles au flanc des Alpes Dinariques, à la chaîne qui se prolonge parallèlement à la côte Dalmate. Une fois que l'on a dépassé cette localité, on descend la pente de la vallée que forme la rivière de Cettigne ; la route recommence ensuite à monter, et elle mène par monts et par vaux à Clissa, la clef des possessions ottomanes de ce côté. Sur la route qui traverse Bialobrzeg, on rencontre quelques hauteurs élevées au-dessus d'un panorama de paysages qui descendent jusqu'à la mer,étincelante à l'horizon de reflets argentés. C'est un spectacle pittoresque et majestueux. L'homme s'arrête malgré lui à le contempler, comme pour lui faire hommage de son admiration.

A la première de ces hauteurs, Franceska tira les rênes de son cheval et s'arrêta brusquement. Elle laissa courir son regard sur la mer, mais ses yeux exprimaient autre chose que l'admiration. On y entrevoyait une expression semblable à celle d'un homme qui se trouverait en présence d'une énigme inattendue, et qui voudrait demander :

— Qu'est-ce que cela veut dire?

Elle lâcha les rênes et poussa son cheval en avant.

A la seconde hauteur, elle s'arrêta de nouveau, et de nouveau son regard exprima a surprise et le désappointement.

Elle lâcha les rênes et avança plus loin.

A la troisième hauteur, elle s'arrêta de nouveau. Mais cette fois elle avait à qui adresser ses questions. Elle venait de s'arrêter auprès d'un homme en guenilles, paré de guirlandes fantastiques. Cet homme avait l'air de l'attendre. Il lui sourit de loin et la salua d'un léger signe de tête ; mais, dês qu'elle se fut approchée, il lui tourna le dos, comme s'il ne voulait pas entrer en conversation avec elle. Cependant Franceska lui fit sa question :

— Qu'est-ce que c'est ?

— Ce sont des fumées, répondit-il sans se retourner vers elle.

Il garda la même posture pendant toute la durée de leur entretien.

— Qu'est-ce qu'elles signifient ?

— Je ne le sais pas pour sûr, mais j'ai quelques soupçons. Les nôtres doivent être dans ces parages, et ils ont sans doute besoin d'une tempête.

Franceska ne pouvait comprendre cette réponse. Elle s'en contenta cependant ; elle avait à s'occuper de choses plus importantes que celles qui rentraient évidemment dans le champ des connaissances maritimes. Aussi reprit-elle :

— Ils doivent être dans ces parages. Tu le crois ?

Son interlocuteur, que l'on a déjà reconnu pour être André le fou, leva la tête et, comptant sur ses doigts, il répondit :

— Oui, Boga mi. Ce ne peut être

qu'eux. Cela résulte du calcul des jours. Je serais fou en réalité, si je me trompais.

— Le père Cyprien est-il avec eux?

— Oui, il les accompagne.

— Dis au père Cyprien que je suis en possession de l'anneau du vizir qui me donne tout pouvoir sur la garnison de Clissa. Les portes seront ouvertes, les sentinelles seront retirées, les précautions militaires seront affaiblies autant que possible; mais, retiens bien ceci, *autant que possible*. On ne peut pas les écarter complètement, car cela éveillerait les soupçons du bimbacha qui commande la garnison. Je ferai cependant au nom du vizir tout ce qui pourra faciliter aux nôtres l'enlèvement de la forteresse. Qu'ils se tiennent néanmoins sur leurs gardes, qu'ils approchent de nuit, et qu'ils me préviennent du jour où ils auront l'intention de donner l'assaut en allumant un feu sur la montagne qui domine les ruines de Salone. A midi, le feu; dans la nuit, l'assaut. Comprends-tu?

— Je comprends.

— Cet imbécile de Bertuci le comprendra-t-il aussi?

— S'il ne le comprend pas, Hassan-pacha pourra le lui expliquer.

— Hassan-pacha? — répéta la femme d'un accent de surprise.

— Le chien — dit André tranquillement, comme si cette explication devait suffire.

— Ah! — s'écria Franceska, — que Dieu l'écrase! Les forces impures ne promettent rien de bon. De quelle façon cet allié de Satan a-t-il pu obtenir le commandement en chef?

— De quelle façon? on l'a élu.

— On devait élire Miloschwitch.

— Oui, mais il a disparu juste au moment où on allait le choisir pour chef.

— Disparu? Comment donc! Est-il mort? l'a-t-on tué?

— Il se peut qu'on l'ait tué. Les Allemands l'ont peut-être étranglé. En tous cas, ce sont eux qui l'ont fait disparaître; ils soutenaient Bertuci.

— Et le Saint-Père?

— Le Saint-Père ne pouvait escorter Miloschwitch.

— Mais cette expédition a été organisée

avec son approbation, car il s'agit de délivrer des chrétiens.

— Avec sa pleine approbation.

— Que sa sainte bénédiction nous protège.

— Oui... Elle nous protègera.

— Dans ce cas — dit-elle d'une voix ferme, — la puissance satanique ne l'emportera pas. Ce qu'il a uni demeurera uni.

André ne répondit rien. Ces mots étaient empreints d'une foi si profonde, qu'ils n'exigeaient pas de confirmation. Au lieu de répondre, il demanda :

— N'as-tu plus rien à me dire, Franceska?

La femme réfléchit un instant.

— Non, c'est tout. Dis seulement au père Cyprien que je me recommande à ses prières.

— Il est donc temps que je redevienne fou pour ton escorte.

En disant ces mots, il se retourna, chanta comme un coq, et se mit à grimacer et à agiter les membres.

Franceska excita son cheval et continua son chemin.

En passant auprès du fou, les olans lui

jetaient quelques bonnes paroles, et l'un d'eux poussa sa compassion jusqu'à tourner son cheval de son côté et à lui tendre un grand morceau de pain de froment.

IV. — A DIPLOMATE, DIPLOMATE ET DEMI.

Depuis les temps où Dioclétien résidait à Salone et où Splet était son faubourg, les murailles de la forteresse n'avaient jamais été témoins d'une animation pareille à celle qu'on y voyait régner au moment où se place ce récit.

Et c'était tout naturel, jamais encore des personnages aussi illustres n'avaient débarqué dans ce petit port, caché au fond d'un golfe, derrière un archipel.

Ce port n'était guère connu que de ceux qu'il intéressait particulièrement : les commerçants, le gouvernement. Comme c'était un poste avancé du côté de l'ennemi, il était toujours gardé par une forte garnison préparée à tout événement, même dans les temps les plus tranquilles Le voisinage trop rapproché des Turcs rendait nécessaire des précautions constantes. Sous le rapport commercial c'était un point vers lequel tendaient à peu près toutes les contrées situées au pied des Alpes Dinariques; la facilité des communications y attirait des marchands et des acheteurs même d'au delà des montagnes, du fond de la Bosnie. Splet était un marché pour les Turcs eux-mêmes; ils y faisaient provision d'argent ou de marchandises amenées par mer soit d'Italie, soit de l'Occident.

Aussi la ville avait-elle un caractère moitié militaire, moitié commercial, et l'animation qui y régnait en temps ordinaire ressemblait au mouvement uniforme et monotone du pendule. Les knechts (*soldats*) s'occupaient de ce qui les regardait, c'est-à-dire qu'ils montaient la garde sur les remparts et faisaient leurs exercices militaires dans la cour du château, tandis que les marchands vaquaient à leurs affaires, vendaient, achetaient ou échangeaient leurs marchandises. A l'exception des soldats, personne ne se souvenait de cette citadelle écartée, personne ne s'y rendait jamais.

Mais tout à coup la routine journalière des

Splétains fut changée d'une manière inattendue. Trois galères abordèrent l'une après l'autre dans le port, et chacune d'elles avait au haut de son mât un pavillon qui annonçait un hôte de haut rang.

Le premier était un pavillon impérial. On le reconnut de loin. Le gouverneur, le commandant du château, le clergé et les autorités municipales se présentèrent en habits de fête. On envoya à la rencontre du vaisseau une barque de parade, on rangea sur le rivage les hallebardiers, les trompettes et les tambours, et l'on fit une brillante réception à l'hôte distingué qui n'était autre que le baron Norad, ambassadeur impérial auprès du Saint-Père.

Le second pavillon était aux couleurs du Pape. On le reconnut aussi de loin. Et de nouveau le gouverneur, le commandant du château, le clergé et les autorités municipales se présentèrent en costume de parade, l'ambassadeur impérial en tête. On envoya une barque d'honneur à la rencontre du vaisseau, on rangea sur le bord les hallebardiers de la garnison, et l'on accueillit à grand bruit de tambours et de trompettes l'hôte illustre qui n'était autre que Minucius Minuci, récemment nommé archevêque de Zadar, légat du Pape.

Le troisième pavillon était inconnu. Les plus vieux marins, les plus au courant des signaux usités sur mer, ne le reconnaissaient point. Il flottait au haut du grand mât, ce qui indiquait clairement que la galère était montée par quelque haut personnage par le représentant de quelque monarque, et peut-être même par un monarque. Dans toute la collection des pavillons maritimes, il n'y en avait cependant pas un seul qui présentât une combinaison de couleurs et d'armoiries semblables à celles qui se combinaient sur cet étendard. C'est en vain que les plus vieux matelots s'efforçaient de le reconnaître. L'étendard flottait au vent et, se roulant et se déployant tour à tour, il laissait apercevoir une couronne, un sceptre, des étoiles, des couleurs bigarrées, il chatoyait au soleil, comme s'il était de soie, brodé d'or et de pierres précieuses. Le gouverneur, le commandant du château, le clergé et les autorités municipales ne savaient qu'en penser.

— Qui est-ce qui nous arrive ?

Ils résolurent cette énigme de la manière suivante :

— Le premier hôte était Son Excellence l'ambassadeur impérial, personnage haut placé; le second était Son Eminence l'archevêque, personnage plus haut placé ; par conséquent le troisième, celui qui approche maintenant, doit être le personnage le plus important des trois.

Mais qui pouvait-il être ?

On se creusait la tête. En vain on faisait des conjectures, on cherchait à deviner, mais inutilement.

Le baron et l'archevêque auraient peut-être pu éclairer ce mystère ; ils auraient pu du moins suggérer quelque conjecture nouvelle ; mais une distraction singulière s'était emparée d'eux, et ils ne s'apercevaient même pas de l'approche du navire, qui portait sans nul doute un personnage extraordinaire. Ils n'étaient occupés que d'eux-mêmes.

Le baron était descendu dans le port à la rencontre de l'archevêque. Les honnêtes Splétains croyaient que maintenant le baron et l'archevêque devaient descendre à leur tour pour accueillir le nouvel arrivé. Eh bien, pas du tout! — ils n'y songeaient même pas.

Le seul souci du baron paraissait être d'entourer le légat du Pape du plus profond respect et de la politesse la plus recherchée; de même l'archevêque ne semblait se souvenir que de rendre au baron ses marques de respect et de politesse. Ils se surpassaient l'un l'autre en étiquette et en amabilités, ce qui d'ailleurs s'accordait mieux avec l'extérieur mondain du baron qu'avec la figure raide et sévère du dignitaire de l'Eglise.

Cet assaut de politesses avait une raison sérieuse, tous deux revendiquaient le droit de faire les honneurs de la maison.

— En ma qualité d'ambassadeur et de représentant de Sa Majesté impériale, mon très gracieux maître, j'ai l'honneur de recevoir Votre Eminence comme mon hôte vénéré... Tels furent les premiers mots par lesquels le baron salua l'archevêque.

— En ma qualité de pasteur de ce peuple, répondit l'archevêque, c'est plutôt à moi qu'incombe l'honneur de recevoir Votre Excellence.

Ces délicates prétentions donnèrent lieu à une discussion qui, finalement, ne put trancher la question posée, mais qui en amena une autre plus grave et plus délicate encore.

— Pourquoi, dans quel but le baron et l'archevêque sont-ils arrivés à Splet?

Ni l'un ni l'autre des nobles dignitaires ne formulait cette question; mais l'un comme l'autre, s'appuyant sur ses droits de maître de céans, s'efforçait d'y répondre.

— Ma santé, disait le baron, m'a obligé de m'éloigner de Rome et de respirer l'air de la mer. Mon médecin me l'a ordonné. Et comme la curiosité m'attire depuis longtemps déjà sur les côtes de la Dalmatie, je suis venu à Spalatro, fameux par les ruines de Salone. J'aime les ruines, surtout celles qui éveillent de grands souvenirs historiques.

Tandis que le baron parlait, les yeux de l'archevêque brillaient d'une expression d'incrédulité absolue, tandis qu'un sourire ironique, imperceptible et rapide, apparut pendant une seconde sur ses lèvres; l'archevêque répondit :

— Dans ce cas, Excellence, mes droits

sont plus fondés que les vôtres. Car, pour soutenir votre précieuse santé et pour satisfaire cette curiosité qui vous fait honneur, vous auriez pu vous rendre sur les côtes de l'Italie. Quant à moi, mes devoirs d'archevêque m'amènent à Spalatro. En prenant possession du diocèse que le Saint-Père a daigné confier à mes soins, je ne pouvais négliger des brebis qui appartiennent à mon bercail.

Le baron écoutait avec attention et respect; mais son regard laissait percer ce que l'on pourrait appeler la note critique. Il écoutait ces paroles et il en sondait le sens, et lorsque l'archevêque eut fini, il sourit avec complaisance et répliqua :

— J'incline la tête devant la générosité de Votre Eminence, qui me fait l'honneur de me considérer comme son hôte. Votre Eminence me permettra cependant d'être d'un avis contraire. C'est moi qui devrais la recevoir et me mettre à son service, et cela parce que l'arrivée de Votre Eminence à Spalatro n'est autre chose qu'une marque de faveur insigne pour cette bourgade retirée. En prenant possession du diocèse de Zadar,

Votre Eminence aurait pu se rendre d'abord à la capitale du diocèse, à Zadar.

A ces mots, l'archevêque fronça les sourcils et se mordit les lèvres; il sourit cependant avec bienveillance et il eut recours à une citation des Ecritures.

— Allez et enseignez, a dit le Christ à ses apôtres. Il en résulte que le berger doit aller partout où sont ses brebis.

Après cette parole, le baron n'avait plus qu'à s'avouer vaincu. Il ne cessait cependant de rendre tous les honneurs à l'archevêque, et il lui offrit pour le temps de son séjour à Splet la maison du gouverneur, la plus somptueuse de la ville. Mais l'archevêque déclina cette marque de déférence.

— Pour rien au monde je n'accepterais un sacrifice qui pourrait causer la moindre contrariété à Votre Excellence. Demeurez dans le palais du gouverneur, et je m'établirai chez l'archidiacre Alberti, où il me sera plus facile d'examiner les affaires de la paroisse.

— Mais nous pourrions très bien trouver place tous les deux dans le vaste bâtiment gouvernemental ; cette résidence serait même plus convenable pour un haut dignitaire comme Votre Eminence, que la modeste maison de l'archidiacre.

— La modestie est ce qu'il y a de plus convenable pour un serviteur de l'Eglise.

Le baron escorta l'archevêque jusqu'à la maison qui s'élevait en face du bras de mer; on voyait de ses fenêtres la façade du bâtiment officiel, mis à la disposition de l'ambassadeur.Le clergé local s'était processionnellement rangé à l'entrée. L'archidiacre, à la tête de la procession, rendit à l'archevêque les honneurs usités et l'introduisit à l'intérieur. Le baron entra aussi.

Au seuil de la porte le baron fut rejoint par un envoyé du gouverneur, qui, inquiété par l'approche du pavillon inconnu, voulait avoir l'avis du représentant de l'empereur et lui demander ses ordres.

— Un pavillon !

— Quel pavillon? demanda le baron avec quelque impatience.

— Un pavillon inconnu, Excellence... Il flotte sur une galère qui s'avance vers le port, et qui doit être montée par quelque personnage illustre.

— Eh bien, alors ?

— Nous ne savons que faire ; quels honneurs faut-il lui rendre ? Où le loger ? Quel est ce nouvel hôte ?

Ces questions impatientaient visiblement le baron, d'autant plus que l'archevêque s'était arrêté au seuil de l'archidiaconie, et que, sous prétexte de laisser entrer l'ambassadeur le premier, il prêtait l'oreille à sa conversation avec le messager. Cela causait au baron un embarras évident.

— Quel hôte ?

— Un personnage considérable sans doute, disait le messager ; le pavillon est magnifique, tel qu'on n'en a jamais vu ici, et si grand, que lorsque le vent le déploie, il cache une partie de l'horizon.

Le baron haussa les épaules.

— Le gouverneur demande humblement les ordres de Votre Excellence !

Un sourire sarcastique glissait sur les lèvres de l'archevêque, qui gardait cependant le plus grand sérieux.

— Le gouverneur ne peut deviner qui cela peut être !

— Et moi non plus, je ne puis le deviner, risposta le baron.

— Peut-être serait-ce Son Altesse le prince de Reuss? insinua l'archevêque.

Le baron se mordit les lèvres. Ces quelques mots étaient une allusion à la récente mésaventure de la diplomatie allemande dans sa tentative de marier un des princes du sang royal à une patricienne de Venise, et à établir ainsi entre l'Empire et la République des relations plus étroites.

— S'il en est ainsi, continua l'archevêque, laissant tomber lentement ses paroles, il conviendrait, Excellence, que vous vous rendissiez personnellement à sa rencontre. Je me joindrais aussi au cortège, pour honorer d'autant mieux un si noble personnage.

— Je ne puis trouver de mots propres à exprimer à Votre Eminence toute mon émotion; je suis profondément touché de cette sollicitude pour l'éclat de Sa Majesté impériale, mais... ici... — le baron se troublait, cherchant une expression convenable — je doute qu'il soit indispensable d'avoir recours à un généreux empressement.

— Je regarde cela comme mon devoir.

Bien que sujet de l'illustre République, j'ai été placé par le Saint-Père à la tête du diocèse de Zadar, et je suis prêt à tout moment à rendre à Sa Majesté de légitimes hommages.

Le baron saluait et remerciait.

— Je me mets donc à la disposition de Votre Excellence, continuait l'archevêque.

— Il ne faut rien, Eminence, il ne faut rien. Tant d'honneur ! répétait le baron.

— Mais...

Le dialogue que nous rapportons ressemblait à un de ces duos qui se chantent sur la même note, mais qui sont tout à fait opposés pour le sens. Le son de la voix du baron et de l'archevêque était poli et respecueux ; mais au fond de leurs paroles perçait une sourde hostilité. L'archevêque savait parfaitement quelle avait été la fin des égociations pour la main de la signorita Grimani. Il feignait cependant de n'en rien savoir, et il faisait des offres de service que le baron ne pouvait évidemment accepter, tout en étant dans l'impossibilité de révéler ses motifs. Ce qui le gênait le plus, c'était la présence du messager qui se tenait auprès de lui, attendant ses ordres. De la main et des yeux il lui faisait signe de s'en aller ; mais celui-ci paraissait ne pas comprendre la mimique du baron ; d'ailleurs, elle était difficile à comprendre, car le baron devait la dissimuler aux yeux des nombreux témoins. Ces témoins étaient, sans compter l'archevêque, les ecclésiastiques groupés autour de lui, François Alegreto, capitaine de la galère papale sur laquelle était arrivé l'archevêque, Jean Alberti, frère de l'archidiacre de Splet, celui dont nous avons parlé lors de sa disparition de Rome, et beaucoup d'autres spectateurs, tant laïques que religieux. Le baron devait donc masquer sa pantomime. Aussi le messager, bien qu'il eût concentré toute son attention sur la personne de l'ambassadeur, ne pouvait-il comprendre ce qu'il lui voulait dire par ses clignements d'yeux et ses gestes.

— Non, mais... répondait-il à l'archevêque, et il lançait des coups d'œil au messager.

Il clignait d'une manière de plus en plus pressante, à tel pont qu'il attira enfin l'attention de l'archevêque.

— Votre Excellence souffre-t-elle des yeux?

— Oh ! oui, Eminence. C'est justement le mal pour lequel le médecin m'a prescrit un voyage sur mer.

— Pour les yeux un voyage sur mer! murmura l'archevêque. — Hein?

Quelques prêtres, Alegreto et Alberti, sourirent discrètement.

— Oui, je suis ébloui par l'éclat du soleil, expliquait le baron, et si je l'osais, je supplierais Votre Eminence de vouloir bien entrer dans la maison, pour soustraire ma vue à l'action du soleil.

— Pourquoi ne l'ai-je pas su plus tôt!...— s'écria l'archevêque. — La santé de Votre Excellence m'est chère. Je désirais seulement vous laisser passer le premier. Entrez, je vous en prie.

En disant ces mots, il montrait à l'ambassadeur la porte ouverte et l'invitait de la main à entrer.

— Pour rien au monde! s'écria ce dernier en reculant. Pour rien au monde!

— Excellence, passez en avant.

— Eminence, j'aimerais mieux perdre la vue et vivre d'aumône, comme Bélisaire, que de me permettre de précéder l'archevêque de Zadar.

— Ha! en présence d'une telle résolution, il ne me reste plus qu'à céder, répondit l'archevêque en inclinant la tête et en se tournant du côté de la porte.

Le baron profita de ce moment pour expliquer au messager le sens de ses gestes et de ses clignements d'yeux. Il s'approcha de lui, agita la main avec impatience et colère, et lui dit d'une voix sourde :

— Va-t'en! je ne sais rien et ne veux rien savoir.

Le baron dit encore à la hâte et à mi-voix en s'adressant au messager :

— Quand il débarquera, qu'on ne le laisse pas entrer ici.

Il se dirigea immédiatement vers la porte. Le messager partit, sans savoir à qui se rapportait le pronom « il », et le baron souriant aimablement à l'archidiacre Alberti qui lui faisait les honneurs de sa maison, entra gravement derrière l'archevêque, d'abord dans le vestibule, ensuite dans une vaste chambre destinée à la réception des étrangers. Les cérémonies continuèrent encore dans cette chambre, jusqu'à ce que l'ambassadeur, pour compenser la concession que lui avait faite l'archevêque à la porte, lui eût cédé à son tour, et eût accepté dans la chambre la place d'honneur.

On apporta aussitôt des coupes dorées pleines d'un vin rouge, exprimé du raisin quelques dizaines d'années auparavant. L'archidiacre en offrit à ses hôtes, en leur souhaitant la bienvenue par les mots serbes :

— *Dobro doshli :* Soyez les bienvenus.

Le baron, qui ne connaissait pas le serbe, se fit expliquer le sens de cette expression, qu'il trouva courte et bonne.

— C'est une ancienne habitude — expliquait l'archidiacre — une habitude de nos ancêtres, et qui prouve combien leurs hôtes leur étaient agréables.

— Cette habitude est ancienne et bonne, et elle est bonne parce qu'elle est ancienne, fit le baron, de même que le vin, par exemple.

— Oui... c'est cela... confirma l'archevêque, en posant sa coupe vide devant soi.

— Votre Eminence en voudrait-elle encore? demanda Alberti.

— Non, mon père. Il faut user avec une grande modération des dons de Dieu, et surtout de ceux-là.

L'archidiacre s'inclina et se retira en joignant les mains.

— Combien de temps Votre Eminence compte-t-elle honorer Spalatro de sa présence? demanda le baron.

L'archevêque lui jeta de côté un regard perçant, et répondit après une pause :

— Ah! j'ignore quelle sera la volonté de Dieu. L'homme mortel n'est pas en état de prévoir les arrêts du Tout-Puissant.

Cette réponse ne satisfit pas le baron ; il comprit que c'était une réponse évasive, et il vit en même temps qu'il lui fallait motiver sa question.

— Je me suis permis d'interroger Votre Eminence, uniquement dans le but de lui rendre son séjour aussi agréable que possible.

— La sollicitude de Votre Excellence m'honore et me touche sensiblement. Il ne m'est cependant pas possible de fixer d'avance la durée de mon séjour. Cela dépend... d'abord du temps nécessaire pour examiner l'état de la paroisse; ensuite de ma santé, ébranlée par cette traversée orageuse. Quelle terrible tempête !

— Quelle tempête! répéta le baron.

— Par bonheur, nous avons trouvé un refuge pour notre galère derrière l'île de Salta.

— Et nous auprès de l'île de Brazza.

Et la conversation continua sur la tempête et sur la coloration intense qui teignait pendant toute la nuit la moitié de l'horizon.

— Votre Excellence sait-elle ce que cela voulait dire?

— Je voulais justement le demander à Votre Eminence.

— Quel étrange phénomène! quelque chose comme un avertissement du ciel précurseur de quelque fléau.

— Un avertissement du ciel? répéta le baron.

Et il s'arrêta brusquement.

Des fanfares de trompettes et des roulements de tambours avaient éclaté tout à coup et avaient rempli l'air d'un vacarme qui n'était rien moins qu'harmonieux. L'archevêque regarda le baron, le baron regarda l'archevêque, et leurs regards exprimaient une interrogation nuancée d'une ironie sarcastique, comme s'ils avaient l'un contre l'autre quelque grief qu'ils ne voulaient pas exprimer à haute voix, mais qui perçait dans chaque phrase de leur conversation. C'étaient deux rivaux ou deux adversaires, qui s'efforçaient l'un et l'autre de pénétrer leurs projets réciproques.

Les fanfares et les roulements de tambour mirent fin à cette escarmouche. Ils s'approchèrent de la fenêtre et aperçurent dans le port une foule compacte, qui contemplait avec curiosité une barque toute pavoisée qui venait d'aborder au rivage et qui était surmontée par un immense étendard aux reflets dorés.

Les tambours roulaient, les timbales grondaient, et un grand chien noir s'élança sur le rivage. Le peuple s'écria tout d'une voix :

— Hassan-pacha!

Ce cri arriva aux oreilles de l'archevêque et du baron.

— Ah ! fit l'archevêque d'un accent prolongé.

Le baron haussa les épaules.

— C'est ce personnage-là qui daigne honorer Splet de sa visite ?

— L'honneur n'est pas grand ! répliqua le baron en se levant pour sortir.

— Votre Excellence se rend à la rencontre du chevalier? demanda l'archevêque avec ironie.

— A sa rencontre? non, Eminence, répondit le baron d'un ton de dignité offensée. On ne va pas à la rencontre de charlatans de cette espèce, mais on doit couper court aux désordres dont ils peuvent être la cause. Entendez-vous, Eminence?

On entendait crier :

— Jivio !

L'archevêque ne répondit rien; seulement, après avoir accompagné le baron jusqu'à la porte avec la plus grande politesse, il jeta derrière lui un regard plein d'irritation. Il soupira, comme s'il était débarrassé d'un fardeau. Il secoua la tête, comme s'il voulait en faire tomber quelque chose. Et il appela auprès de lui les trois Alberti, l'archidiacre, le docteur et Jean, et François Alegreto, citoyen de Raguse (Dubrownik), capitaine de la galère du pape.

— Nous voici seuls enfin ; nous pouvons causer librement. Il se prépare ici quelque chose de mauvais.

Les assistants écoutaient en silence. Ils attendaient quelque question du légat.

— Et que se passe-t-il ici?... dit-il enfin en se tournant vers l'archidiacre.

— Eminence, répondit ce dernier, inclinant la tête avec humilité, la nation exige des garanties.

— Je comprends, interrompit l'archevêque avec quelque rudesse. Le Saint-Père sait quelles sont ces garanties. Soyez tranquille, mon père. Vous pouvez être sûr de la bienveillance et de la gratitude du Saint-Père, s'il trouve en vous un auxiliaire zélé. Vous regardez en haut,. et vous désirez pour la gloire de votre nation l'éclat de votre propre personne. On satisfera aux légitimes exigences de la nation. Je le dis au nom du

Saint-Père, tout en ajoutant que cela dépend de vous.

L'archidiacre s'inclina.

Le légat se tourna du côté de Jean Alberti.

— Et vous, guerrier, que me direz-vous?

— J'ai rassemblé et équipé à mes frais, à ceux de mes frères — et il montra des yeux l'archidiacre et le docteur — et à ceux d'Alegreto, un certain nombre d'hommes prêts aux entreprises les plus audacieuses.

— Combien y en a-t-il?

— Cinquante.

L'archevêque fit le geste qui signifie : C'est peu.

Jean Alberti répondit par le geste : Qu'y faire? puis il ajouta :

— En rassembler et en armer plus que cela en présence de l'ennemi, sous les yeux des autorités allemandes et avec des moyens limités, ce n'était pas possible, Eminence.

— Sous le commandement de qui seront-ils, s'il est permis de le demander? lui glissa le Ragusain Alegreto.

— Sous celui de Djordji Miloschewitch, répondit l'archevêque.

Le Ragusain leva la main, comme s'il voulait s'écrier joyeusement : Jivio!

— Nous l'avons vu partir de Rome avec le père Cyprien, et nous en avons eu des nouvelles à Venise, des nouvelles...

Il s'arrêta, comme pour réfléchir s'il lui fallait tout raconter. Puis il continua :

— Ils sont partis et, sans aucun doute, ils sont arrivés sains et saufs à Sègne.

— Pourvu qu'ils y soient arrivés! reprit Alegreto. Il n'y a pas l'ombre d'un doute que les habitants de Sègne n'auront choisi personne autre que Djordji pour woïvode.

— Tout est-il prêt pour les recevoir?.. demanda l'archevêque, en s'adressant aux Alberti.

— Il ne s'agit que de débarquer en secret, répondit Jean, et cela est facile. Ils donneront avis du moment où ils seront entrés dans les eaux de Splet.

— Le père Cyprien est avec eux, et il est muni d'instructions détaillées, répliqua l'archevêque.

Ici, il réfléchit un moment, toussa à plusieurs reprises et prononça enfin les mots suivants :

— Il faut cependant que vous receviez aussi des instructions autrement importantes que celles dont on a muni le père Cyprien. Il s'agit de Clissa, de l'arracher aux mains des infidèles, n'est-ce pas ?

Les auditeurs inclinèrent la tête en signe d'assentiment.

— Et avez-vous pensé à ce qu'il faudrait faire après avoir enlevé Clissa ?

Cette question frappa comme une dissonance les oreilles d'Alegreto et des frères Alberti. Ils ouvrirent les yeux tout grands et les fixèrent sur le visage de l'archevêque, qui continuait en ces termes :

— Dans sa sollicitude pour le bonheur et l'utilité de la chrétienté entière, le Saint-Père a tout organisé. Clissa doit être l'étincelle qui embrase un grand foyer. L'empire d'Allemagne et la république de Venise possèdent des armées, des flottes, des trésors et des moyens trop faibles contre la puissance ottomane lorsqu'ils sont isolés, mais assez forts pour la détruire s'ils s'unissaient l'un à l'autre. Il faut donc s'efforcer de les unir, et on ne peut y arriver qu'avec l'aide d'un dévouement illimité de votre part, et d'une obéissance aveugle à la volonté du Saint-Père. Etes-vous prêts à cela?

— Eminence! s'écria Jean Alberti.

— Peut-on en douter! ajouta François Alegreto.

L'archidiacre et le docteur se joignirent à leur protestation par un geste de la main et des yeux.

— Il faut donc, reprit l'archevêque, emporter Clissa et la livrer aux Vénitiens.

Ces derniers mots frappèrent Jean Alberti et François Alegreto comme un coup de foudre qui serait soudainement tombé devant eux.

L'archevêque continua ses explications ainsi :

— Votre ambition nationale vous pousserait à autre chose, mais il faut suivre la voix de la raison, surtout si cette voix vient de la bouche du vicaire de Jésus-Christ, de ce père de tous les chrétiens. Et que dit cette voix? Voici : l'expédition contre Clissa, partie des possessions impériales, engagera l'empire dans une guerre contre la Turquie;

Clissa, tombée entre les mains de Venise, engagera la République dans une guerre contre la Turquie. Ce n'est qu'ainsi qu'elle pourra devenir l'étincelle du grand incendie à la suite duquel de vastes et belles contrées peuplées de chrétiens seront délivrées des Turcs. Et ce sera vous qui aurez fait jaillir cette étincelle. Cela n'est-il pas digne de votre ambition et de votre dévouement? N'est-ce pas pour vous le moyen le plus sûr de briser le joug ottoman? N'est-ce pas une preuve de la sollicitude vraiment paternelle du Saint-Père pour votre bonheur présent et à venir?

Les frères Alberti et Alegreto inclinèrent respectueusement la tête; le légat les avait persuadés. Il leur avait exposé l'affaire avec tant de clarté! Il y aurait bien eu çà et là quelques objections, mais la perspective de se débarrasser des Turcs dépouillait d'avance les objections qu'on aurait pu faire de tout fondement et de toute importance. Et cette perspective résultait des paroles de l'archevêque; elle se posait clairement et distinctement, comme si on l'avait devant les yeux.

Il n'y avait rien à répondre; il n'y avait

rien à objecter; il ne restait plus qu'à attendre l'arrivée des Uscoques. Les frères Alberti et Alegreto allaient se retirer, quand ils furent cloués à leurs places par l'apparition d'un nouveau personnage, dont l'entrée leur arracha à tous un cri de surprise :

— Ah!

C'était le père Cyprien.

Il s'approcha humblement de l'archevêque, lui baisa la main et baissa la tête, en croisant les mains sur la poitrine.

— Tu arrives donc? au bon moment! Qu'as-tu à nous rapporter?...

— J'ai laissé les Uscoques dans le golfe de Trogir; ils s'y reposent après de grandes fatigues.

— Ils sont arrivés sains et saufs!

— Grâces en soient rendues à Dieu.

— Au nombre de... ?

— Six cents guerriers.

Les yeux de l'Archevêque et des autres assistants étincelèrent de joie.

— Bien... bien... Et, cela va sans dire, ils sont pleins d'ardeur, puisqu'ils ont Miloschwitch à leur tête.

— Hélas! Votre Eminence... répliqua le

moine, du ton dont il aurait avoué une faute.

— Hein ?

— Ce n'est pas Miloschwitch qu'ils ont élu pour woïvode.

— Qui donc ?

— Le chevalier Bertuci. Les Allemands ont fait disparaître Miloschwitch, et ils ont recommandé et soutenu le chevalier.

L'archevêque sourit, mais d'un sourire dans lequel l'amertume se mêlait à l'ironie. Il s'écria :

— Baron, tu l'emportes !

Et il demanda :

— Et après ?

— Une nouvelle favorable, que je ne puis communiquer qu'à Votre Eminence seule.

Les frères Alberti et Alegreto sortirent ; le moine continua :

— Il est venu un message de Franceska, Franceska se trouvera personnellement à Clissa ; elle a entre ses mains l'anneau du vizir, qui lui donne le pouvoir de commander à la garnison.

L'archevêque se dressa sur son séant, tant la joie qu'il ressentit à cette nouvelle fut grande. Sa gravité seule l'empêchait de se jeter au cou du moine.

— Ainsi, se dit-il à soi-même, ainsi on pourra mettre au triomphe de Son Excellence des entraves qui ne lui permettront pas d'aller trop loin.

— C'est bien, dit-il à haute voix. C'est bien.

Et il fit signe au moine de se retirer et de le laisser seul. Le père Cyprien s'inclina profondément et avec humilité, et s'éloigna en poussant un soupir.

V. — Les comptes de Bertuci.

Le baron était sorti de chez l'archevêque dans une assez mauvaise disposition d'esprit. Il secouait la tête avec colère et se dirigeait vers le palais du gouverneur, précédant de quelques pas son escorte, qui ne le suivait qu'avec peine, tant il marchait rapidement.

Tout à coup il s'arrêta, au point où se découvrait à la vue toute la place du port et la place du marché entourée de maisons. Le port et le marché étaient encombrés par une foule compacte, au-dessus de laquelle flottait l'étendard que l'on avait aperçu des fenêtres de l'archidiaconie.

— Insensé! grommela le baron.

Les trompettes ne sonnaient pas, les tambours ne roulaient plus. Le gouverneur, le commandant de la place et quelques autres membres de l'administration se tenaient à l'écart et paraissaient avoir subi quelque grande mortification. Le baron s'approcha d'eux. A sa vue, leurs figures prirent une expression inquiète.

— Eh bien! qu'y a-t-il? — demanda sévèrement l'ambassadeur.

— Nous pensions que c'était un prince souverain, ou du moins un prince du sang, et nous lui rendions les honneurs que l'on rend aux membres de la famille royale... répondit un de ceux auxquels la confusion n'avait pas ôté la voix.

Les joues du baron tressaillirent.

— Mais enfin, quoi?

— Quoi! balbutia le gouverneur à cheveux blancs, avalant sa salive et refoulant les larmes qui s'amassaient sous ses paupières.

— Eh bien? insistait le baron.

— Les hallebardiers sur deux rangs, les trompettes en tête, les tambours sur les ailes; on donne le signal; on rend les honneurs; les tambours se mettent à rouler et les trompettes à sonner, et... il sort... un chien! Depuis soixante ans que je vis, je n'ai pas encore entendu que les honneurs militaires aient jamais été exposés à une pareille humiliation.

Le baron réfléchit un instant et fit le geste qui signifie : « Peu importe! »

Et il demanda :

— Que disait-il?

— Qui? le chien?

Le vieux commandant avait la tête si pleine du chien, qu'il pensait que tout le monde ne s'occupait que de cet animal. Le baron sourit.

— Le chien n'était pourtant pas seul?

— Ah! non, répliqua un des membres de l'administration, il était suivi du chevalier..., non, pas chevalier, mais woïvode.

— Pas woïvode, mais chevalier, corrigea un autre. J'ai entendu comme il l'a dit.

— Il disait ceci et cela, ajouta un troisième.

— Peu importe! interrompit le baron. Mais que disait-il?

Ses interlocuteurs se grattaient la tête. L'un d'eux répondit enfin :

— Il parlait beaucoup... beaucoup... vite et à haute voix. Nous écoutions et le peuple criait : Jivio!

Voyant qu'il ne pouvait arriver à rien, le baron se tourna vers les fonctionnaires du gouvernement, dont l'un représentait l'administration, l'autre la force armée.

— La garde municipale est-elle en bon état?

— En excellent état, répondit le gouverneur.

— Elle est nombreuse? bien constituée? vigilante?

Le gouverneur ne se hâtait pas de répondre; les mots semblaient lui rester au gosier.

L'ambassadeur fut obligé de répéter sa question.

— Trois trabans, bien asssortis... sous le rapport... hem... de l'âge.

— Seulement trois? assortis sous le rapport de l'âge? Alors, ils sont jeunes et doués d'une force herculéenne.

— L'un d'eux se nomme Hercule, glissa un des municipaux.

— Quel âge a-t-il?

— Quatre-vingts ans, si ce n'est plus.

Le baron fit un geste de courroux et poussa un soupir; il se tourna ensuite vers le commandant de la place.

— Quel est l'état de la garnison?

— Il est excellent.

Sans se fier à cette réponse, il entama un interrogatoire minutieux, et il se convainquit que ces mots donnaient un tableau fidèle de l'état des choses. Le commandant était un vieux soldat, élevé dans les camps et les garnisons; il connaissait à fond son métier, et il l'exerçait avec passion. Il ne connaissait d'ailleurs rien autre, et il ne se souciait de rien. Aussi les cinq cents soldats qui se trouvaient sous son commandement étaient-ils tenus avec une discipline irréprochable. On pouvait les mettre sur pied d'un instant à l'autre et les présenter en ordre de bataille.

Le visage du baron s'éclaira.

— Il faut, dit-il, remplacer la garde municipale absente par la garnison et établir dans la ville la surveillance la plus active, exactement comme en temps de siège. Qu'on transmette aux habitants l'ordre d'éteindre les feux au coucher du soleil, de ne pas se réunir en groupes et de dénoncer les étrangers. Que les patrouilles circulent nuit et jour.

— On exécutera les ordres de Votre Excellence, répliqua le commandant d'un ton de satisfaction intime.

— Et que les troupes se tiennent prêtes à se mettre en marche au moment où on le leur commanderait.

— On exécutera les ordres de Votre Excellence.

Tranquillisé sur ce point, le baron se dirigea vers la maison du gouverneur. A l'entrée même de l'édifice flottait le fameux étendard, objet de la curiosité du peuple qui se serrait en foule compacte et le considérait avec curiosité. Il fallait se frayer un passage à travers cette foule pour arriver au bâtiment ; il fallait, de plus, coudoyer pour ainsi dire ceux qui portaient l'étendard et ceux qui l'entouraient en cercle. Cela contrariait visiblement le baron. Avançant avec lenteur, il se levait sur la pointe des pieds et tendait le cou, espérant trouver quelque moyen d'éviter cette rencontre. Il vit que c'était impossible et fronça les sourcils ; il haussa les épaules en apercevant Bertuci, le chien et plusieurs Uscoques qui formaient la garde de la bannière.

Il lui fut facile de venir à bout de la populace. A un signe qu'il fit, son escorte se mit à frapper à droite et à gauche avec la hampe des hallebardes, et elle fraya à Son Excellence un large passage. Mais elle s'arrêta devant l'étendard.

Le baron s'arrêta aussi, ne sachant quel parti prendre. Il hésita quelques instants. Les hallebardiers attendaient.

Bertuci se tenait debout à l'ombre du drapeau ; il s'appuyait sur une massue, symbole du commandement suprême depuis les temps d'Agamemnon ; il tenait la tête haute, dans une attitude pleine de gravité théâtrale. Il avait à son côté Hassan-pacha, assis sur ses pattes de derrière et balayant le sol de sa queue touffue. Derrière eux un groupe d'Uscoques, aux mines hardies, formait la garde du chevalier; l'un d'eux remplissait les fonctions de porte-drapeau.

Les hallebardiers attendaient. Le baron hésitait; enfin, il fit à sa suite le signe de faire évacuer la route.

— Allons! écartez-vous! s'écria le chef de l'escorte en levant sa hallebarde.

Au même moment, Hassan-pacha s'élança comme une bombe lancée par un mortier, et, appuyant ses deux pattes antérieures sur la poitrine du chef de l'escorte, il le regarda dans les yeux du fond de ses orbites rouges, découvrit ses dents blanches sous ses lèvres noires, et gronda sourdement.

Le chef laissa échapper sa hallebarde et se jeta en arrière. Le détachement entier suivit son exemple. Poussée par une terreur panique, l'escorte cherchait à se confondre dans la foule; mais son épouvante s'était propagée à la multitude, et celle-ci reculait en arrière, entraînant le baron avec elle.

Il faut reconnaître cependant que le baron avait aussi cédé à la panique générale. La foule l'entraînait, mais c'était parce qu'il se laissait entraîner, parce qu'il y mettait même un peu de bonne volonté, car il parvint plus vite que les hallebardiers à la traverser, et il ne s'arrêta qu'auprès du gouverneur et du commandant, qu'il venait de quitter. Il arriva près d'eux, pâle et sans chapeau, et il s'en approcha plus près que l'étiquette ne le permettait. Aussi reculèrent-ils devant lui. Le commandant reculait en saluant, et quand le baron s'arrêta, il s'arrêta aussi et demanda d'un ton officiel :

— Quels sont les ordres de Votre Excellence ?

— Ah ! le chien !.. s'écria le baron d'un ton épouvanté.

— Le chien !.. répéta le commandant.

— Là-bas ! — le baron montra du doigt, — sous l'étendard...

— Sous l'étendard.

— Impossible de passer.

— Faut-il lui rendre les honneurs militaires ?

Le baron haletait et se retournait pour

regarder en arrière. On lisait sur son visage que ses pensées reprenaient peu à peu leur équilibre.

Un diplomate ne reste jamais longtemps sous l'empire de la frayeur.

Le baron revint donc à son état normal, ce qu'il prouva aussitôt par la manière dont il expliqua son épouvante.

— Ce chien m'a indigné ! Je n'ai pu contenir mon emportement.

— Qui a emporté Votre Excellence jusqu'ici? — ajouta le commandant d'un ton naïf.

Le baron soupira.

— Ha ! ce chien !

— Serait-ce vraiment un chien ? dit le gouverneur en hochant la tête. J'ai déjà si longtemps vécu ! J'ai vu tant de choses ! *Donnerwetter !*

— Il faut arranger cela de quelque manière.

Le gouverneur et le commandant répondirent à ces mots par un silence embarrassé.

— Il faut l'arranger de quelque manière... répéta le baron.

— Quels sont les ordres de Votre Excellence? demanda le commandant.

— Envoyer un détachement de la garnison pour frayer le passage.

Comme cet ordre avait été donné d'un ton interrogateur, le commandant, au lieu de l'exécuter avec empressement, baissa la tête et fit une moue de désapprobation.

— Ne peut-on pas faire cela?

— On le pourrait, n'était le chien; mais comme ce n'est certainement pas un chien, les knechts pourraient subir le même affront que les hallebardiers, et l'honneur militaire pourrait en être atteint.

— Il n'y a donc pas moyen de se tirer de là?

— Il y aurait un moyen, Excellence.

— Lequel?

— Celui de prier Son Eminence de daigner paraître sur la place pontificalement et de procéder aux exorcismes.

Ce conseil ne parut pas convaincre le baron. Il réfléchit un instant et dit, adressant la parole au gouverneur :

— N'y-a-t-il pas moyen d'entrer dans le palais du gouvernement sans traverser la place?

— Il y a un moyen, au service de Votre Excellence. Une porte de derrière dans une ruelle écartée.

Le baron tourna la tête. Les hallebardiers qui composaient son escorte d'honneur venaient de se grouper de nouveau ; ils se tenaient auprès des hallebardiers qui formaient l'escorte du gouverneur, non loin de l'état-major du commandant. Les hallebardiers de l'ambassadeur se faisaient remarquer par leurs mines déconfites ; ils avaient néanmoins une apparence guerrière sous leurs armures et leurs casques brillants. Le baron leur jeta un regard de reproche, et dit au gouverneur et au commandant :

— Allons.

Le cortège se mit en marche, se dirigeant vers le palais par les ruelles les plus retirées.

Ce bâtiment ne portait le titre de palais que parce qu'il était habité par le gouverneur, appelé *proveditor* en italien, et parce qu'il renfermait les bureaux du gouvernement. Ces bureaux ne prenaient pas beaucoup de place. A droite du corridor d'entrée, une grande chambre, pleine de boue sur le plancher, de graisse sur les tables et les tabourets et de toiles d'araignées sur les murailles; et dans cette chambre, la justice, la police et les finances. C'était tout. A gauche du corridor, une chambre de même grandeur, mais meublée avec propreté et même avec une certaine recherche, servait au gouverneur de salle d'audience et de réception; elle avait été mise à la disposition exclusive du baron.

Après s'être introduits dans le palais par une porte dérobée, le gouverneur et le commandant entrèrent dans cette chambre sur les pas de l'ambassadeur ; on lisait dans les yeux de ce dernier, que, pendant tout le temps de leur promenade à travers les ruelles, sa pensée travaillait à résoudre le problème représenté devant le palais par l'étendard, le chien, Bertuci et le groupe des Uscoques. Le résultat de ce travail se manifesta de la manière suivante. Le baron recommanda au commandant de laisser une petite partie de l'escorte dans le corridor, et de se rendre avec le reste dans la salle voisine, prêt à se présenter au premier appel ; il chargea ensuite le gouverneur de la commission suivante :

— Allez, honorable gouverneur, en observant l'étiquette la plus rigoureuse, et priez le woïvode Bertuci de venir auprès de moi.

— Tout seul ?

— Tout seul. Dites-lui que je le demande, ajouta-t-il avec accent.

Cette commission ne fut pas agréable au gouverneur ; mais il n'y avait rien à répondre. Il sortit, et au bout de quelques minutes il revint tout déconcerté.

— Eh bien ?

Le gouverneur haussa les épaules.

— Il ne veut pas.

— L'avez-vous demandé ?

— Je l'ai demandé.

— Peut-être n'y avez-vous pas mis assez de politesse ?

— J'ai dit : Son Excellence le baron von Norad, représentant de Sa Majesté l'Empereur à la cour de Rome, a daigné m'envoyer, moi, proveditor de Splet, de la côte et des îles voisines, pour vous prier, noble woïvode, d'honorer Son Excellence de votre visite. N'était-ce pas assez poli ?

— Et qu'a-t-il répondu ?

— Il s'est retourné et il est parti.

— Où ?

— Du côté du palais.

— Pourquoi n'est-il pas entré ?

— Parce que je l'ai prié très poliment de vouloir bien s'arrêter.

— Et pourquoi cela ? fit le baron stupéfait.

— Parce qu'il ne venait pas seul.

— Pas seul ?

— Il était accompagné de... Hassan-pacha.

Le baron réprima un geste d'impatience.

— Je l'ai donc prié très poliment de laisser Hassan-pacha dehors, et je lui ai expliqué que Votre Excellence désirait le recevoir tout seul. Mais il m'a répondu : Va et dis à Son Excellence que Bertuci et Hassan-pacha c'est un. Cela m'a engagé d'autant plus à le prier de s'arrêter, jusqu'à ce que j'aie présenté cette affaire à Votre Excellence, car je pensais que si Votre Excellence admettait Hassan-pacha du côté du woïvode, elle voudrait peut-être choisir aussi quelqu'un de son côté, pour rétablir l'équilibre.

— Qui donc ? fit le baron impatienté.

— Selon mon opinion, le plus convenable serait de demander Son Eminence l'archevêque. D'un côté, l'esprit des ténèbres; de l'autre, la puissance qui brise les portes de l'enfer.

— Ah! gémit le baron ; il fit un geste de la main et sourit avec irritation. Allez, honorable gouverneur, et priez encore une fois le woïvode Bertuci de daigner m'honorer de sa présence, en compagnie de Hassan-pacha.

Cette fois, l'invitation était précise, et aucun malentendu ne pouvait avoir lieu. Le gouverneur sortit. Peu après, la porte s'ouvrit et un chien noir entra en bondissant ; il était suivi de près par Ludewit Bertuci. Le chien s'assit à l'écart ; la porte se referma.

Ce n'était pas sans une certaine inquiétude que le baron considérait son hôte quadrupède. Au XVIe siècle, la superstition envahissait jusqu'aux plus hautes classes de la société. Peu de personnes auraient pris sur elles de travailler pour une cause que soutenaient des forces impures. Mais le baron exerçait un emploi qui met souvent ceux qui l'occupent dans de pénibles situations. Le diplomate devait dissimuler la crainte que lui inspirait une supposition considérée à cette époque comme fort vraisemblable, à savoir que le mauvais esprit se cachait sous l'extérieur d'un chien noir, et il dut entrer en conversation avec Bertuci.

— Que je suis heureux, que je suis enchanté de vous revoir, noble woïvode, dans un état florissant de santé ! commença-t-il.

— Et moi aussi, je suis heureux, répondit Bertuci, de vous voir en bonne santé, Excellence. Je craignais que la tempête ne vous eût secoué.

— Ah ! quelle tempête !

— Savez-vous quelle en a été la cause ?

— Woïvode, vous me demandez une chose qui dépasse les bornes de l'intelligence humaine.

— Pas de toutes les intelligences, répliqua Bertuci, Boga mi ! pas de toutes... Je le sais ; Hassan-pacha le sait. Demandez au premier Uscoque venu, chacun d'eux vous l'expliquera. Mais peu importe. Dites-moi, Excellence, que signifiait cette attaque des hallebardiers contre ma personne ?

— Un malentendu, woïvode... c'était un malentendu, — répondit précipitamment le baron. — J'en ai entendu quelque chose, mais je ne sais rien de précis.

— Et vous n'en avez rien vu ?

— Oui... hum... oui... de loin.

Bertuci éclata d'un rire bruyant. Le chien grogna d'une façon particulière.

— Allons, peu importe!... C'est votre métier, baron, de ne jamais dire la vérité... Nous nous connaissons. Aussi ne s'agit-il pas de cela. Parlons d'une question plus importante et fondée sur des bases réelles.

— Woïvode, je suis à vos ordres...

Bertuci reprit en ces termes :

— Vous savez, mon armée arrive?

Le baron inclina la tête, avec un geste affirmatif.

— Six mille guerriers.

Le baron fit un geste de doute prononcé.

— Je crois, woïvode, que vous vous trompez d'un zéro.

— Je ne me trompe pas, et les rapports que je reçois sont exacts... A Sègne on m'a proclamé woivode à l'unanimité... Mon compétiteur... Ha, ha! compétiteur!.. La curie romaine a présenté un certain personnage, moitié clerc, moitié soldat, et ça prétendait rivaliser avec moi!

Il secoua la tête avec mépris.

— Ce compétiteur donc, lorsqu'on en vint de fait au choix d'un woïvode, n'a pas seulement montré le nez.

— Les rapports que j'ai obtenus à ce sujet... commença le baron.

— Allons donc!... vos rapports!... interrompit Bertuci. J'ai aussi obtenu des rapports, et les miens sont exacts... car j'ai pour habitude de contrôler sévèrement les moindres détails qui me sont rapportés de différents côtés. Et comme je ne suis pas diplomate, tout ce que je dis est vrai. Mon habitude est de poser la vérité simple et sans masque. C'est mon habitude, c'est mon côté faible, baron. Je dis ce qui s'est passé. Quand on en vint aux élections, mon adversaire s'éclipsa.

— Il s'éclipsa... répéta le baron.

— Eh bien!.. Et pourquoi?..

Le baron leva les épaules.

— Personne n'en a pu éclaircir les motifs...

— Excepté moi...

— Nous savons, continua le baron, qu'il a enlevé à Venise une patricienne dont la main avait été promise à l'un des princes de sang impérial; nous savons qu'il a causé la mort d'Andrea Tiepolo; nous savons enfin qu'il a disparu avec la Vénitienne.

On pouvait lire dans les yeux écarquillés de Bertuci que ces faits arrivaient pour la première fois à ses oreilles. Malgré cela il serra les lèvres avec mépris et dit d'un ton négligent:

— Eh... fadaises que tout cela... je le sais depuis longtemps... On ne pouvait s'attendre à rien autre de la part d'un Miloschwitch... Au lieu de concentrer toutes ses forces sur la chose publique, il se jette dans les bras d'une courtisane de Venise.

— Une courtisane... une Grimani?... s'écria involontairement le baron.

— Hem... oui... hem... se reprenait Bertuci, comprenant qu'une grosse bêtise venait de lui échapper — Je sais parfaitement ce qui concerne les Grimani, mais pour moi chaque femme, et surtout celle qui se livre au premier venu, est une courtisane. Ce qui est grave dans toute cette affaire, c'est que mon rival s'est caché, et que les Uscoques m'ont nommé woïvode... Pourquoi n'ont-ils élu personne autre que moi?

— Ils vous ont élu, repartit l'ambassadeur avec un imperceptible sourire, parce que j'ai envoyé au kapetan de Sègne un ordre, écrit de ma propre main, lui enjoignant de vous recommander de tout son pouvoir et de ne soutenir personne autre que vous. J'ai été fidèle à la convention sur laquelle nous nous sommes entendus. Je l'ai appuyé de l'influence de l'empereur d'Allemagne, woïvode... influence envers laquelle vous avez certaines obligations... Vous vous en souvenez.

Le baron avait pu parler si longtemps, parce qu'il avait, dès ses premiers mots, fermé la bouche au chevalier. La réponse substantielle qu'il avait faite à la question posée par Bertuci, avait dérouté ce dernier. Il écouta sans rien dire, mais il ne cacha pas sa langue dans sa poche, comme on dit dans le peuple. Aux derniers mots prononcés par le baron, il riposta sur-le-champ :

— Je me souviens... oh!... je me souviens de tout; mais, de votre côté, n'oubliez pas non plus que tout votre appui, vos recommandations et l'influence de votre empereur n'auraient eu aucun résultat, si mon nom n'était pas connu à Sègne, sur les côtes, en Croatie, en Bosnie, en Serbie, dans toute l'Illyrie, la Slavonie et la Bulgarie, jusqu'aux rivages de la mer Noire... Vous m'avez appuyé, parce vous étiez sûrs du succès; aussi avez-vous mieux réussi que la curie romaine, qui soutenait Miloschwitch. Je ne me suis pas éclipsé... Vous m'avez... Me voici... Et avec moi six mille guerriers... Je remplis mes obligations...

Le baron étendit la main pour mettre une digue à ce flux de paroles qui s'échappaient des lèvres du chevalier; il put glisser enfin un mot :

— Les conditions...

— Les conditions? Est-ce que je ne les remplis pas?... J'ai pourtant amené l'affaire, au point où il ne vous reste plus qu'à me compter dix mille sequins... et...

— Au nom du ciel!... woïvode!... s'écria baron. — Cela n'est pas compris dans les conditions.

— Cela n'y est pas?... Comment donc!...

Cela ne découle-t-il pas de l'esprit du traité?... Vous vous êtes engagé à m'appuyer...

— Ne le faisons-nous pas?...

— A m'appuyer, c'est-à-dire...

— N'ai-je pas envoyé des ordres à Sègne?.. reprit le baron, élevant la voix afin de dominer Bertuci et de le forcer à se taire. Ne vous ai-je pas compté des sequins, woïvode? d'abord cent, ensuite mille? N'avez-vous pas dit que c'était assez?

— Le mot « assez » se rapporte toujours au présent, jamais à l'avenir... Le moment actuel est l'avenir, par rapport à celui où j'ai dit « assez »... Il n'y a pas au monde deux choses qui se ressemblent; deux gouttes d'eau différant entre elles : comment les circonstances, les conditions, les besoins pourraient-ils être identiques! comment peut-on prétendre que le passé réponde du présent, et le présent de l'avenir?! Cela n'a pas de sens; ce qui en est la meilleure preuve, c'est que j'ai dit, dans le passé, d'abord cent sequins, ensuite mille, et aujourd'hui je n'ai plus le sou.

— Où cet argent a-t-il passé? s'écria le baron.

— Ha, ha, ha... ricana Bertuci, Votre Excellence me demande des comptes?

— Dieu m'en garde! s'écria le baron, en levant les bras. Je retire mon exclamation, qui m'est échappée involontairement; je la retire et je proteste contre elle.

— Ho, ho !... Bien que je ne permette à personne de se mêler de mes dépenses, je vous les énumérerai cependant par exception, baron, pour vous convaincre que je ne crains pas qu'on les examine.

Et il se mit à compter sur ses doigts.

— J'ai envoyé mes gens de tous les côtés, dans le but de préparer les esprits; j'ai fait graver trente mille exemplaires de mes portraits, des grands, des petits et des moyens; j'ai fait reproduire sur parchemin mes proclamations et mes manifestes; pour répandre ces portraits, ces manifestes et ces proclamations, j'ai dû louer des vaisseaux et payer des gens; j'ai fait tisser un étendard et je l'ai fait broder d'or et de pierres précieuses; j'ai fait faire cette masse-ci.

Il fit faire un moulinet à sa massue, et

l'arrêta sous le nez du baron, si près, que celui-ci dut rejeter la tête en arrière et se couvrir la figure de la main.

— Examinez-la, Excellence. Elle est incrustée de nacre et ornée de clous d'or massif... Hein? Trouvez-moi un romain assez magnanime pour la faire gratis?

—N'aurait-on pu se passer de tout cela ?— glissa de nouveau le baron, involontairement sans doute.

— Oui... répondit le chevalier, en riant encore; de même que l'empereur pourrait se passer de couronne, de sceptre, de trône et de manteau; de même que vous, Excellence, vous pourriez vous passer de cette tunique de velours bordée de zibeline, de cette chaîne dont chaque anneau est agrémenté d'une pierre précieuse, de cette toque à plume de héron fixée sur une monture de diamants, de même moi, woïvode de la Bosnie, des côtes de la Serbie, etc., j'aurais pu me passer de tout cela.

Ces paroles de Bertuci fermèrent à leur tour la bouche du baron. Bertuci avait raison; aussi le baron garda-t-il le silence, tandis que le chevalier continuait :

— Et mon voyage de Rome jusqu'ici, n'a-t-il rien coûté? Et la traversée des Uscoques de Sègne à Splet?

— Mais, par le ciel, woïvode! Vous n'avez pas dépensé un sequin pour cela!

— En quoi cela vous regarde-t-il? Puisqu'il faut rendre des comptes, souffrez qu'on les rende exactement... Ainsi, j'ai amené avec moi vingt Uscoques. L'armement, l'équipement et le voyage de chacun d'eux m'a coûté, plus ou moins, douze sequins. Multiplions six mille par douze, ajoutons-y la valeur des objets que j'ai énumérés, et comparons cette somme à celle que je réclame; nous verrons si mes prétentions ne sont pas très modérées, si ce ne sont pas les prétentions d'un créancier qui exige dix au lieu de cent. Allons! j'espère, Excellence, que je vous ai convaincu.

Il s'arrêta et, ce qu'il y a de plus étonnant, il attendit une réponse.

Mais le baron ne se hâtait pas de répondre. Il se taisait, et aux plis qui s'étaient creusés sur son front, on voyait qu'il méditait. Il réfléchit longtemps; il ouvrit la bouche à plusieurs reprises, comme s'il voulait parler; évidemment il hésitait. Enfin il prononça les paroles suivantes :

— Si vos réclamations, woïvode, sont un *ultimatum* de votre part, ne jugez pas mauvais que, moi aussi, je pose un *ultimatum*, au nom de mon gracieux empereur.

Bien... répondit Bertuci, d'un ton un peu moins haut, posez votre ultimatum; je dirai alors jusqu'à quel point mes réclamations en sont un.

Le sens même de cette réponse montrait que le chevalier avait baissé le ton. L'ambassadeur dut s'en apercevoir, car il dit d'une voix résolue :

— Je ferai défendre les ports et empêcher le débarquement des Uscoques. Qu'ils aillent chercher fortune sur les côtes vénitiennes, et vous à leur tête, woïvode.

Bertuci changea de contenance, et son insolence l'abandonna à moitié. Il regarda Hassan-pacha, qui remua vivement la queue; le baron jeta au chien un coup d'œil inquiet; mais, pour des motifs inconnus, le chevalier ne s'en rapporta pas à cet auxiliaire auquel il avait recours dans les grandes circonstances. Il aima mieux chercher un appui dans sa propre éloquence.

Bertuci reprit donc en ces termes :

— Je ne m'attache pas avec entêtement à un chiffre rond. J'insiste seulement sur ce qu'il me faut des sequins pour continuer les opérations commencées.

— En faut-il absolument? fit le baron d'un ton persuasif. Les Uscoques vont débarquer, ils se reposeront dans un lieu écarté, ce qui est de ma part une condition sans laquelle je ne fais pas un pas plus loin, et ils se rendront à deux heures de marche.

Bertuci soupira.

— Dans ce cas, cela ne peut aboutir à rien.

— Pourquoi?

— À cause du manque complet d'armement.

— Les Uscoques sont armés, pourtant!

— Mais pas comme il le faudrait.

— Vous ne trouverez pas à les armer autrement à Splet, woïvode. La ville est purement commerciale, et ne possède ni armuriers ni arquebusiers.

— Cela ne fait rien... Pour l'armement de

mon invention, il me faut avant tout des menuisiers et des charpentiers, et peut-être aussi des serruriers ; on en trouverait certainement à Splet en nombre suffisant.

— Cela prendrait-il beaucoup de temps?

— Deux ou trois jours tout au plus ; en surveillant bien le travail, il pourrait être fait en vingt-quatre heures. Mon invention est simple et infaillible ; elle est surtout propre à prendre d'assaut les forteresses.

Le baron réfléchit un instant.

— Bon... Je vois, noble woïvode, que l'on peut s'entendre avec vous... Je vous ferai compter — il pensa encore quelques secondes — cent sequins.

Bertuci se jeta en arrière.

— Je vous ferai fournir les matériaux et, si c'était absolument nécessaire, j'ajouterai encore quatre cents sequins,.. mais seulement si vous consentez à accepter les conditions suivantes : 1° vous dissimulerez votre étendard ; 2° vous ne vous montrerez en public, ni vous, ni vos compagnons ; 3° ceux qui doivent arriver débarqueront dans le plus grand secret ; 4° ils demeureront cachés dans les ruines de Salone, et ils ne séjourneront pas plus de trois jours sur le territoire de Sa Majesté... voilà mes conditions... voilà l'*ultimatum*. dont je ne démordrai pas, vous laissant le loisir de l'accepter ou de le rejeter.

— Hum? grommela Bertuci. L'accepter ou le rejeter? Si je n'étais pas responsable devant l'histoire de ces vaillants qui accourent à mon appel, je le rejetterais sans hésiter. Mais les choses en sont venues à un point où je ne puis le rejeter. J'accepte.

Nous ne décrirons pas la cérémonie des adieux des deux grands hommes. Nous dirons seulement que le baron se montra d'une douceur et d'une complaisance excessives, et que, peu de temps après, l'archevêque dépêcha vainement ses gens de tous côtés pour savoir ce qu'étaient devenus l'étendard, les Uscoques, Bertuci et Hassan-pacha, et surtout pour prendre des informations sur le résultat de la conférence entre l'ambassadeur et le woïvode : on ne put rien lui rapporter.

VI. — Dans les ruines.

Bertuci pouvait bien se dérober lui-même aux yeux du public, mais il ne put dissimuler le fait de son arrivée. Cela s'était passé avec tant d'éclat! Tant de monde y avait assisté! La population entière de Splet avait vu le chevalier de ses propres yeux; elle avait entendu ses harangues; elle avait admiré Hassan-pacha, elle avait été témoin de la victoire remportée par celui-ci sur les hallebardiers; elle avait vu les Uscoques, — et toute la contrée environnante était en relation avec Splet, — et dans les environs de Splet, il y avait aussi la forteresse de Clissa, occupée par une forte garnison turque. Tout ce qui s'était vu et entendu à Splet se transmit donc avec la rapidité de l'éclair et produisit l'effet auquel on pouvait s'attendre. Les Turcs furent saisis d'inquiétude. Le soir même du jour où Bertuci effectua son débarquement solennel, un courrier à cheval sortit de la forteresse et s'élança ventre à terre sur la route de Serayewo.

Franceska arrivait à Clissa par la même route. Il était possible qu'elle rencontrât le courrier; mais ces possibilités se réaliseraient-elles?

Nous posons la question, — mais nous ne la résolvons pas; nous ferons seulement remarquer que, sur dix chances, il y en avait neuf pour l'affirmative, une seule pour la négative. Que de fois cependant cette chance unique a décidé de l'événement dans la mêlée hasardeuse des choses humaines.

Nous laissons donc en suspens la question de savoir si Franceska rencontrera ou ne rencontrera pas le courrier expédié de Clissa à Serayewo : d'autres personnages nous appellent et notamment les deux personnages importants qui doivent jouer dans les événements qui se préparent le rôle de ressorts dissimulés : l'archevêque et le baron.

L'archevêque demeurait dans l'archidiaconie, le baron dans le palais du gouverneur. L'un et l'autre occupaient des chambres sur le devant, et leurs fenêtres se faisaient vis-à-vis. Ils auraient pu converser à l'aide de signes télégraphiques ou de signaux maritimes. Aussi conversaient-ils entre eux, mais autrement qu'à l'aide de signaux. L'intermédiaire de leurs dialogues était plus subtil, — si subtil même, qu'il n'avait pas besoin de revêtir les formes matérielles qui servent à l'échange des pensées ; — c'était en effet la pensée même.

Ils causaient entre eux. Ils pensaient l'un à l'autre. Et si l'on avait mis par écrit tout ce qu'ils avaient médité en regardant chacun les fenêtres de son partenaire, on aurait eu une conversation complète, avec questions, réponses, affirmations, négations, stratagèmes, circonlocutions etc. Au fond, et quelles que fussent les apparences, l'archevêque et le baron étaient en présence à peu près comme deux adversaires, et cela parce que les desseins de leur politique se contrecarraient, au moins dans certains détails importants.

Comme on l'a vu, le représentant du Saint-Siège tenait à ce que les Uscoques s'emparassent de Clissa, pour remettre cette place forte à la république de Venise, qui se trouverait, par là, engagée à seconder les desseins du Saint-Père pour la délivrance de la chrétienté.

L'empire allemand tenait aussi à ce que les Uscoques s'emparassent de Clissa, mais pour son compte et parce que Clissa était un morceau de gourmet; c'était une clef dont la possession lui assurerait des avantages considérables et qui l'étaient particulièrement à cette époque, dans les conditions où se trouvait l'empire vis-à-vis des Turcs.

Il suit de tout cela que l'on ne s'occupait guère des Uscoques pour eux-mêmes : ils disparaissaient comme absorbés par la grandeur des desseins auxquels ils étaient mêlés. Néanmoins, bien qu'ils ignorassent les secrètes pensées des diplomates, bien qu'ils connussent imparfaitement et d'une façon vague le but final de l'entreprise dans laquelle ils étaient engagés, toutefois un sûr instinct leur disait qu'ils travaillaient à l'affranchissement de leur pays natal. C'était leur politique, et elle justifiait leur dévouement, quel qu'en fût le succès prochain ou tardif.

Nous avons déjà fait allusion plusieurs fois aux ruines de Salone, voisines de Splet.

Bien des siècles avant l'époque de notre récit, de superbes bâtiments s'élevaient sur l'emplacement de ces ruines. De longues colonnades de marbre blanc se miraient dans les flots bleus de l'Adriatique, avec les majestueux frontons qu'elles portaient; sur les murs extérieurs des bâtiments, on voyait d'admirables bas-reliefs; des statues innombrables semblaient surveiller les abords du palais, ou, dispersées au milieu d'un vaste et délicieux jardin, se montraient au milieu des arbres comme de blanches apparitions. Un calme enchanteur régnait dans cette résidence magnifique et paisible, pleine d'ombre et de silence, où l'on entendait seulement le bruit des ruisseaux et des cascades. C'était là que vivait dans la retraite un souverain, un empereur, un homme d'Etat qui fut l'un des plus coupables persécuteurs des chrétiens et que l'histoire a jugé et condamné avec une juste et inexorable sévérité. Dioclétien eut peut-être le pressentiment des jugements de l'histoire; et peut-être espéra-t-il s'y dérober, en se réfugiant, loin du tumulte de la vie publique, au sein d'une retraite fastueuse. La nature et l'art créèrent à l'envi le luxe qui l'environnait. La nature fournit un magnifique emplacement entouré de montagnes, réchauffé par un ciel méridional, rafraîchi par les brises de la mer, plein du murmure des ruisseaux et du gazouillement des oiseaux ; l'art éleva les palais, dessina les jardins et les embellit merveilleusement; puis, quand Dioclétien mourut, tout cela fut délaissé et bientôt ne fut plus que des ruines croulantes.

Il sembla même que ces ruines avaient quelque chose de contagieux. Elles s'étendirent jusqu'à la ville. La ruine des palais de Dioclétien fut suivie de la décadence de Salone, qui existait avant eux, mais qui ne survécut pas à leur chute. Un port excellent et une situation avantageuse, cause première de sa fondation, ne parvinrent pas à la sauver. Salone se dépeupla, et ne fut plus qu'un amas de décombres, de débris de tous genres : murs ruinés, colonnes brisées, arcades écroulées, statues mutilées ; vains témoignages d'un passé évanoui ! — Des arbres du jardin, les uns devinrent sauvages, les autres périrent ; les mauvaises herbes poussèrent à la place des gazons si soignés et des parterres fleuris ; de longues traînées de lierre s'échappèrent des fentes des murailles et enguirlandèrent bientôt les créneaux. Désormais dans cette splendide résidence, où Dioclétien avait placé son abdication comme sur un piédestal, habitèrent seuls des reptiles, d'agiles lézards, des serpents et de grandes salamandres vertes, sans cesse haletantes, inconnues dans nos régions. Le calme du repos impérial était remplacé par le silence des ruines, — silence moitié rêveur, moitié sépulcral, au milieu duquel se faisait toujours entendre l'éternel gémissement de la mer se brisant contre les rochers de la côte et qu'écoutait pensif, douze siècles auparavant, le persécuteur des chrétiens.

On évitait d'ordinaire l'approche de ces ruines où l'imagination populaire faisait errer l'âme pénitente de Dioclétien. Qui inspira au baron Norad l'idée de les désigner pour lieu de résidence momentanée aux Uscoques? Nous ne saurions le dire; toujours est-il qu'à l'endroit même où Dioclétien s'était autrefois réfugié, Bertuci établit son camp.

Quel dut être l'étonnement des lézards, des salamandres et des serpents à la vue de ces intrus qui troublaient leur tranquillité?

Ils arrivèrent de nuit. Un foyer allumé sur le rivage leur servait de phare. Tout auprès de ce foyer, Hassan-pacha était étendu par terre, le museau entre ses deux pattes de devant et Bertuci était assis à côté sur un tronçon de colonne; on entrevoyait alentour les figures des Uscoques qui remplissaient les fonctions de gardes du corps du woïvode.

C'est vers ce foyer que se dirigeaient les tchaïkas. Elles abordaient l'une après l'autre, et les guerriers s'élançaient sur le rivage, heureux d'être enfin arrivés au port. Ils débarquaient et se rangeaient, selon l'ordre communiqué par un des adjudants de Bertuci. Les *Tchetas* se plaçaient en rang l'une à côté de l'autre. Cela allait vite et bien, car les Uscoques savaient qu'ils n'étaient qu'à quelques stades de la frontière turque, et ils étaient persuadés que l'on se mettrait immédiatement en marche. Mais lorsqu'ils se furent rangés, on leur annonça que le woïvode passerait une revue.

Une revue, de nuit?

Le woïvode trouva moyen de remédier à cet inconvénient. Des porteurs de tisons enflammés s'avancèrent devant le front de bataille. A la lueur de ces flambeaux improvisés, Bertuci, suivi de son inséparable Hassan-pacha, inspecta le front d'un bout à l'autre, examina les rangs d'un œil scrutateur et, s'arrêtant ensuite en face des soldats, il leur adressa un discours commençant par ces mots :

— Je vous salue, fils de la Bosnie ; je vous « salue, faucons rapides ! Vous volez à la « conquête des nids de vos pères... Je vous « conduirai, etc.

Nous ne reproduirons pas cette harangue et nous n'en faisons mention que pour présenter Bertuci sous son jour le plus favorable. Ce n'était pas un esprit obtus. Il connaissait l'ascendant de la parole. Il savait que les Romains exploitaient cet ascendant et que, dans toutes leurs expéditions, une place était gardée, dans les légions, pour les orateurs. Aussi, à sa première rencontre avec les Uscoques, il salua ses soldats par une harangue dans laquelle, après avoir élevé leur vaillance jusqu'aux nues, il insista par-dessus tout sur la reconnaissance qu'ils devaient avoir envers Dieu de ce qu'ils allaient au combat sous son commandement à lui, Bertuci. Il en expliqua la raison. Ce qu'il présentait comme un des avantages les plus importants, c'était l'alliance avec l'empereur d'Allemagne. Mais le plus grand avantage, l'acquisition la plus précieuse, c'était sa propre personne, douée de toutes les qualités nécessaires pour sauver la Bosnie. Il ne négligea pas de se répandre en invectives contre ceux qui passaient pour ses rivaux, et, tout particulièrement, contre Djorji Miloschwitch.

— A l'heure où tout honnête homme oublie son bonheur personnel, — disait-il d'une voix pathétique, — à l'heure où il quitte sa femme et ses enfants, où il sacrifie tout ce qu'il a de plus cher, celui-là a enlevé une Vénitienne et il s'est caché avec elle.

C'était pour les Uscoques une nouvelle inattendue.

— Au lieu de s'élancer avec ses compagnons là où le devoir l'appelait, il est resté dans les bras de la signorita Grimani

Un murmure d'indignation parcourut les rangs.

— N'est-ce pas une trahison de voler à la

patrie une tête et deux bras capables de la servir?

— Boga mi, c'est une trahison — répondait chaque Uscoque dans son for intérieur.

— Je ne commettrai pas cette lâcheté... continuait l'orateur. Je vous conduirai contre l'ennemi, mais d'abord je vous y préparerai. Vous resterez ici quelques jours. Je vous armerai de telle manière, que chacun de vous en vaudra dix autres. Je ferai de vous une forteresse mouvante qui sera à la fois, en tout lieu et à tout instant, une forteresse et une armée; il n'y aura point d'obstacles pour elle, ni rivières, ni fossés, ni remparts... elle passera partout, et elle ira plus vite que le cheval le plus rapide... Et maintenant, dressez le camp!

— Jivio le woïvode!... s'écrièrent les Uscoques de toutes parts.

Le discours de Bertuci avait vivement impressionné ces esprits naïfs. Une calomnie jetée avec adresse les avait gagnés au calomniateur. C'est un petit moyen, mais efficace, pourvu qu'il soit employé au bon moment. Et le moment ne pouvait être meilleur. Djordji était absent. Aussi l'ombre jetée sur lui servit à mieux mettre en lumière Bertuci; celui-ci, après avoir terminé la harangue qu'il avait prononcée à la lueur des torches, ce qui n'avait pas été sans effet sur les imaginations, s'éloigna du front de la troupe et s'enfonça dans les ténèbres des ruines.

Les Uscoques ne se mirent pas tout de suite à établir le campement. Ils entourèrent d'abord le père Cyprien.

— Il a enlevé une Vénitienne? demandaient-ils de tous côtés.

— C'est vrai..., répondait le moine, du ton d'un coupable pris en flagrant délit.

— La signorita Grimani?

— La signorita Grimani.

— *Maïka niegorva !* — jurait-on.

Ceux qui avaient rencontré dans l'archipel de Kierneron la barque montée par Djordji et par la Vénitienne se retrouvèrent dans le nombre. Leur témoignage servit de circonstance aggravante, et donna plus de poids aux paroles prononcées par Bertuci et confirmées par le père Cyprien.

Ce n'est qu'après cette confirmation que l'on se mit à dresser le camp.

Les Uscoques s'en acquittaient avec une habileté conquise par une longue expérience. Ils eurent trouvé en un clin d'œil tout ce qu'il leur fallait pour passer la nuit à la belle étoile. Des files de feux brillèrent entre les ruines. Les débris des siècles écoulés furent illuminés d'une lueur rougeâtre. Les serpents effrayés s'échappaient de dessous les pierres et se glissaient silencieusement vers les parties plus éloignées des ruines de Salone ; les lézards s'élançaient à corps perdu, s'arrêtant quelquefois sur les débris de murailles couronnés de lierre, et fixant sur la flamme un œil brillant ; les salamandres seules faisaient mine d'être prêtes à mourir au lieu de leur naissance. Mais les Uscoques n'y prenaient pas garde. Ils s'endormaient autour des feux, pensant à Djordji et à sa trahison ; quelques-uns, les plus jeunes, rêvaient à la Vénitienne ; mais ce qui planait au-dessus de tout dans leurs rêves, c'était cette forteresse qui franchirait les rivières, les fossés et les remparts plus vite que le cheval le plus rapide.

C'est qu'en effet il y avait bien là de quoi rêver. Les fables seules citent des héros dont

« chaque pas fait une lieue, chaque saut en fait cent ». Allaient-ils devenir semblables à ces héros? Cela ne paraissait pas absolument impossible; le prince Marko avait bien fait quelque chose de pareil. Le *Kralewitch* avait, à la vérité, un cheval qui écartait tous les obstacles devant lui. Le voïvode Bertuci n'avait pas de cheval, mais il avait un chien aux orbites rouges. Et Hassan-pacha valait bien Sharatz!

Mais le rêve et la réalité!... Ils diffèrent l'un de l'autre comme le ciel diffère de la terre. Ils rêvaient d'héroïsme, et ils furent attelés au travail, et au travail le plus vulgaire : au charpentage et à la menuiserie. Ils trouvèrent auprès des ruines les matériaux nécessaires, du bois et des branchages amenés en grande quantité, et dès le point du jour suivant ils commencèrent leur travail, surveillés par le woïvode lui-même.

Pendant ce travail, les Uscoques eurent l'occasion de lier plus ample connaissance avec le woïvode. Ils acquirent la conviction que c'était un homme d'un abord facile, sensé et bienveillant, et bavard, bavard!.. sa langue ne pouvait rester une minute en repos. Il allait de l'un à l'autre, et il avait pour chacun quelque parole qui faisait rire aux larmes. On ne retrouvait en lui aucun vestige de l'orateur pathétique qui leur était apparu de nuit, à la lueur des torches, sur le fond des ruines, et qui leur avait fait entrevoir des choses inconnues. Dans l'obscurité, il leur avait paru environné d'une gravité majestueuse : dans la journée, il se présentait sous les dehors d'un bon camarade. Ces deux aspects cependant réagissaient l'un sur l'autre pour l'entourer d'un prestige auquel contribuaient deux choses surtout : la société incessante de Hassan-pacha, fortement soupçonné de sorcellerie ; et les noms incompréhensibles appliqués par le woïvode aux objets que fabriquaient les Uscoques, sur des modèles fournis par lui.

Ils faisaient, par exemple, des paniers sans fond, tressés en fines baguettes d'osier, étroits à une extrémité, évasés à l'autre, et percés d'ouvertures sur les côtés ; ils demandaient :

— Qu'est-ce que c'est ?

Bertuci appelait ces paniers :

— Des boucliers sous-poitrinaires.

Ils taillaient de longs échalas, d'égale grandeur, bifurqués à une extrémité, et ils y plantaient des chevilles de bois. Bertuci appelait cela :

— Des lestopèdes offensifs et défensifs.

Les forgerons forgeaient des espèces de dards fixés à des cercles de fer. Bertuci les appelait :

— Des piques à demi-ceinturon.

Tout cela était étrange, mystérieux. Si tel ou tel osait adresser au woïvode quelque question sur l'usage de ces objets, il obtenait toujours la réponse suivante :

— Tu verras, quand tout sera fini... Je me mettrais dans de beaux draps, si j'allais l'expliquer d'avance !.. les Turcs l'apprendraient, s'en empareraient sur-le-champ, et le mettraient à profit.

Nous croyons cependant que ce n'était là qu'un prétexte de novateur ; il redoutait les critiques de vieux routiniers, tels que les Uscoques, habitués à combattre à l'ancienne manière, parce que leurs pères se battaient ainsi. Combien n'y a-t-il pas d'inventions qui viennent trop tard ou qui se perdent tout à fait, rien que grâce à la routine. C'était elle sans doute que Bertuci redoutait, car il n'avait rien à craindre du côté des Turcs; bien que la nouvelle de son arrivée à Splet les eût inquiétés, ils ne pouvaient obtenir aucune information sur ce qui concernait le camp protégé par les ruines de Salone. Pour tout l'or du monde, aucun Turc n'aurait osé entrer dans les décombres d'une ville hantée par l'âme de Dioclétien. Aucun chrétien ne se serait chargé dans ces circonstances de remplir le rôle d'espion pour le compte des musulmans. Sous ce rapport, le camp des Uscoques était dans une sécurité complète, et Bertuci aurait pu, non seulement divulguer à ses subordonnés le secret de ses découvertes, mais encore il aurait pu leur faire faire des essais et des expériences. Ses précautions étaient donc superflues, à moins qu'il ne suivît la règle observée par les vieux commandants, que l'excès de prudence ne peut jamais nuire.

Les Uscoques taillaient, forgeaient, tressaient des paniers, écoutaient les anecdotes de Bertuci et riaient à gorge déployée de railleries dont il savait accabler tous ceux qui possédaient parmi les Uscoques une réputation plus ou moins fondée. Il se répandait surtout en remarques malicieuses contre ceux qui étaient absents, contre Djordji Miloschewitch, et entre autres contre Jean Alberti, dont l'absence, nous le savons, n'était que relative. Il n'était pas très éloigné. Le camp se trouvait dans les ruines de Salone, et Alberti était à Splet. Il pouvait se présenter d'un moment à l'autre.

Ce moment arriva en effet. Le lendemain vers midi, comme des centaines de « boucliers sous-poitrinaires » et des monceaux de « piques à demi-ceinturon » étaient déjà épars sur le sol, il apparut inopinément au milieu des Uscoques. On l'entoura immédiatement. Il était en pays de connaissance, des paroles de bienvenue s'élevèrent de tous côtés.

— *Kako si* ? D'où viens-tu? Où as-tu été?

Jean Alberti, homme d'extérieur chevaleresque, de mouvements calmes et sérieux, de haute taille, réservé en paroles, formait un contraste frappant avec Bertuci, dont l'extérieur, les mouvements, la manière d'être, la parole, jusqu'au regard même, trahissaient le charlatanisme. Des personnages de cette trempe savaient usurper les positions importantes dès le XVIe siècle déjà. Alberti n'avait en lui rien du charlatan. Il rendait avec bienveillance les paroles de bienvenue; il répondait aux questions et demandait le woïvode.

Bertuci l'aperçut de loin. Il pâlit, mais bientôt il revint à lui, après avoir grommelé à deux ou trois reprises:

— Il vient à la découverte... il espionne... il dénoncera le secret... dit-il à ceux qui pouvaient l'entendre. Mais je vais le mystifier.

En disant ces mots, la tête rejetée en arrière, il approcha du nouvel arrivé.

Alberti lui fit un salut respectueux.

— Qu'y a-t-il?.. Que viens-tu faire ici?.. Nous n'admettons que ceux qui entrent dans les rangs. Tels furent les premiers mots de Bertuci.

— Je viens pour cela, lui répondit Alberti avec un sourire témoignant qu'il avait parfaitement compris la portée de cette réserve.

Cette réponse troubla un peu le chevalier.

— Ah!... alors, à l'ouvrage! tout de suite!

— Et je vous amène une tcheta, woïvode, — ajouta-t-il.

— Une tcheta?.. Ah!... bon... Est-elle nombreuse? Si elle est peu nombreuse, je la partagerai entre les miennes. Je ne souffre pas ces petits détachements qui ont leurs dieux particuliers. Cela nous a fait assez de mal déjà. Il faut y mettre fin et introduire de l'unité dans le commandement... Qui n'est pas avec moi, doit être contre moi. C'est mon dernier mot.

— J'ai à vous parler, woïvode, — dit Alberti, sans s'offusquer de cette repartie débitée tout d'une haleine.

— Parle... Que vas-tu nous dire?

— A l'écart. En tête à tête.

Bertuci hésita.

— Je suis dans ces parages depuis plus de deux mois, et j'ai noué des relations ; je sais sur l'ennemi certains détails qui peuvent vous intéresser.

— Ah! très bien, — fit Bertuci.

— Allons là-bas, sur cette hauteur qui domine la contrée. Je parlerai et je montrerai en même temps....

Alberti désignait une colline élevée au-dessus des décombres.

Bertuci hésita de nouveau. Il regarda autour de lui et, s'étant assuré qu'aucun danger ne le menaçait, il finit par suivre Alberti à l'endroit désigné. Arrivé au sommet, il demanda :

— Eh bien?

Alberti, étendant la main dans la direction des montagnes qui se dressaient à l'orient, répondit par une question :

— Vois-tu cette montagne qui s'élance au-dessus des autres?

— Je la vois.

— Du sommet de cette montagne, Clissa se présente à découvert comme sur le plat de la main... Aussi la voit-on de Clissa et de tous les points de la route et des sentiers qui conduisent de Splet à la forteresse.

— Et après? — fit le chevalier, irrité par le ton légèrement solennel des paroles d'Alberti. — Je sais tout cela.

— Cette nuit, avant le premier chant du coq, on allumera un feu sur cette montagne.

— On n'a qu'à l'allumer! Cela ne me regarde pas.

— Ce feu donnera le signal de l'assaut de Clissa... Avant qu'il ne s'éteigne, la forteresse doit être entre nos mains, c'est-à-dire — se reprit-il — entre les tiennes, woïvode.

Bertuci abaissa les coins de ses lèvres, affectant une indifférence dédaigneuse.

— Elle tombera entre mes mains lorsque cela résultera de mon plan et de mes calculs... Je n'ai à rendre compte à personne, et je ne permettrai pas que l'on se mêle de mes affaires.

— Attends-tu donc que les Turcs redoublent de vigilance et qu'ils augmentent les forces de la garnison? commença Alberti d'un ton persuasif.

— Je ne permettrai pas que l'on se mêle de mes affaires, répéta Bertuci avec fermeté.

— Sache donc, répliqua Alberti avec la même fermeté, que la forteresse doit être attaquée aujourd'hui à minuit ; je n'en préviens que toi seul, par égard pour l'unité du commandement; mais je puis en prévenir les Uscoques, et tu verras combien il en restera sous tes ordres, ce soir.

A ces mots, Bertuci pâlit. Il siffla Hassan-pacha, et celui-ci avança, en grondant, vers Alberti. Mais Alberti accueillit cette démonstration avec un sourire; il prit Hassan-pacha par la nuque, le souleva, le secoua et le rejeta par terre. Le chien poussa un hurlement plaintif, et s'éloigna la queue entre les jambes.

Le calme et le sang-froid n'abandonnèrent pas un instant Alberti. En revanche, Bertuci avait perdu contenance. Sa tête était toujours rejetée en arrière, mais on voyait bien dans ses yeux que son assurance l'avait abandonné.

— Eh bien, quoi? balbutia-t-il.

— Quand le feu brillera sur la montagne, — reprit Alberti, — les Uscoques se glisseront avec des échelles sous les murailles de Clissa. Il faut les diviser.

— Je ne divise pas! riposta Bertuci. Je les tiens tous dans le creux de ma main.

— Peu importe... Tiens-les!

— C'est mon système.

— Peu importe, répéta Alberti. — Ma tcheta arrivera par le sud.

— Ta tcheta?... D'où l'as-tu tirée?... Est-elle nombreuse?

A ces mots, prononcés d'un ton sarcastique, Alberti répondit par un sifflement aigu qui retentit au loin et fut répercuté par les gorges et les flancs des montagnes, couvertes de buissons, de chardons, d'aubépines et de rosiers sauvages. Bertuci tourna involontairement la tête du côté où l'écho avait été éveillé. Ses yeux furent frappés par le singulier spectacle de buissons engendrant des guerriers armés, qui s'élevaient, restaient immobiles quelques secondes, et disparaissaient.

— Ma tcheta, continua Alberti au bout d'un instant, aussi tranquillement que s'il ne s'était rien passé, viendra par le sud; les tiennes doivent arriver par le nord, pour prendre la forteresse entre deux feux.

Un silence suivit ces mots. Bertuci avait baissé le front. Il semblait méditer. Il releva bientôt la tête, reprit sa mine insolente, et dit d'un ton de commandement :

— Ne l'oublie donc pas. Quand le feu brillera sur la montagne, tu approcheras avec une tcheta, qui aura pris position dès le soir au sud de la forteresse ; tu te glisseras sous les murailles et tu les escaladeras. Ce sera une diversion à l'assaut principal, que je commanderai personnellement. Tu tâcheras d'attirer sur toi toute l'attention de l'ennemi.

— Mais si j'y vais, moi, et que tu n'y ailles pas, interrompit Alberti avec un sourire, sais-tu ce qui t'attend ?

Bertuci le regarda d'un œil interrogateur.

— C'est que, si je ne péris pas, je t'écraserai dans ma main comme une punaise, à la face de l'armée entière ; et si je péris, l'armée t'écrasera.

Il lui tendit une main large, musculeuse, puissante, qui paraissait vraiment capable d'écraser un pygmée de l'espèce du woïvode.

Bertuci ne répondit rien. C'était, à ce qu'il semble, un argument sans réplique. Mais il prit sa revanche après le départ d'Alberti. Il raconta sur son compte des choses inouïes ; il l'appela « grand imbécile », il déclara à tout le monde en général et à chacun en particulier, qu'il lui avait donné l'ordre d'attaquer Clissa à minuit ; il exprima des doutes sur la manière dont il accomplirait sa mission; il se plaignit du nombre insuffisant de combattants ; il ordonna enfin aux Uscoques de partager entre eux les « boucliers sous-poitrinaires, » les « lestopèdes offensifs et défensifs » et les « piques à demi-ceinturon » qu'ils avaient eu le temps de faire, et de se tenir prêts à partir à la tombée de la nuit.

VII. — Les inventions de Bertuci.

Pour comprendre les événements qui vont suivre, il nous est indispensable d'entrer dans la forteresse, qui sera, pour ainsi dire, le nœud de l'action. Nous n'en donnerons pas une description détaillée, car nous n'y trouverions rien de nouveau. Nous avons décrit Sègne, cela suffit. Qui connaît Sègne, connaît Clissa. Sous le rapport de la fortification, il y avait une grande similitude entre les deux forteresses, à la seule différence que Clissa était mieux entretenue et qu'elle se trouvait dans un meilleur état de défense. Les murailles étaient entières, les portes fermées, les fossés déblayés, les meurtrières nettoyées des toiles d'araignées; des gueules de canon sortaient par les ouvertures des casemates; on les entrevoyait aussi derrière la rangée de créneaux qui couronnait les murailles; de lourds mortiers reposaient sur des plateformes, à côté des cônes de boulets de pierre; les portes et les remparts étaient garnis de sentinelles. Clissa se distinguait de Sègne par cette vigilance, et aussi par ce que l'élément oriental avait une prépondérance marquée dans la physionomie de la ville. Les Turcs l'avaient modifiée, ou plutôt refaite à leur manière; ils avaient changé les maisons en baraques et les avaient dissimulées à l'extérieur par de hauts murs, rapiécées avec des planches. Du milieu de ces enceintes s'élançaient des minarets et les cimes de hauts peupliers. Le seul konak du commandant, du beylerbey, c'est-à-dire du chef de la garde des frontières, était entouré d'un rempart et d'une palissade, et avait ses fenêtres tournées du côté de la place; et cette place était entourée de peupliers et d'ormeaux, qui projetaient tout alentour leur frais ombrage.

Ce konak était occupé, au moment où se passaient les faits relatés dans les derniers chapitres, par une de nos anciennes connaissances, par Franzika-Hanem.

L'anneau du vizir qu'elle montra au beylerbey dès son arrivée à Clissa, produisit sur ce dernier un effet magique. A la vue de cet anneau, le Turc eut une sorte d'éblouissement. Il recula et s'inclina, portant alternativement la main à son cœur et à son front, et il prit l'humble attitude d'un esclave qui attend les ordres du maître.

— Quelles nouvelles (*ne war, ne yok*)? demanda la voyageuse.

— On entend dire, hanem, que ce giaour (que son nom soit maudit et son corps dévoré par les chiens!) est arrivé à Splet, et qu'il a déployé son odieux étendard sur la place de la ville.

— Seul? demanda Franceska.

— Il est encore venu à Splet un envoyé du vassal de notre grand et puissant Padischah, du prince d'Allemagne; et un autre envoyé de ce prêtre rebelle qui prétend être le chef d'une foi maudite.

Franceska fronça imperceptiblement le sourcil.

— Dès que j'ai appris leur arrivée — continuait le beylerbey, j'ai expédié sur-le-champ un courrier à notre vizir, que Dieu veuille entourer sa tête d'une auréole de gloire et de bonheur.

— Tu as expédié un courrier? Quand cela? demanda la femme avec un empressement qui trahissait une certaine inquiétude.

— Hier, Hanem... Je pense que tu l'as rencontré.

Franceska ne répondit rien. Elle garda le silence pendant un certain temps. Sous le voile qui cachait son visage, on ne pouvait reconnaître si ce silence était une simple interruption du dialogue, ou si c'était une de ces causeries silencieuses que l'homme renferme au-dedans de son âme, et qui s'appellent méditations. Ce devait être cela, car elle finit par adresser ces mots au musulman :

— Tu as bien fait, beylerbey. Le vizir te comptera cette preuve de vigilance.

Le beylerbey s'inclina profondément.

— Bien que, continua-t-elle, lui, qui sait tout, il sache aussi que ce chien est de ceux qui aboient, mais qui ne peuvent mordre. Il ne faut pas s'en inquiéter. Des affaires plus importantes m'amènent ici. Je veux entrer en relations avec des marchands vénitiens, pour acheter des bijoux montés comme on les monte à Venise seulement.

— Commande, Hanem... — répondit le Turc avec un profond salut, sans être étonné du but du voyage d'une femme qui jouait, comme chacun le savait, le rôle principal dans le harem du vizir.

— En attendant, je me reposerai de mon voyage, ajouta Franceska avec nonchalance. Je me reposerai et, après mon repos, je veux marquer mon arrivée à Clissa par un festin auquel tu convieras tous les fidèles. Qu'ils glorifient Allah, le padischah et le vizir.

— Ton serviteur est à tes ordres, répliqua le beylerbey, qui, grâce à l'anneau du vizir, voyait dans Franceska le vizir même.

D'ailleurs, Franceska avait dans la voix et

dans l'attitude une majesté qui imposait le respect et l'obéissance.

Elle fit un signe de tête et se retira dans les appartements réservés pour elle dans le konak.

Le beylerbey remua ciel et terre pour faire les préparatifs du festin commandé par l'épouse du vizir. Il était très heureux des éloges de Franceska, car ils avaient pour lui la valeur d'une pièce d'argent jetée dans sa bourse; il désirait en mériter jusqu'à la fin, dans l'espoir que tout ce qu'il ferait pour satisfaire la hanem lui serait un titre à être largement récompensé.

L'organisation d'un banquet n'est pas chose facile en Turquie.

Dans les festins musulmans, des hommes travestis — des bohémiens pour la plupart — donnent des représentations abjectes que la plume se refuse à décrire. Elles excitent l'imagination des peuples orientaux d'une manière purement sensuelle et, agissant sur le cerveau de concert avec divers narcotiques, tels que l'opium et le hashisch, elles plongent les convives dans un état de prostration ignoble et maladive. Ajoutons-y les mets sucrés, qui se laissent absorber en grande quantité, et nous nous représenterons facilement à quel degré d'avilissement les festins amènent les disciples du Prophète. On peut comparer cet état à la stupide gaieté des idiots. Après avoir mangé, le serpent-boa devient inerte. Ainsi fait le musulman à la fin d'un repas de cette sorte, et sa face, à peine humaine, n'est plus éclairée que par un sourire bête, tandis que ses yeux prennent un reflet vitreux! . . . .

Le festin ordonné par Franceska et préparé par le beylerbey avait un but.

Le beylerbey déploya une activité extraordinaire. Mettant de côté toutes ses occupations officielles, qui d'ailleurs, ne lui prenaient pas beaucoup de temps ; il consacra toute l'énergie dont il était capable à réunir la plus grande masse possible de volailles, de moutons, de riz, de laitage, de légumes, de fruits et de friandises agréables au palais des musulmans. Il amassa tout cela en quantités énormes ; il fit établir des cuisines en plein air ; des pilafs gigantesques bouillonnèrent dans d'immenses chaudrons, et cent moutons entiers furent mis à la broche.

On ne pouvait dresser la table autre part que sur la place du konak.

Voilà donc pourquoi, le jour même où un feu avait brillé à midi sur un des sommets visibles de Clissa, et au moment où le soleil s'inclinait vers le couchant, tous les habitants de Clissa s'assirent en rond sous les ormeaux et les peupliers. Des nappes blanches étendues par terre remplaçaient les tables. Des couvertures étendues parallèlement tenaient lieu de divans. Des lanternes de toutes couleurs pendaient aux branches. Au milieu de la place, un grand foyer, alimenté par des bois odorants, élevait ses flammes dans les airs.

Le jour baissa, le chant plaintif du muezzin résonna sur les minarets. Les fidèles s'agenouillèrent sur les divans et récitèrent pieusement le namaz, le visage tourné du côté opposé au couchant, du côté où l'obscurité devenait de plus en plus épaisse. On aurait dit que la nuit descendait lentement sur la terre par un portique géant, dressé de ce côté de l'horizon.

Le namaz était une sorte d'introduction au banquet. De petites tables rondes, très basses, furent placées sur les nappes, et l'on servit de petites assiettes de soupe et des miches de pain blanc. Le pain était encore chaud. Les fidèles le trempaient dans la soupe et le mangeaient ainsi. Ils avaient auprès d'eux de l'eau fraîche dans des vases aux formes élancées, des sorbets, et d'autres boissons acides. Ils mangeaient et ils buvaient. Les plats se succédaient. Une seconde soupe succéda à la première ; on servit ensuite des légumes avec du mouton et de la volaille, des oignons étuvés, des poireaux rôtis, des céleris et des aubergines farcies; ensuite du pilaf, du mouton rôti, du kiebab, du rahat-loukoum, du halwa, des fruits confits, et toutes sortes de tatlas savoureuses. Les Turcs mangeaient, buvaient et se reposaient, dirigeant leur attention, pendant les intervalles de repos, sur le foyer autour duquel une troupe de Tziganes exécutaient des danses abjectes, au son des fifres et des tambours. Ce spectacle déridait les fronts sérieux des disciples du Prophète. Les convives absorbaient les mets servis en grande abondance. Ils se bourraient l'estomac et bénissaient silencieusement le jour qui leur avait amené un si beau moment dans leur vie. Il y en avait beaucoup d'entre eux qui ne connaissaient que par ouï-dire toutes ces choses exquises.

Rien ne troublait le calme de la fête, et rien, semblait-il, ne pouvait le troubler.

Rien? Les Turcs le pensaient ainsi, sans se soucier de ce qu'au commencement du festin, avant que le chant du muezzin se fût évanoui dans les airs, un homme s'était montré auprès du foyer, un homme qui n'appartenait ni aux Tziganes, ni aux convives, et dont les mouvements paraissaient trahir des intentions mystérieuses. Il faisait le tour de la place et semblait inspecter les convives, comme pour s'assurer s'il ne manquait personne; si les plus importants, les yus-bachis, les boulouk-bachis et les tobdjis y étaient présents? Il s'arrêta au milieu et fixa les yeux sur une des fenêtres grillées du konak, sur celle par laquelle Franzika Hanem regardait la fête; — et il n'en détacha pas les yeux, jusqu'au moment où un mouchoir blanc apparut à la grille, se déroula le long de la fenêtre et disparut; il se déroula, et disparut une seconde fois; il se déroula une fois encore, et disparut de nouveau. Mais personne n'y faisait attention. Les fidèles, occupés du premier service, jetèrent à peine un regard passager sur cet homme, qu'ils connaissaient d'ailleurs parfaitement. C'était, en effet, André le fou, connu chez les Uscoques sous le nom de Kosmatch. Il faisait le tour de la place, passait en revue les assistants, regardait à la fenêtre : — qu'est-ce que tout cela voulait dire? — Chacun avait une réponse toute prête :

— Il est fou.

Pour la troisième fois, le mouchoir se déroula et disparut à la fenêtre. Le fou promena un œil largement ouvert sur les assistants courbés au-dessus de leurs assiettes ; pendant un instant, il regarda avec une étrange distraction le foyer et les saltimbanques Tziganes qui se démenaient autour, et un instant plus tard, on le vit passer par chacune des portes qui donnaient accès à la forteresse. On aurait pu le croire doué du don d'ubiquité. Il passa par les quatre portes au même moment; il causa avec les sentinelles qui attendaient leur tour de prendre place au repas ; et ce qu'il y a de plus surprenant, c'est que les gardes de chacune des quatre portes auraient pu prendre le Prophète à témoin qu'il était sorti de la forteresse justement par celle à laquelle ils étaient postés. Il en résultait qu'André le fou était sorti à la fois, à la même minute, par la porte du nord et par celle du sud, par celle de l'est et par celle de l'ouest.

Mais personne n'y faisait attention. Qu'avait-on à se préoccuper d'un giaour aliéné qui était venu et qui s'en était allé? Les sentinelles étaient postées aux portes et sur les murailles ; le service ne s'interrompit pas un instant ; à chaque écoulement du sable de la clepsydre, une partie des convives se dirigeait vers les murailles, non sans peine et difficulté, et d'autres venaient prendre leur place. De cette façon, à mesure que la nuit s'avançait, des sentinelles de plus en plus rassasiées et appesanties allaient veiller sur les remparts de Clissa. Le relèvement des sentinelles ne cessait cependant pas. Le service continuait son train accoutumé ; mais était-il, pouvait-il être aussi vigilant que d'habitude? Il y a service et service. Il ne suffit pas de poster une sentinelle; il faut encore qu'elle se trouve dans des conditions normales, si l'on veut qu'elle remplisse consciencieusement son devoir.

Nous devons encore ajouter à ceci un fait qui échappa à l'attention des convives, mais que l'on ne peut négliger dans la relation des événements de cette nuit.

Le banquet était dans sa seconde moitié, et des plats de plus en plus recherchés paraissaient sur les tables pour charger de plus en plus les estomacs musulmans, quand la grille à laquelle avait flotté un mouchoir blanc s'ouvrit dans le konak. Elle s'ouvrit, et une silhouette de femme se découpa sur le fond obscur, au reflet du foyer et de lanternes. Elle avait un turban sur la tête, un vêtement léger et flottant entourait sa taille. Elle s'arrêta. Elle semblait considérer le spectacle qu'offrait la place à cette heure; mais qui l'aurait observée attentivement aurait pu se convaincre que l'attention de cette femme était tournée d'un autre côté. Elle tenait les yeux attachés aux montagnes, à peine visibles à l'horizon, — tant était épais le voile dont la nuit enveloppait la terre. Que regardait-elle là-bas? Saisissait-elle du regard les lueurs des étoiles filantes, qui illuminaient par instants, pendant la durée d'un éclair, la masse noire d'un corps énorme à tête pointue, pareil de loin à la bosse d'un dromadaire?

Les étoiles filaient et s'éteignaient l'une après l'autre. Elle restait immobile à les regarder. Enfin, une des étoiles tomba, mais sans s'éteindre. Elle laissa sur son parcours une trace lumineuse; sur la bosse du dromadaire, elle fit surgir une flamme brillante, qui scintilla comme un ver luisant et s'élança joyeusement vers le ciel. En même temps qu'avait lieu cette apparition, le tumulte de cris lointains ébranla les airs, éveillant les échos des ténèbres.

La grille de la fenêtre, violemment repoussée, se referma avec fracas. Sans doute l'étoile brillante qui avait allumé un feu sur la montagne, avait épouvanté l'observatrice.

Les musulmans festoyaient, mangeaient et buvaient, se souvenant que, même pendant le ramazan, ils n'avaient jamais vu une nuit semblable. Les Tziganes du foyer chantaient, avec l'accompagnement des fifres et du tambourin, une de ces chansons turques dont chaque couplet finit invariablement par un soupir plaintif.

— *Aman... Aman...*

Les convives répétaient à voix basse ce refrain, mais avec le sourire aux lèvres. Car leur *aman* avait trait au banquet. On servait des mets de plus en plus exquis ; il fallait manger ; bien qu'il n'y eût plus de place dans l'estomac. Ils soupiraient donc, et ils mangeaient. Ils buvaient à petites gorgées et ils mangeaient. Ils relâchaient leurs ceintures, mettaient de côté pistolets et yatagans, et mangeaient. Il n'y avait pas à plaisanter. On n'assiste pas deux fois à un régal pareil. Ils profitaient de l'occasion.

Les Tziganes chantaient.

— *Aman... aman...*

Tel ou tel sentait ses paupières lui peser comme du plomb ; mais l'envie de dormir était dissipée par les odeurs de rose, de jasmin, de violette et d'ananas qui s'échappaient des plats de zinc, remplis de *tatlas* savoureuses. Arrière le sommeil ! Les infidèles seuls se permettent de dormir pendant les repas, eux qui noient leur raison dans des boissons interdites par le Prophète. Les vrais croyants sont exempts de cette faiblesse. Un banquet somptueux les fait passer à un état de veille somnolente, qui engourdit leurs facultés tant physiques que morales, mais sans leur fermer les paupières. A la vérité, de ces sordides ivresses l'une vaut l'autre ; les fidèles musulmans toutefois, n'en croient rien et ils se regardent comme supérieurs aux chrétiens par la... tempérance.

Vers la fin du banquet, il arriva que leur tempérance fut mise à l'épreuve.

Soudain, quelque chose résonna dans l'atmosphère. Un tumulte se fit entendre, immédiatement suivi par le crépitement d'une fusillade rapprochée, puis tout rentra dans le silence.

Les Turcs tressaillirent et étendirent instinctivement la main vers leurs armes. Mais chacun d'eux se posa la question :

— On se bat ?

Et chacun répondit mentalement :

— Où irait-on se battre maintenant ? !

André le fou se précipita sur la place. Il passa en courant devant le foyer et s'arrêta sous la fenêtre du konak et fit entendre le chant du coq.

Les musulmans pensèrent en eux-mêmes :

— Le fou !

La grille s'ouvrit à moitié, et une voix de femme soupira ces mots :

— Qu'y a-t-il?

— Alberti avec une faible tcheta à la porte du sud. Bertuci attaquera celle du nord avec cinq forts bataillons. Telle fut la réponse jetée tout d'une haleine.

— Qu'il se hâte ! dit la femme, et elle referma la fenêtre.

En ce moment, la fusillade recommença. Le tumulte recommença aussi ; il augmentait, grandissait, comme une tempête croissante, et il se changea en une bagarre affreuse, mêlée de cris et de gémissements. Un *aman* terrible déchira les airs, arraché par l'épouvante à des centaines de poitrines. Un autre cri encore ébranla l'atmosphère, un autre appel de détresse :

— Les Uscoques !

Les détonations, les *aman* et « les *Uscoques !* » frappèrent en même temps l'ouïe des convives, et éveillèrent parmi eux une confusion indescriptible.

Ils entendaient le bruit du combat; — de quel côté? — ils ne pouvaient s'en rendre compte. Ils voulaient s'élancer et courir : le poids des friandises consommées les clouait à leurs places; ils cherchaient à saisir les armes déposées à leurs côtés, ils ne pouvaient les retrouver. Les oreilles leur tintaient, leurs têtes étaient pleines de bruissements, leurs regards étaient égarés.

— Allah! Allah! grognaient-ils.

Et ils tournaient sur eux-mêmes, affolés, alourdis. Et ils se gourmandaient avec eux-mêmes. Ils s'élançaient et retombaient assis.

En ce moment les défenseurs de Clissa se trouvaient dans un état d'impuissance absolue. Réunis au même endroit, ils formaient une proie facile et sûre. Il n'y avait qu'à venir, à entourer la place, et à garrotter ce millier d'impotents, bourré de viande, de légumes, de laitage et de mets sucrés.

Mais il fallait venir sans perdre de temps.

Et le temps passait.

Les clameurs du combat s'élevaient toujours, mais elles semblaient concentrées en un seul lieu. Le vacarme, le tumulte et les détonations n'avaient point cessé, mais elles semblaient localisées dans la partie méridionale de la ville, autour de quelque obstacle qui les empêchait de s'étendre. Des hommes ensanglantés se précipitaient sur la place, apportant les nouvelles et criant au secours.

Le temps s'écoulait.

Que se passait-il ? Que faisaient les Uscoques ?

Pour répondre à cette question, transportons-nous chez les Uscoques, non dans la tcheta d'Alberti, qui avait fait ce qui la regardait, mais dans les tchetas à la tête desquelles se trouvait le woïvode, le libérateur de la Bosnie.

Elles quittèrent vers le soir les ruines de Salone. Elles s'éloignèrent du campement dans des conditions qui ne laissaient prévoir aucun retard. Bertuci passa lui-même les tchetas en revue, veillant à ce que chacune d'elles prît un certain nombre de paniers appelés « boucliers sous-poitrinaires », d'échalas appelés « lestopèdes offensifs et défensifs », de cercles appelés « piquets à demi-ceinturon », et d'autres instruments dont la forme et l'usage étaient énigmatiques. Les Uscoques se chargeaient à contre-cœur de tous ces objets ; quelques-uns murmurèrent ; quelques autres, Wuk par exemple, se risquèrent à dire franchement au woïvode :

— Au diable tout ce commerce ! Nos pères combattaient sans paniers, et nous n'en voulons pas non plus.

Mais le woïvode ferma la bouche aux opposants :

— Si nos pères étaient imbéciles, faut-il que nous le soyons aussi ?

Et il ajouta :

— Voilà bien notre malheur, qu'aucun de nos ancêtres n'ait songé aux paniers. Nos fils ne pourront pas dire la même chose de nous.

Il frappa Wuck sur l'épaule et l'appela « vieux grognard. » Cela enhardit le soldat ; il demanda !

— Qu'allons-nous faire de tout cela ? A quoi bon ces paniers, ces bâtons et ces chevilles ?

— Tu verras... Ne sois pas si curieux, répondit le chef avec bienveillance.

Ils partirent. Ceux-ci portaient des paniers sur la tête, ceux-là des cercles passés au bras. Les tchetas avançaient à la file. Le woïvode passait de l'une à l'autre, en compagnie de Hassan-pacha, et par sa bonne humeur il entretenait la bonne humeur des Uscoques, impatientés par le poids de fardeaux, dont l'utilité leur paraissait douteuse.

Ils franchirent la frontière turque. Il y en eut qui voulurent saluer cet événement d'un joyeux : Jivio ! Mais le woïvode recommanda le silence.

— Taisez-vous. Nous surprendrons les Turcs comme des poules sur leurs œufs, pourvu qu'Alberti remplisse exactement mes ordres. Je regrette de n'avoir pas envoyé quelqu'un autre qu'Alberti. Ha ! c'est fait.

Ceux qui l'entendaient ne comprenaient pas pourquoi Alberti aurait été inférieur à un autre. Mais ils ne s'en préoccupaient guère. Ils marchaient ; ils gravirent une pente et, après quelques centaines de pas, ils arrivèrent à un petit plateau séparé de

Clissa par un ravin peu profond. Ils s'arrêtèrent, se rangèrent et, sur l'ordre de Bertuci, ils déposèrent devant eux les paniers et les échalas. Le woïvode leur adressa l'allocution suivante :

— Nous voici sur le point d'attaquer l'ennemi ; le moment est venu de vous faire connaître les moyens que j'ai découvert pour décupler vos forces et votre courage. Ces moyens sont simples... Je vous les expliquerai en quelques mots ; vous comprendrez tout de suite.

Il s'éclaircit la voix et reprit :

— Pourquoi l'homme marche-t-il lentement ? Parce qu'il a les jambes courtes. Il marcherait plus vite, si on lui allongeait les jambes, c'est-à-dire si, au lieu de faire un pas, il pouvait en franchir trois dans le même temps. N'est-ce pas ?

— Oui, c'est vrai.

— J'ai donc inventé des « lestopèdes » bifurqués à un bout pour être passés sous l'épaule et munis de chevilles pour y appuyer les pieds. Vous mettez les pieds sur les chevilles, vous appuyez le bras sur l'enfourchure, et vos jambes deviennent trois fois plus longues. N'est-ce pas vrai?

— C'est vrai... répondirent les Uscoques en chœur, surpris de n'avoir pas deviné que ces lestopèdes étaient tout simplement des échasses employées par les bateleurs.

— Je les ai appelés « offensifs et défensifs », parce qu'ils donnent un élan utile pour la défense, mais cent fois plus utile pour l'attaque, qui exige la plus grande vélocité possible. Ils ont encore un autre avantage, c'est qu'ils permettent de traverser les fossés et de franchir les remparts sans le secours des échelles. On arrive à un fossé, on y descend les lestopèdes, on y pose les pieds et l'on continue son chemin ; on arrive à une muraille, on y passe de plain-pied, on met les lestopèdes de l'autre côté, et on continue sa route. N'est-ce pas vrai?

— Ah! ah! ah!... fut la réponse unanime.

— Pourquoi, continuait le woïvode métamorphosé en professeur, les balles blessent-elles et tuent-elles? parce qu'elles arrivent au corps sans aucun obstacle. N'est-ce pas vrai?

— Oui, c'est vrai.

— J'ai donc inventé les « boucliers sous-poitrinaires » dont il faut se revêtir comme de fustanelles albanaises ou, simplement, comme de jupons. Ils protègent le corps depuis la ceinture jusqu'au ventre et aux genoux. J'ai inventé aussi le moyen de couvrir le haut du corps, mais je n'ai pas eu le temps de vous faire fabriquer les instruments indispensables. Ce sera pour une autre fois. Contentons-nous, en attendant, des boucliers sous-poitrinaires basés sur un principe connu de chacun : c'est que les balles ne percent pas un objet suspendu. Les boucliers de mon invention ont le grand avantage de flotter sur le corps. Vous vous dressez sur vos lestopèdes; vous enfilez le bouclier par la tête, en le glissant le long des lestopèdes par les ouvertures latérales; vous le suspendez aux hanches, et enfin vous ceignez autour de vos reins la « pique à demi-ceinturon », qui vous protège le ventre, et sur laquelle les ennemis s'embrochent par l'impétuosité même de votre élan. Eh bien? tout cela n'est-il pas simple et facile?

Les Uscoques, étourdis par ce débordement d'éloquence, ahuris par l'enchaînement de ces vérités théoriques, reconnurent qu'en effet tout cela était simple et facile.

— N'est-il pas vrai que nos pères étaient des imbéciles, pour n'avoir pas su inventer ces choses?

Ils le reconnurent aussi, sans s'apercevoir du double sens de cette question, qui pouvait s'appliquer soit à leurs pères, soit à eux-mêmes.

Il ne restait plus qu'à mettre la théorie en pratique.

— Allons!... s'écria le woïvode. Que l'on se distribue les lestopèdes et les boucliers!

Les jeunes gens s'élancèrent. Ils se répartirent en un clin d'œil les boucliers et les échasses, et des rangées de géants se dressèrent dans les ténèbres.

Il n'y en eut pas pour tout le monde. Aussi Bertuci consolait-il ceux qui étaient restés sur leurs propres pieds, en leur promettant de les équiper à la première occasion ; il maugréait contre le peu de temps passé dans les ruines, et rejetait toute la faute sur Alberti.

— Mais, disait-il, un misérable Alberti n'arrêtera pas de la main le torrent qui roule avec impétuosité.

Cela se rapportait aux inventions dont le succès remplissait d'orgueil l'âme de Bertuci. Il avait fait avancer les rangs — et ils avaient marché ; quelques uns, culbutèrent, à la vérité ; mais ce n'était qu'un premier essai ; il les fit tourner, — et ils tournèrent.

— Ha ! ha !... proférait-il à tout moment d'un ton de satisfaction intime ; il tournait la tête vers la montagne sur laquelle le feu devait s'allumer.

Il se caressait le menton et souriait de temps à autre ; il vit enfin briller le signal.

Une flamme lumineuse s'élança vers le ciel.

— Maintenant, garçons... encore un instant ! encore !

Soudain, de l'autre côté de Clissa, des éclairs étincelèrent et des détonations éclatèrent sur les remparts.

— En ordre ! marche !

Les rangs s'ébranlèrent, firent quelques pas, et les géants devinrent tout à coup des nains. Les Uscoques tombaient l'un après l'autre. Bientôt, il n'y en eut plus un seul debout sur ses échasses. Tous ceux qui venaient de s'élever en l'air, gisaient étendus sur le sol. Ils juraient et sacraient, et se dégageaient de leurs paniers.

— En arrière!... s'écria Bertuci. En arrière! Recommencez! Debout sur les lestopèdes! Revêtez les boucliers!

Tel était l'ascendant acquis par cet homme sur l'esprit de ses subordonnés, qu'ils lui obéirent, qu'ils revinrent à leurs places et recommencèrent l'expérience. Bertuci courait, criait et ordonnait. Hassan-pacha, qui ne le quittait pas d'une semelle, semblait confirmer ses ordres par de brefs aboiements. Au loin grondait la fusillade qui éclatait sur les murs de Clissa et allait se perdre dans les échos des montagnes.

Les Uscoques se hâtaient, mais le temps passait en expériences. Bertuci courait et criait avec emportement.

Enfin, les géants s'élevèrent de nouveau au-dessus de la terre, et tandis qu'ils attendaient le commandement de marche, — au lieu d'un ordre de woïvode, ils entendirent une voix bien connue qui leur cria avec force les mots suivants :

— Pour Dieu, hâtez-vous! courez, *na*

yurish ! les Turcs massacrent les vaillants qui vous ont ouvert la route !

— Kosmatch ! s'écria-t-on dans les rangs.

Mais le cri s'arrêta net. Avec un aboiement furieux, Hassan-pacha s'était rué contre le nouvel arrivé, et l'aboiement de Hassan-pacha était secondé par les appels forcenés de Bertuci !

— Brouillon ! Rebelle ! Délégué des Turcs ! Qu'on le prenne ! Qu'on le garrotte ! Qu'on le pende ! Hé !

Il appelait les noms de ceux dont l'obéissance lui était assurée ; ils accoururent, se jetèrent sur André Kosmatch et l'entraînèrent derrière les rangs.

Qu'on le pende !... — criait Bertuci.

Cet ordre aurait peut-être été exécuté sur-le-champ si, par bonheur pour lui, Kosmatch n'était tombé, derrière les premiers rangs, entre les mains des vieux Uscoques qui le prirent entre eux. Wuk et le père Cyprien en étaient. Ils n'avaient pas le temps d'entrer en explications ; ils ne purent que répondre à la question : « Qu'est-ce que cela veut dire ? » par les mots :

— Dieu sait.

Le moine ajouta à part soi :

— *Dies iræ.*

— En avant !.. commanda Bertuci.

Les géants s'élancèrent de nouveau, et de nouveau leur tentative se termina par terre.

— En arrière !

Il semblerait que la patience des guerriers, excitée par les échos du combat, devait être, cette fois, à bout. Mais non ! Dans cette circonstance, la patience jouait pour ainsi dire le rôle de complice. Les Uscoques sentaient que, dans ces conditions, la perte de temps équivalait à un crime. Mais ils étaient déjà coupables de ce crime, et il ne s'agissait plus que de trouver quelqu'un que l'on pût charger de la responsabilité. S'ils avaient eu le temps de réfléchir, de raisonner, la question leur eût peut-être apparu sous un jour tout différent. Mais ils n'en avaient pas le temps. Tout se faisait subitement, dans une sorte de fièvre qui ne leur permettait pas de réunir et de coordonner dans leur esprit les éléments nécessaires à la réflexion. Ils étaient encore sous l'impression d'une brillante théorie, lorsqu'un essai infortuné était venu leur troubler les idées; ils étaient encore sous l'impression de cet essai, lorsque les ordres stupéfiants du woïvode furieux, étaient venus les assourdir. Là-bas grondait la bataille; ici, le chef criait et se démenait, et Hassan-pacha aboyait. Ils n'avaient pas le temps de penser; ils n'avaient pas le temps de respirer. Ils se soumettaient machinalement, semblables à un troupeau de brebis; car c'est le propre de l'homme pris collectivement, de se changer en un troupeau servile en présence d'un ordre énergiquement accentué.

Les ordres de Bertuci avaient cette énergie. Sa colère était montée au plus haut degré de puissance, et il criait, il criait, il arrangeait, il disposait, et il parvint enfin à remettre pour une troisième fois les rangs sur pied. Il en fit la revue; il recommanda l'ordre et le silence; et il allait commander : marche! quand on entendit tout à coup le bruit d'un cheval au galop.

Ce bruit avait quelque chose de surnaturel, parce que personne ne s'y attendait. Le cri de « marche! » expira sur les lèvres de Bertuci et les Uscoques tendirent l'oreille.

Le galop s'arrêta devant le front de l'armée et fit place à un nouveau prodige. Les Uscoques aperçurent une femme à cheval. Ils ne pouvaient distinguer ses traits; mais ils voyaient distinctement les contours de sa taille svelte et gracieuse. Elle avait sur la tête un petit turban penché sur le côté; sa taille était entourée d'un vêtement léger, flottant, nuageux, chatoyant, où semblaient s'entremêler les rayons des étoiles et les teintes de l'arc-en-ciel.

Elle arrêta brusquement son cheval et s'écria d'une voix claire et vibrante :

— Honte à vous, Uscoques! vos frères périssent et vous êtes ici! Dans un instant il sera trop tard! En avant donc! il en est temps encore!.. En avant! aux remparts!.. *Na yurisch!*

Elle étendit la main du côté de Clissa; elle la montra du doigt, et, pendant un instant, elle fut semblable à une de ces statues d'airain, que l'on met d'ordinaire sur les places des grandes villes.

Que devint-elle ensuite? nul ne le sut. Le dernier mot qu'elle prononça fut répété par les lèvres des Uscoques. Six cents poitrines poussèrent un cri immense :

— *Na yurish* !

Soudain, les rangs d'échasses retombèrent sur le sol. Il se fit une confusion. Bertuci avait beau crier de toute la force de ses poumons, Hassan-pacha avait beau pousser des aboiements frénétiques, la voix de Bertuci et l'aboiement du chien n'avaient plus le pouvoir de dominer l'émotion qui avait saisi les Uscoques. Les mots « il en est temps encore » les avaient électrisés. Ils jetaient loin d'eux les « lestopèdes offensifs et défensifs », ils repoussaient du pied les « piques à demi-ceinturon, » ils s'élançaient sur les traces de ceux qui, grâce au nombre insuffisant de lestopèdes, de piques et de boucliers, avaient l'avantage de ne pas se débarrasser des paniers.

Le sol résonna sous les pas précipités des guerriers. Wuk et André tenaient les devants. Ce dernier, connaissant la contrée au point de pouvoir la parcourir les yeux bandés, servait de guide. Tous les autres se jetèrent sur leurs pas, l'un devant l'autre, tous, sans excepter l'état-major et les gardes du woïvode, entraînés par l'enthousiasme général. On voyait dans la troupe le porte-drapeau, tenant en main le fameux étendard symbolique, qui n'exerçait pas une petite influence en faveur du prestige de Bertuci. De même que la panique, l'enthousiasme est contagieux. Il emporta le moine lui-même. Le père Cyprien, relevant les pans de son vêtement, précipitait le pas à la suite des autres.

La vérité nous oblige de reconnaître que Bertuci aussi avait pris son élan; mais il s'arrêta bientôt, non pas par manque de courage personnel, mais parce que c'était, selon les chroniques, un homme *bezobrazan*, c'est-à-dire, pour nous servir d'une expression plus moderne, un charlatan. Le calcul l'emportait chez lui sur le sentiment. Il réprima son enthousiasme; il revint sur ses pas, s'assit sur l'un des paniers jetés à terre, et fit à la hâte le raisonnement suivant :

— S'ils n'enlèvent pas Clissa, je triomphe ...moralement... Hum !... S'ils l'enlèvent, je triomphe... surtout, si l'on tue Alberti. Mon plan... Une diversion... Je les retenais à dessein... Combinaison mathématique.

Il méditait, et, tout en méditant, il eut le

bénéfice d'un spectacle magnifique. Clissa fut prise en demi-cercle par les éclairs des coups de fusil, qui détonaient comme des feux d'artifice. Un combat acharné s'était engagé. Le crépitement des détonations, frappant les parois des montagnes, remplissait les airs d'un frémissement sourd, comme si la terre s'arrachait et retombait en morceaux.

VIII. — A CLISSA.

Avant que le jour eût paru, Clissa était au pouvoir des Uscoques.

La prise de Clissa ne fut pas une joie, ce fut un enivrement, enivrement de ce breuvage qui s'appelle triomphe, et qui, pour être très subtil, n'en tourne pas moins la tête à l'égal de tout autre.

Clissa avait pour les Uscoques une importance particulière. Elle avait été, en quelque sorte, le noyau de leur constitution. Exilés du sol de leurs pères, misérables fugitifs, ils avaient trouvé naguère dans cette forteresse leur premier point d'appui ; ils avaient pu s'y arrêter, se retourner et faire front à l'ennemi. Ils la considéraient donc comme le péristyle du sanctuaire de la patrie, dont ils portaient l'autel dans leurs cœurs, et dont l'entrée leur était défendue. Les Turcs les avaient chassés de ce péristyle ; ils y rentraient! Aussi n'était-il pas étonnant que leur joie fût immense, ni qu'elle eût les caractères de l'ivresse.

— Nous sommes à Clissa ! se disaient-ils les uns aux autres.

Il y en avait que ces mots émouvaient jusqu'aux larmes. Il y en avait qui n'osaient pas croire à la réalité. Ceux même qui y croyaient voulaient s'en assurer, et dès que le jour eut paru, ils se promenaient par groupes dans la ville, considérant avec intérêt la forteresse et les traces du combat nocturne.

La ville ne présentait rien de particulier, et les traces de l'assaut n'offraient rien de bien extraordinaire. Des cadavres sur les remparts, des cadavres dans les rues ; les maisons ouvertes et dépeuplées ; des objets traînant çà et là, abandonnés par les Turcs qui s'étaient enfuis par la porte du sud.

— Ils se sont enfuis !

Cela surprenait un peu les Uscoques. Les Turcs avaient bien résisté, mais leur résistance avait été molle ; ils s'étaient défendus, mais autrement qu'ils n'ont coutume de se défendre dans une forteresse. C'était pour les Uscoques un sujet d'étonnement. Ils en parlaient et ne pouvaient se l'expliquer.

Ils se promenaient par la ville, examinaient, réfléchissaient et secouaient la tête.

Mais leur étonnement ne devait pas s'en tenir là.

Quand le jour eut tout à fait paru, les gardes du corps de Bertuci s'éparpillèrent dans toutes les rues, communiquant aux groupes qu'ils rencontraient les ordres du woïvode.

— Du woïvode?... répétaient les Uscoques avec incrédulité.

Ils avaient oublié qu'ils avaient un woïvode à leur tête.

— Où est-il?

— Dans la tour du nord.

— Que fait-il?...

— Que peut-il faire !... Un blessé ne peut

se mettre à l'ouvrage avant que ses plaies ne guérissent.

— Il est blessé?

— Mais oui, il y a tant de blessés!... Les balles ne choisissent pas. Il a reçu un boulet à la nuque et un coup de sabre à la tête. Il vous donne l'ordre de vous réunir tous à la porte du nord.

— Pourquoi pas devant le konak?

— Parce que le konak est occupé par les knechts allemands.

Ceci était encore plus surprenant que l'ordre du woïvode.

Par où et comment les Allemands avaient-ils pu pénétrer dans le konak? — dans le konak, qui formait par lui-même une citadelle, un refuge fortifié, entouré d'une palissade et prêt à repousser toute attaque venant du côté de la ville? Par où et comment?... — La réponse n'était pas difficile. Ils étaient venus de Splet et, sans passer par la ville, ils avaient pénétré dans le konak par la porte qui y conduisait directement. Ils avaient dû, pendant le combat, se tenir prêts sous les murailles de la forteresse, et ils avaient profité du premier moment pour s'emparer de la position la plus solide.

Cela donna lieu à la question suivante :

— Dans quel but l'ont-ils fait.

Cette fois, la réponse n'était plus si facile ; elle ne l'était pas, parce que chaque Uscoque, après la prise de Clissa, considérait cette ville comme une propriété sainte et inviolable de la Bosnie ; dans sa conscience, il ne supposait même pas que personne pût se rendre coupable d'un pareil sacrilège et lui contester ses droits à cette propriété. S'ils avaient même pu supposer cela, leurs soupçons se seraient portés sur les Allemands moins que sur personne autre, parce qu'ils s'étaient présentés avec le caractère d'alliés secrets. N'oublions pas que les Uscoques étaient des hommes très simples et très naïfs, que c'était une foule ignorante. Dans leur simplicité, ils ne pouvaient s'expliquer la raison pour laquelle les Allemands venaient occuper une forteresse conquise par eux.

Ils ne pouvaient se l'expliquer ; c'est pour cela sans doute qu'à leur joie, à leur enivrement, succéda un commencement d'inquiétude.

Les groupes disséminés dans la ville s'arrêtaient comme pour se consulter; mais ils ne se consultaient pas, parce qu'ils n'avaient pas de clef pour résoudre l'énigme qui venait les ébahir, comme un coup de tonnerre dans un ciel serein. Ils s'arrêtaient, puis se remettaient en marche, prenant machinalement la direction de la porte du nord, auprès de laquelle s'élevait la tour que l'ordre de Bertuci leur désignait comme point de ralliement. Dans l'inquiétude qui envahissait leurs esprits, cet ordre leur semblait être un rayon lumineux dans les ténèbres de la nuit. Ils tendaient donc vers ce rayon. Ils se réunirent au pied de la tour et remplirent de plus en plus l'étroit espace compris entre la tour, le rempart et les maisons, et ils attendirent le woïvode.

Le drapeau flottait au sommet de la tour.

Leur attente ne fut pas longue, bien que le temps leur parût fort long.

Quand ils se furent réunis plus ou moins au complet, la porte de la tour s'ouvrit et Bertuci apparut, appuyé sur le bras de l'un de ses adjudants. Tous les yeux se tournèrent de son côté. Il était pâle. Un mouchoir taché de sang lui bandait le front et la tête. Cette vue était une sorte de remords pour les Uscoques, qui étaient convaincus que Bertuci n'avait pas pris une part personnelle au combat de la nuit. Ses blessures témoignaient clairement que non seulement il y avait pris part, mais qu'il avait même vu l'ennemi de très près. Ils se souvinrent des expériences de la veille, et ils en furent confus. Bertuci n'avait pas encore ouvert la bouche que déjà sa cause était à moitié gagnée dans l'opinion des Uscoques. Il s'était battu, c'était assez. Où s'était-il battu? Quelqu'un l'avait-il vu dans la lutte?... — Pour s'en informer, il aurait fallu ouvrir une enquête, l'une des plus difficiles, enveloppée du tumulte du combat et plongée dans les ténèbres. Personne n'eut même l'idée de faire une enquête. Personne ne conçut le moindre doute. La pâleur du visage et le mouchoir ensanglanté dissipèrent tout soupçon et toute hésitation.

Bertuci sortit, les Uscoques s'écartèrent avec respect; il entra au milieu de la foule; ils l'entourèrent en cercle.

Il s'arrêta, promena les yeux autour de lui,

toussa et commença par d'amers reproches.

— Si ce n'était moi, disait-il, vous n'auriez pas pu vous emparer de la forteresse. Je vous ai retenus à dessein, pour que les Turcs tournassent d'abord toute leur attention sur la tcheta qui devait opérer la diversion. Mon plan était, non seulement de prendre Clissa, mais de ne pas laisser échapper un seul Turc de la ville. Par votre étourderie, vous m'avez gâté mon plan. Vous me l'avez gâté de fond en comble. Après la prise de Clissa, je voulais marcher sur Serayewo et apparaître de l'autre côté des montagnes en même temps que l'épouvante qui aurait saisi les Turcs, si nous nous étions montrés en Bosnie d'une manière soudaine et inattendue.

En théorie, il avait de nouveau raison. Les Uscoques se sentirent coupables. Ils se taisaient et ils ne pensaient qu'à une chose : n'y aurait-il pas quelque moyen de remédier au mal?

Et leur conscience fut débarrassée d'un grand fardeau, lorsqu'ils apprirent de la bouche de Bertuci qu'il y avait un moyen et que ce moyen était dans sa tête; qu'il avait formé, à la place du plan détruit par eux, un plan nouveau, efficace, et que personne autre que lui seul ne pouvait réaliser.

Les visages noircis par la poussière du combat s'éclaircirent. Le plan inconnu devint pour eux un baume consolateur. Ils oublièrent momentanément les Allemands; mais ils se les rappelèrent bientôt, les apercevant au milieu d'eux.

Quelques knechts, avec un officier en tête, se frayaient un passage à travers la foule. Ils étaient précédés de deux trompettes. La présence de ceux-ci annonçait une ambassade solennelle. Les Uscoques s'écartèrent. Les Allemands arrivèrent jusqu'à Bertuci, s'arrêtèrent devant lui et, après lui avoir rendu les honneurs militaires, l'officier lui déclara en termes recherchés que le baron Norad, ambassadeur impérial, l'invitait à une entrevue particulière.

Bertuci accueillit cette invitation avec une insouciance alliée à une grande dignité. Il appela ses gardes du corps et se rendit à leur tête au konak.

La foule fut quelque temps laissée à elle-même. Elle se serait peut être dispersée pour prendre quelque repos après une nuit d'insommie, n'eût été la curiosité qui la retenait au pied de la tour.

— Le woïvode reviendra et nous dira quelque chose des Allemands.

Mais avant le retour de Bertuci, l'attention des Uscoques fut captivée par un petit groupe d'hommes dont les traits respiraient une solennité inaccoutumée. C'étaient des figures connues : François Alegreto, Jean Alberti, André Kosmatch, le père Cyprien, quelques autres et l'archidiacre de Splet. Les quatre premiers semblaient tristes ; le dernier trahissait une certaine anxiété, voilée par la gravité de son caractère sacerdotal et la position qu'il occupait dans la hiérarchie de l'Eglise. Ils approchèrent. L'archidiacre fit quelques pas en avant. Les Uscoqnes inclinèrent la tête devant lui. Il les bénit au nom de l'archevêque.

La bénédiction fut suivie d'une courte allocution, dans laquelle l'archidiacre félicita les Uscoques d'avoir enlevé Glissa aux infidèles et de l'avoir soumise au pouvoir d'un monarque chrétien. La harangue ne renfermait rien autre que cette félicitation prononcée avec un accent expressif et tournée de telle manière que chaque mot, tout en rendant d'un côté hommage à l'empereur d'Allemagne, frappait au cœur les Uscoques comme un stylet.

Ils comprirent que ce n'était pas pour la Bosnie qu'ils avaient emporté Clissa.

Un frisson glacé leur parcourut les membres. Un silence de mort s'établit dans la foule.

L'archidiacre termina son allocution, bénit encore une fois les guerriers attristés, et se retira.

— Attendons le woïvode... dit une voix dans la foule.

Qui avait prononcé ces mots? Peu importe. Quelqu'un avait dit à haute voix ce qui était la pensée de chacun. D'ailleurs, il ne restait rien autre à faire. L'attente est une sorte d'activité, lorsque l'activité réelle, l'activité en mouvement, est tenue en échec par un nombre égal de « pour » et de « contre », qui donnent en définitive « zéro ». L'attente était pour les Uscoques l'unique planche de salut. Ils attendaient Bertuci, qui leur avait été recommandé à Sègne par un représentant de l'empereur, qui les avait salués à Salone par la nouvelle d'une alliance avec l'empereur, qui était invité à Clissa par l'ambassadeur de l'empereur. Toute leur espérance, toute leur confiance s'étaient concentrées sur Bertuci, sur ce woïvode qui n'aurait pas lâché un seul Turc de Clissa et qui était en possession d'un plan infaillible.

Ils attendaient.

Une heure s'écoula, puis une seconde heure. Tel ou tel sommeillait, assis sur une borne. Tel autre dormait, étendu sur le sol. La fatigue se faisait sentir par des douleurs dans le dos. Chacun cherchait à s'appuyer, qui au mur, qui au rempart, l'un sur sa pique, l'autre sur son mousquet. On attendait en sommeillant.

Le soleil montait de plus en plus haut. Il dardait déjà des rayons ardents. Le woïvode ne revenait pas.

Les Uscoques attendaient toujours.

Enfin, leur attente eut un résultat.

Ils virent arriver, non Bertuci, mais son état-major.

Ceux qui étaient assis et ceux qui étaient couchés se relevèrent précipitamment; ceux qui se oscillaient, appuyés sur leurs mousquets, se redressèrent en un clin d'œil.

Toutes les oreilles furent frappées par ces mots :

— Le woïvode est en prison !

— En prison ! fut le murmure farouche qui se produisit dans la foule, et qui fut suivi par un silence sépulcral, par le silence de la stupéfaction qui saisit les hommes à la nouvelle d'un fait qui dépasse toute prévision.

Mais ce silence ne dura pas longtemps.

— En prison ?... s'écrièrent-ils. Pourquoi ? Comment ?

Ils se pressèrent autour de l'un des gardes qui leur fit la relation suivante :

— Nous entrâmes dans la cour. Le woïvode fut introduit dans l'intérieur du konack et nous restâmes à l'attendre. Au bout de quelque temps, les trabans nous entourèrent et nous menèrent à l'écart. On nous retint ainsi jusqu'à présent ; à la fin, on nous conduisit au portail et on nous relâcha.

— Personne ne vous a-t-il rien dit ? Ne vous a-t-on donné aucune raison ?

— L'officier qui nous reconduisait jusqu'au portail nous a engagés, au nom du commandant de la place, à nous conduire tranquillement à Clissa, menaçant les Uscoques de châtiments sévères s'ils n'obéissaient pas à cet ordre; quant à lui, il nous conseillait de nous lancer à la poursuite des Turcs qui ont pris la fuite la nuit dernière...

— Et le woïvode?... criait-on, le woïvode?...

— Les gardes ne savaient que répondre. Ils rapportèrent seulement que les trabans qui les avaient surveillés dans le konack, disaient entre eux que Bertuci était un sorcier.

Des rumeurs irritées s'élevèrent sur la place. Les tchetowozas et les autres chefs se réunirent au centre, pour se consulter sur ce qu'il fallait faire. Le corps d'armée se changea instantanément en une assemblée populaire. On engagea de tous côtés des délibérations dont l'ordre du jour s'arrangeait de lui-même.

La première question était la suivante : Pourquoi le woïvode a-t-il été emprisonné?

On ne demandait pas : De quel droit? Bien que simples et ignorants, les Uscoques comprenaient que, dans leur situation, ils ne pouvaient en appeler à aucun droit, à aucune justice. Le droit existait, mais non pas pour eux. En ce qui les concernait, leurs protecteurs et leurs alliés ne se laissaient guider que par leurs propres intérêts. Restait à savoir dans quelle mesure les intérêts de l'empire s'accordaient avec l'occupation de Clissa par une garnison allemande, et avec l'arrestation d'un homme recommandé aux Uscoques par les Allemands eux-mêmes.

Il restait encore à savoir s'il y avait quelque moyen de persuader aux Allemands d'abandonner Clissa et de remettre Bertuci en liberté.

L'affaire, il est vrai, se compliquait d'une raison d'Etat qui ne pouvait être comprise des Uscoques; et comme ils ne la comprenaient pas, ils résolurent de choisir parmi eux quelques-uns des plus sérieux et des plus éloquents et de les envoyer en députation au konack, pour s'entendre avec l'ambassadeur. Le choix tomba sur Alberti, Alegreto, Wuk, Kosmatch et le père Cyprien.

La députation partit, mais elle fut bientôt de retour. Sa relation fut courte, l'ambassadeur ne lui avait pas accordé d'audience. Le commandant de la place, les apercevant par hasard pendant leurs pourparlers avec la sentinelle, était allé à leur rencontre et leur avait enjoint en termes sévères de se conduire paisiblement, s'ils ne voulaient pas être chassés de Clissa ; il avait ajouté que le meilleur parti pour eux était de quitter Clissa de leur propre gré.

— Vos tchaïkas vous attendent !.. Embarquez-vous, et à tous les diables !

— A tous les diables lui-même ! s'écrièrent les Uscoques.

Et des imprécations s'élevèrent de tous côtés contre les Allemands.

— Et l'alliance !... s'écriaient quelques voix. Le traité d'alliance conclu avec Bertuci ! Que devient ce traité ?

— Bah !.. est-on sûr que ce soit vrai ! répondaient quelques autres.

— Le woïvode l'a dit.

— Quelqu'un l'a-t-il vu ?

— S'il n'y avait pas eu de traité, il n'en aurait pas parlé.

— S'il y en avait eu un, il l'aurait montré.

La question du traité divisa les délibérants en deux partis; d'un côté se rangèrent ceux qui agissaient sous les auspices de Minuci; de l'autre, ceux qui tenaient pour Bertuci et pour les Allemands. Le gros de la foule ne savait à qui donner raison. Les premiers affirmaient que Bertuci s'était laissé prendre à un piège dans lequel il avait attiré tous les Uscoques, après les avoir dupés par un traité mensonger. Les autres prétendaient que, s'il n'y avait pas de traité écrit, il y avait une alliance fondée sur un arrangement verbal.

Le débat prit les proportions d'une querelle d'autant plus vive, que le résultat malheureux d'une lutte victorieuse exigeait un bouc émissaire sur lequel on pût rejeter toute la responsabilité. Le bouc émissaire du premier parti était le woïvode. D'après lui, Clissa aurait été conquise sans Bertuci et sans ses traités, et même deux jours plus tôt qu'avec un tel secours. On en avait des preuves claires et certaines. Le second parti n'avait aucune victime sous la main : cependant, quelqu'un ayant prononcé d'un ton de regret le nom de Djordji Miloschéwitch, ce nom parcourut toutes les bouches, et l'on s'efforça de charger Djordji de toute la responsabilité. Toutefois, cette version ne put se soutenir. La discussion ne cessait pas néanmoins. Au contraire. Moins on avait raison, plus l'irritation générale augmentait, et comme, en définitive, la balance ne pencha ni pour les uns ni pour les autres, le débat, après avoir atteint son point culminant, changea de face et revêtit les formes de la seconde question qui restait à discuter.

Cette seconde question était la suivante : Que faire ?

Mais comme les premières délibérations avaient occupé toute la journée, jusqu'à la tombée de la nuit, il ne restait plus de forces ni de temps pour commencer les secondes. La nuit dispersa l'assemblée. Les Uscoques allèrent chacun de son côté, pour se réunir de nouveau le lendemain sous la tour au sommet de laquelle flottait l'étendard veuf de son maître.

Le lendemain, on mit sur le tapis le même sujet que la veille ; aurait-il mieux valu écouter l'évêque de Zadar ou l'ambassadeur de l'empereur? Les deux partis recommencèrent leur querelle, et il s'en forma un troisième qui se donna le rôle de conciliateur. Celui-ci prenait pour point de départ l'assertion qu'il aurait mieux valu n'écouter personne. Mais cette médiation eut pour seul effet de jeter de l'huile sur le feu. Un nouvel élément entra dans la dispute, et il l'excita, l'accrut et la soutint jusqu'au soir. De nouveau, la balance ne pencha ni pour le premier parti, ni pour le second, et après être arrivée à son point culminant, la discussion changea de face, et revêtit les formes de la seconde question, qui pressait les Uscoques avec une intensité de plus en plus grande.

— Que faire ?

Mais cette question venait trop tard. La nuit dispersa l'assemblée. Les Uscoques allèrent chacun de son côté, pour se réunir le lendemain, vers l'heure de midi.

A quoi toute la matinée s'était-elle passée ?

En se promenant dans Clissa, on rencontrait çà et là des groupes plus ou moins nombreux qui discutaient. Sur quoi ? Ils maudissaient les Turcs, ils maudissaient les Allemands, ils maudissaient l'évêque Minuci lui-même, mais surtout ils s'accablaient réciproquement d'injures et d'imprécations. Ils rongeaient d'une dent furieuse l'os de la discorde. Ils se reprochaient les uns aux autres la trahison, cherchant à l'expliquer par les motifs les plus vils. Ils se jetaient à la tête l'accusation de vénalité. Ils conçurent subitement les uns contre les autres cette haine qui allume le flambeau de l'une des guerres les plus terribles, les plus implacables, les plus féroces, de la guerre civile : de la lutte entre les fils d'une même mère.

C'est avec ce sentiment au cœur que les Uscoques se réunirent au pied de la tour, et qu'ils entamèrent les délibérations.

Les délibérations ? Hélas ! dès le premier mot jeté par l'un d'eux, on put reconnaître quel tour prendraient des débats envenimés par une animosité réciproque. On le reconnut si bien, que le père Cyprien leva les bras au ciel et, appelant Dieu à témoin, il conjura les Uscoques de ne pas oublier qu'ils étaient fils d'une même patrie, qu'ils étaient environnés d'ennemis. La voix du moine était inspirée par le désespoir.

Mais son intervention n'eut aucun résultat.

Quelques mots jetés du milieu de la foule détruisirent tout le bon effet de la parole du père Cyprien.

— Les traîtres sont pires que les ennemis!

— Qui est traître, ici? dit l'un des gardes du woïvode.

— Toi! riposta l'un des soldats d'Alberti.

— *Udri go* ! s'écria quelqu'un.

Les épées nues brillèrent au-dessus des têtes.

— Par Dieu! criaient les uns, allons plutôt contre les Allemands!

— Par Dieu! criaient les autres, allons plutôt contre les Turcs!

Et la discorde se glissa dans les efforts même de réconciliation; l'étincelle devint bientôt une grande flamme, attisée par le mot «trahison», mot terrible! car on ne peut, en réalité, imaginer de crime plus grand, de plus grande infamie que la trahison, personnifiée dans l'histoire de l'humanité sous les traits hideux de Judas Iscariote. Les multitudes les plus ignorantes devinent instinctivement l'énormité de ce crime. Aussi n'est-il pas étonnant que, lorsqu'il se présenta aux Uscoques exaspérés comme le sujet de leur différend, il surexcita leur exaspération. Les adversaires en vinrent aux mains. Le sang coula. L'acharnement augmenta. On entendit des cris :

— Mort aux traîtres !

Et la mort accourut à l'appel.

Des coups de feu éclataient d'abord isolés, puis de plus en plus fréquents. La place de la tour se vida rapidement. Les adversaires prirent position dans les bâtiments contigus, et une bataille en règle s'engagea.

Heureusement, cette bataille avait commencé à la nuit ; elle n'eut pas le temps de se développer et de s'animer. Malgré cela, il y eut des victimes. Quelques cadavres jonchaient la place ; quelques blessés pansaient leurs blessures dans les habitations abandonnées par les Turcs.

Le parti conciliateur comprenait la presque totalité des officiers uscoques. Les tchetowozas s'étaient efforcés en vain de contenir l'acharnement des adversaires. Aussi savaient-ils gré à la nuit qui venait les séparer, et qui leur donnait à eux-mêmes le loisir de trouver quelque moyen pour prévenir une nouvelle effusion de sang. Dès la tombée de la nuit, ils se rassemblèrent dans la tour pour prendre conseil.

Il ne leur restait plus qu'un parti à prendre : c'était de parlementer. Ils ne pouvaient faire qu'une seule chose, envoyer des députés aux partis hostiles et prendre en considération les nouvelles qu'on leur rapporterait. On envoya Wuk, on envoya Alberti, on en envoya d'autres, et chacun revint les mains vides. Ou bien on refusait de les entendre, ou bien on leur déclarait sans ambages qu'il fallait d'abord exterminer les traîtres, et qu'ensuite on verrait. Toutes les tentatives de persuasion, les prières et les conjurations restèrent vaines. Le ressentiment fit la sourde oreille. Tout faisait augurer que le combat interrompu recommencerait à l'aube.

Tel fut le résultat définitif des efforts des officiers, et ils y étaient arrivés vers la fin de la nuit. Une heure à peine les séparait encore du lever du soleil. Il fallait réfléchir, se décider et exécuter incontinent ; — en d'autres termes, il fallait chercher dans l'inspiration le moyen de conjurer l'orage.

— Et si l'on recourait aux Allemands?... — suggéra le père Cyprien. — Ils sont chrétiens! Ils doivent comprendre l'horreur d'une lutte fratricide! On doit pouvoir leur adresser la parole au nom de l'amour du prochain!

— Hum!... dit un des anciens, qui est entré dans la boue jusqu'aux genoux, peut s'y enfoncer encore plus, certes! Mais si nous recourons aux Allemands, n'oublions pas que nous perdons le droit de leur réclamer la restitution de Clissa.

— Garderons-nous ce droit si nous nous entretuons de nos propres mains? repartit quelqu'un.

— C'est vrai..., approuva-t-on en chœur.

— Il n'y a donc rien à faire. Il faut aller chez les Allemands. Il faut éveiller le commandant de la place et le sommer de rétablir l'ordre dans la ville.

— Qui veut y aller? demanda-t-on.

— Et qui peut y aller?... Le père Cyprien et André Kosmatch.

Le père Cyprien et André Kosmatch partirent immédiatement. Leur route ne fut pas longue. Une ruelle étroite conduisait sur la place où les Turcs avaient festoyé quatre jours auparavant. Ils entrèrent sur cette place, et comme ils approchaient déjà des portes du konak, Kosmatch tira tout à coup le moine par la manche et lui souffla à l'oreille :

— Tust...

Il sauta légèrement de côté et grimpa sur un arbre comme un écureuil.

Le père Cyprien comprit tout de suite la raison de cette gymnastique. Le konak était éclairé d'une manière inusitée. Par les fentes de la palissade, on entrevoyait de nombreuses lumières dans la cour. Evidemment, il se passait là-bas quelque chose d'extraordinaire, que le moine ne pouvait deviner.

Kosmatch ne demeura pas longtemps dans les branches du peuplier. Il se laissa glisser à terre, saisit le moine par la main et l'entraîna à la course.

Dans la ruelle, il ralentit le pas.

— Allons..., dit-il. Les nôtres ne se battront pas. Ils auront mieux à faire.

— Et quoi ?

— Ha ! les Turcs sont au konak.

— Les Turcs ! répéta le moine stupéfait.

— Les Turcs, et même les janissaires de Serayewo. Ils ne font qu'arriver.

— Les Turcs !.. d'où ? !.. comment? ?..

— C'est tout simple. Ils ne pouvaient entrer autrement que par suite d'une entente avec les Allemands. Les Allemands sont partis et leur ont ouvert la porte.

Cette nouvelle, communiquée aux chefs des Uscoques, causa parmi eux une profonde impression. Ils tombèrent d'accord sur la supposition de Kosmatch.

— Et voilà la réconciliation... dit l'un d'eux.

— Qu'est-ce que cela veut dire? demanda un autre.

— Que nous sommes bloqués.

Personne ne demanda comment cela s'était fait, d'abord, parce que ç'aurait été une curiosité inutile, ensuite parce qne chacun pouvait chercher la réponse dans sa propre perspicacité. On n'avait du reste pas le temps de s'amuserà résoudre des problèmes transparents. Les Allemands étaient sortis, les Turcs étaient entrés. Ceci était clair, il était clair aussi que les premiers avaient fait part aux seconds de tout ce qu'ils savaient sur la position, les forces et l'état des Uscoques, toutes choses que l'on aurait pu exprimer en trois mots : la discorde avait absorbé le temps qu'ils auraient dû employer à penser à leur sécurité personnelle.

Les portes étaient ouvertes ; point de sentinelles sur les remparts ; on savait seulement qu'avant de partir, les Turcs avaient encloué plusieurs canons, mais on ne savait pas lesquels.

On réunit à la hâte un conseil de guerre qui commença par conférer à l'unanimité le commandement à Jean Alberti, et l'on passa sans tarder à la question sans cesse renvoyée depuis trois jours :

— Que faire ?

— Nous barricader dans le coin où nous sommes, et...

— Nous défendre jusqu'à notre dernier souffle... achevèrent les autres tout d'une voix.

Aussitôt le chef s'écria du ton d'un commandement irrévocable :

— Chaque tchetowoza à sa tcheta !

Cet ordre fut exécuté avec une promptitude miraculeuse.

Les tchetowozas se rendirent en courant aux postes occupés par les partis hostiles. Les mots « le Turc est en ville » produisirent un effet magique. Les tchetas se formèrent, se présentèrent et se rendirent aux points auxquels Alberti les conduisait en personne, les unes occupèrent les maisons, d'autres les rues, d'autres la tour et la porte du rempart. On fit en toute hâte les préparatifs de défense. On barricada les rues, on perça des meurtrières dans les murs des maisons. Le jour parut. L'aurore fut saluée dans les champs par la chanson gazouillante de l'alouette, elle fut saluée à Clissa par le tonnerre de la bataille.

Les Turcs étaient au courant de l'état des choses, tel qu'il avait été le jour précédent. Ils avaient organisé l'attaque en conséquence, et l'avaient fixée pour les premières clartés de l'aube, pour le moment où le sommeil était le plus profond. Ils avaient envoyé trois colonnes ; deux d'entre elles longeaient les murailles de la ville, et la troisième, la plus forte, composée exclusivement de janissaires, se dirigeait par le chemin le plus court du konak à la tour, et devait se précipiter au centre même des différentes positions occupées par les Uscoques. Leur intention était d'accomplir un massacre à l'arme blanche.

Mais une surprise leur était réservée. La première, la colonne centrale, fut accueillie à une dizaine de pas par un feu meurtrier qui jaillit comme du cratère d'un volcan, de toutes les fenêtres, des toits, des barricades, des remparts, des murailles, et qui joncha la terre de cadavres. La colonne s'arrêta un instant, puis elle se débanda aussitôt. Les janissaires qui étaient restés en vie cherchaient leur salut dans une fuite précipitée. Une réception analogue échut en partage aux deux autres colonnes.

Le commencement était bon; mais ce n'était qu'un commencement, semblable au premier gain dans une partie de cartes; ce n'était rien de plus qu'un encouragement. Les Uscoques n'avaient pas besoin d'être encouragés. Ils l'étaient suffisamment par la nécessité, par la situation, qui n'avait pour eux d'autre issue qu'un combat sans espérance. Sans espérance, disons-nous, parce qu'ils ne savaient pas même à quelles forces ils avaient affaire, ni quelle était la position des Turcs. Le seul avantage de ce bon commencement fut de leur donner un moment de répit pour se fortifier dans leurs positions. Dès que les Turcs se furent retirés, ils se jetèrent à l'ouvrage. Ils bêchaient la terre avec les outils qui leur tombaient sous la main, et s'entouraient d'un retranchement ; ils apportaient des meubles, démolissaient les maisons, entassaient les tables, les bancs, les poutres et les tonneaux.

Quelques heurcs après le premier assaut, les Turcs attaquèrent de nouveau, et de nouveau ils durent se retirer.

Ce second succès aiguillonna les assiégés. Ils soupçonnèrent que les forces turques ne devaient pas êtres si grandes, puisqu'elles s'étaient exposées à deux échecs successifs. Mais ils furent encore plus aiguillonnés par une nouvelle que leur apporta Kosmatch, envoyé en reconnaissance par Alberti avant le premier assaut. Kosmatch, il est vrai, ne disait rien des forces, mais il annonçait l'arrivée de renforts, de renforts qui, pour des guerriers abandonnés du monde entier, semblaient envoyés par le ciel.

— Des renforts?... ils ne pouvaient y croire.

Ils durent enfin se rendre à la réalité. Vers midi, comme ils se préparaient à repousser un troisième assaut, leurs regards furent frappés par un vieillard à cheveux blancs, entrant majestueusement à cheval par la porte de la forteresse qui était en leur pouvoir. Il était à la tête d'un bataillon qui pouvait compter cent cinquante soldats. Alberti s'avança à la rencontre du vieillard, et l'accueillit avec les marques du plus profond respect.

Les Uscoques étaient dans l'enthousiasme de la joie.

C'était une lueur d'espérance qui venait éclairer les ténèbres de désespoir dont leurs âmes étaient envahies ; ils n'avaient vu jusque-là que la mort en perspective.

Ce secours, à la vérité, n'augmentait pas leurs forces de beaucoup; mais ce vieillard leur inspirait de l'énergie. C'était un vieux soldat, général au service de l'empereur, Serbe de naissance, appelé Lenskowitch; à la nouvelle de la prise de Clissa, le sang serbe avait tressailli dans ses veines. Il rassembla des volontaires dans les environs de Splet, se mit à leur tête, et partit. Mais il n'arriva pas à temps. S'il était entré à Clissa vingt-quatre heures auparavant, il se serait interposé en médiateur entre les Uscoques et le représentant impérial, et il n'aurait pas permis que les choses arrivassent à l'extrémité où il les trouvait. Il venait donc trop tard, et il venait, bien que Kosmatch lui eût tout appris. Cela inspira aux Uscoques un grand courage.

Alberti céda le commandement au général. Mais le vieillard branla la tête et dit :

— Garde-le. Je suis venu pour que l'on ne puisse pas dire que toute la chrétienté vous a abandonnés. S'il faut mourir, je veux que parmi vos cadavres on trouve le cadavre d'un général de l'empereur.

Bientôt après l'arrivée de Lenskowitch, les Turcs attaquèrent pour la troisième fois. Et cette fois encore ils furent repoussés. Ils attaquèrent une quatrième fois, ils furent repoussés; ils revinrent, roulèrent des canons qu'ils disposèrent sur des affûts dressés pendant la journée, ouvrirent un feu continu, poussèrent colonne sur colonne, pénétrèrent à plusieurs reprises dans la citadelle improvisée des Uscoques, et, rejetés, ils se pressaient de nouveau, jusqu'à ce qu'à la fin les héroïques défenseurs commencèrent à manquer à la fois de tout ce qu'il faut pour se défendre; leurs épées s'émoussaient, leurs lances se brisaient, leurs mousquets refusaient de tirer, leurs poires à poudre se vidaient, et leurs forces les abandonnaient. Les principaux chefs avaient été tués. Alberti, Wuk et beaucoup d'autres n'étaient plus au nombre des vivants. Malgré cela, la lutte n'avait pas cessé. L'étendard fixé par Bertuci sur le toit de la tour y joua le rôle suprême. Le vieux général le fit descendre, il le prit en main et marcha à la tête des débris des Uscoques, qui, rassemblés en une colonne serrée, se frayèrent, dans la nuit, un passage hors de la forteresse, à travers les rangs épars des Turcs.

IX. — Manœuvres clandestines.

Il importe de ne pas oublier que les événements dont nous faisons le récit se passaient au courant du XVIe siècle, de ce siècle où ce qui porte le nom de perfidie, selon les notions courantes, et passe pour une action coupable, s'appelait alors haute intelligence, dans les sphères officielles, et passait pour une qualité. De nos jours, cela s'appelle habileté. Mais il y a trois siècles, on ne distinguait pas l'habileté de l'intelligence et on les confondait surtout avec la raison d'Etat. Nous rappelons que c'était le siècle où brillait César Borgia, où l'on invoquait l'autorité de Nicolas Machiavel ; nous rappelons ces souvenirs pour expliquer, non pour justifier, la conduite que le baron Norad avait tenue à l'égard des Uscoques.

Cette conduite rentrait dans la catégorie de la haute politique et s'expliquait d'elle-même. Clissa était un objet convoité à quatre points de vue différents. La cour de Rome considérait Clissa du point de vue élevé où les intérêts de la chrétienté s'unissaient aux intérêts du Vatican. La cour impériale la convoitait tout simplement dans l'intérêt de l'empire. Les Uscoques la regardaient comme le seuil de la Bosnie. Bertuci y voyait le premier échelon de sa propre élévation. La cour de Rome et les Uscoques désiraient tous deux la prendre et la garder, mais dans des buts différents. La cour impériale ne se proposait de la garder que si les circonstances le lui permettaient. Dans ce but, elle s'était empressée d'occuper la forteresse conquise par les Uscoques, et de s'assurer du woïvode qui aurait pu s'y opposer. Et comme elle savait que Rome ne manquerait pas d'user de toute son influence pour produire une réaction, elle avait jeté parmi les guerriers le brandon de la discorde et les avait rendus impuissants. Nous avons vu les résultats. Comme les circonstances laissaient entrevoir la possibilité d'une guerre prochaine venant du côté de Serayewo pour menacer l'empire même, et cela dans le cas où Glissa deviendrait un *casus belli*, c'est-à-dire où les Allemands voudraient profiter du fait accompli et garder la forteresse pour eux, le plénipotentiaire de l'empereur n'avait pas hésité, non seulement à rendre la forteresse aux Turcs, mais encore à livrer les Uscoques à leur vengeance. C'était faire d'une pierre deux coups. Le baron Norad pensait que de cette façon il délivrerait la cour impériale de l'importunité des Uscoques, qui avaient des intercesseurs jusques à Prague même, et en même temps qu'il détournerait de l'empire une guerre avec la Turquie, guerre menaçante et fort peu désirée par un empereur passionné pour les sciences, les arts et la paix, comme l'était alors Rodolphe II.

Il faut avouer que le baron avait fait preuve, dans toute cette affaire, d'une habileté peu commune. A son instigation, les Uscoques avaient choisi pour chef un charlatan ; il tenait par là les fils de toutes leurs opérations, et les dirigeait sans qu'il y parût, neutralisant l'action secrète de la curie romaine ; avec cela, il gardait les dehors de l'amitié la plus cordiale vis-à-vis de l'agent de Rome, l'archevêque de Zadar. L'archevêque lui rendait sa cordialité. Ces deux hommes s'accablaient ostensiblement des marques de la plus grande courtoisie, tandis qu'en réalité ils luttaient pour des causes différentes.

Au moment de l'assaut des Uscoques, ils se trouvèrent tous deux auprès de la forteresse ; le baron était à la tête de toute la garnison de Splet; l'archevêque, entouré de son clergé et de ses partisans, non loin de la tcheta commandée par Jean Alberti. Il va de soi qu'ils ne savaient rien l'un de l'autre, bien qu'ils eussent tous deux le même but : attendre le résultat. Le baron se trouvait dans une situation plus avantageuse, parce qu'il disposait de la force armée et qu'il avait sous sa dépendance le chef qui commandait aux Uscoques.

Ils ne savaient rien l'un de l'autre.

Les Impériaux s'étaient établis en un point tel que, en cas de défaite, ils pouvaient revenir à Splet sans être remarqués, et, en cas de succès, ils pouvaient profiter du premier moment de trouble pour occuper la forteresse.

Quand la tcheta d'Alberti marcha à l'attaque, l'archevêque resta seul avec quelques prêtres.

L'attaque commença. Nous ne reprendrons pas la description de cette lutte nocturne, dans laquelle les défenseurs abrutis de Clissa ne pouvaient opposer qu'une faible résistance; en sortant de leur abrutissement, ils étaient pris de terreur panique, ce qui ne les rendait capables que de chercher le salut dans la fuite; leur épouvante arriva à son apogée lorsque le faible assaut de la tcheta d'Alberti fut renforcé par l'assaut des tchetas qui avaient secoué le joug de l'obéissance au woïvode.

Nous savons ce qui avait poussé les tchetas à l'assaut. Une femme à cheval leur était apparue et leur avait jeté le cri :

— *Na yurish!*

Ce cri les souleva, les entraîna et les jeta contre les remparts.

Nous devinons quelle était cette femme. Nous pourrions nous contenter d'une simple conjecture, si le développement ultérieur des événements ne nous obligeait à suivre les pas de Franceska, qui devait y jouer un rôle capital.

Nous dirons, entre parenthèse, qu'à cette époque les destins de l'empire ottoman étaient entre les mains d'Italiens et d'Italiennes, surtout de ces dernières, grâce à la position dont elles s'étaient emparées dans le harem du Padischah. Là se trouvait le foyer de leur influence, et ce foyer laissait émaner à l'extérieur des rayons, au nombre desquels était Franceska. On pouvait y comprendre aussi le vizir de Bosnie; mais il avait vieilli, il s'était appesanti, il était devenu un personnage considérable; dans la haute dignité qu'il occupait, il avait perdu l'élasticité qui caractérise la race italienne. Une vie d'inaction et de débauche l'avait plongé dans un état de somnolence continuelle, dont il ne s'éveillait quelquefois que pour se divertir, s'il était de bonne humeur, ou pour accomplir quelque cruauté, s'il était dans de mauvaises dispositions. D'ailleurs, quand il exprimait quelque volonté raisonnable, sa bouche servait d'écho à la volonté d'une femme, laquelle était, pour ainsi dire, son inspiration. Hassan pacha faisait ce que Franceska voulait. Elle remplaçait en lui et pour lui la faculté de penser, qui s'était peu à peu éteinte, comme s'éteint une flamme faute d'aliment.

Franceska voulut aller à Clissa; elle y alla.

Elle plongea dans l'impuissance les défenseurs de la forteresse, et elle attendait, comme attendait également, caché dans un ravin et entouré de la fameuse garnison de Splet, le baron Norad.

Franceska attendait donc.

Et comme elle, attendait aussi, sur un monticule au sud de la forteresse, l'archevêque Minucius Minuci.

Elle attendait, debout à la fenêtre, prête à monter à cheval. Elle avait l'air de regarder la fête; en réalité, elle pensait à autre chose.

A la première alarme, elle donna l'ordre aux eunuques de seller et de harnacher les chevaux; quand le tumulte augmenta, elle quitta le konak, suivie de son escorte, et, une fois hors des murs, elle tourna à droite et disparut dans les ténèbres. L'escorte continua sa marche sur la route de Sérayewo; Franceska, guidée par Kosmatch qui l'attendait, se rendit à travers les taillis et les fourrés, directement au poste d'observation occupé par l'archevêque.

L'archevêque, à ce qu'il semble, s'attendait à cette rencontre.

Franceska glissa à bas de son cheval, tomba à genoux et inclina la tête jusqu'à terre.

L'archevêque étendit les mains sur elle, et prononça à demi-voix des paroles latines.

Franceska, bénie et fortifiée, se releva et se tint debout devant l'archevêque et commença à lui rendre compte de démarches politiques d'un caractère mystérieux.

Après l'avoir assez longuement entendue, Minucius Minuci lui demanda :

— As-tu reçu le billet écrit en chiffres?

— Je l'ai reçu.

— L'as-tu déchiffré exactement ?

— Je l'ai déchiffré et j'en ai envoyé le contenu à Stamboul.

— Eh bien ?

— Les affaires ont pris un tour excellent ; elles sont arrivées jusqu'au sultan lui-même et il a ordonné au grand-vizir de lui présenter les rapports du vizir de Bosnie.

— Le vizir a donc fait un rapport?

— Oui... C'est-à-dire que le kitabdji l'a écrit, que Hassan-pacha a mis son seing et qu'il l'a envoyé par un tchaouch au grand-vizir; ce dernier l'aurait jeté au sac, si le sultan n'avait été averti.

— Ce rapport, continuait Franceska, rendait compte des violations incessantes des frontières ottomanes par les Uscoques et il insistait particulièrement sur ce fait que ces violations sont évidemment favorisées par la cour impériale. En lisant cela, le sultan est entré dans une violente colère et a donné l'ordre d'armer pour châtier l'empire. L'ambassadeur impérial à Stamboul a fait, il est vrai, de nombreuses démarches pour détourner le danger qui menace l'empire. Amurat II oublierait peut-être l'ordre qu'il a donné, mais on le lui rappelle... et on peut s'attendre à ce que Hassan-pacha reçoive sous peu l'ordre d'entamer les hostilités.

— Il le recevrait d'autant plus sûrement, interrompit l'archevêque, si Clissa était tombée au pouvoir des Uscoques.

En ce moment, l'attention de l'archevêque se tourna vers la forteresse.

— Qu'est-ce que cela signifie?... s'écria-t-il à haute voix et avec impatience. On dirait qu'il n'y a qu'Alberti là-bas! Sa tcheta toute seule ne pourra y tenir.

— Elle n'y tiendra certainement pas, ajouta André Kosmatch.

— Où sont les Ségnains?

— En face de la porte du nord, derrière le ravin, sur le plateau.

— Que tardent-ils? Vas y voir, toi!

Kosmatch n'eut pas besoin de l'entendre deux fois. Il enfila le sentier qui descendait par une pente douce jusqu'à la grande route, coupait celle-ci et remontait le plateau occupé par les tchetas de Sègne. Il disparut comme une ombre qui glisse à travers champs aux rayons de la lune.

— Il est donc certain que le vizir de Bosnie recevra un ordre du grand-vizir?... demanda l'archevêque, reprenant la conversation interrompue.

— Je l'attendais d'un moment à l'autre et je l'aurais certainement vu arriver, si, avertie par André Kosmatch, je n'avais dû partir en toute hâte pour Clissa, afin d'en faciliter la conquête aux Uscoques.

La perte de Clissa rendait vaines toutes les intrigues de l'ambassade impériale à Stamboul.

— Oui, dit l'archevêque avec satisfaction.

— Clissa n'est pas seulement une forteresse limitrophe; c'est encore le *timare* de Mustapha-bey, *sultanzadè*. Sa perte touchera vivement le padischah et indignera tous les Musulmans.

— C'est ce qu'il faut!... s'écria Minucius Minuci... Ah! mais pourquoi s'écria-t-il, en tournant des regards vers Clissa, les Uscoques ne sont-ils pas encore maîtres des remparts?

La lutte engagée par la tcheta d'Alberti s'était localisée à la porte méridionale. Du poste occupé par l'archevêque, elle ressemblait à ces feux d'artifice qui tantôt éclatent en jets isolés, tantôt en bouquets. On aurait dit que tout allait finir d'un moment à l'autre. Les Ségnains ne se montraient pas.

— Pourquoi les Ségnains ne viennent-ils pas?... s'écria l'archevêque d'un ton où perçait l'inquiétude.

— Mon père!... s'écria tout à coup Franceska, d'une voix où résonnait l'inspiration.

Et elle se laissa glisser à genoux à ses pieds. Et elle baissa le front dans la poussière.

Minucius Minuci étendit les mains; ses lèvres prononcèrent à voix basse des paroles de bénédiction; puis la jeune fille se releva vivement, et d'un bond se trouva remontée sur son cheval.

— Les Ségnains seront sur les murailles

dans un instant, dit-elle; puis son cheval se cabra sous elle et apparut aux yeux de l'archevêque et des assistants comme un de ces coursiers fantastiques que l'imagination populaire prête aux génies. Franceska s'élança sur le sentier que Kosmatch avait pris un quart d'heure auparavant. Le galop du cheval, d'abord retentissant, s'éteignit bientôt dans la nuit.

Nous savons ce qui arriva ensuite. L'archevêque vit paraître les tchetas sur les murs; il assista à la prise de la forteresse par les Uscoques et à son occupation par les troupes impériales. Ce dernier fait arracha à ses lèvres quelques phrases empreintes de colère et d'impatience. Mais il sut se contenir. Il donna avec sang-froid à l'archidiacre Alberti les instructions nécessaires et il revint tranquillement à Splet.

Il convient de faire ici nos adieux à Minucius Minuci, qui quitte la scène de notre drame pour n'y plus reparaître. Nous ajouterons à cet adieu quelques mots de souvenir historique. Minucius Minuci appartient à cette rare espèce d'hommes qui font l'histoire et qui l'écrivent. En examinant de près ses écrits, on voit que l'archevêque de Zadar, l'ex-secrétaire de Clément VIII, avait noué de ses propres mains le nœud historique, que les Turcs se sont en vain efforcés de défaire. Deux cents ans d'avance, il devina le côté faible de l'empire ottoman et il y porta les premiers coups. A ce point de vue il a été l'instrument de la Providence. Et cette logique de l'histoire, qui, dès l'origine, place au sein des causes le germe des effets et les relie les uns aux autres en une chaîne continue, dont le premier anneau est souvent un fait dépourvu d'importance en apparence, et de portée immédiate au moment où il s'accomplit. Minuci a attisé le feu qui a longtemps couvé sous l'édifice élevé par les Amurat, les Bajazet, les Soliman et les Mahomet. Il a entrevu chez des exilés, chez des vagabonds faibles et méprisés, un germe historique, et une force capable d'engendrer à des siècles de distance les événements grandioses que nous voyons s'accomplir sous nos yeux. Il méditait sans doute tout cela à Zadar, capitale de son archevêché, quand il y écrivit l'histoire de ces Uscoques que lui-même appelle corsaires et brigands, et qui eurent pourtant, sous ses auspices, un rôle historique.

L'archevêque de Zadar disparaît donc de notre récit. Nous ne suivrons point cet homme d'Etat, ni à Splet, ni à Zadar; les événements nous entraînent à la suite de Franceska.

Nous savons déjà que ce n'était point un prodige, ni un hasard extraordinaire qui l'avaient amenée devant les rangs des Uscoques embarrassés de leurs paniers et montés sur des échasses. D'un mot, elle rompit l'espèce de charme sous lequel Bertuci enchaînait ses guerriers; son étendard, son chien, sa massue, son éloquence furent alors sans prestige. Et ce n'est pas incompréhensible. Le cri « en avant! » acquiert dans la bouche d'une femme une puissance irrésistible. Franceska jeta ce cri, puis, tournant bride tout à coup, disparut aux yeux des Uscoques comme elle leur était apparue, instantanément. Les Uscoques, saisis par l'enthousiasme et embarrassés dans les échasses et les paniers, purent croire que le vent avait apporté cette apparition et que le vent l'avait emportée. Il n'en était rien cependant. Franceska galopa dans la direction de la route qui conduisait à Serayewo, et sur laquelle elle avait laissé son escorte.

Il ne lui fut pas facile de retrouver la route et l'escorte. L'obscurité et son ignorance du pays entravaient sa course à chaque pas. Ces obstacles auraient été invincibles, sans le double secours qu'elle trouva dans son cheval turc pur sang, qui s'en tenait par instinct aux sentiers que ne menaçait aucun danger, et dans la bataille même, accrue soudainement par l'arrivée des Ségnains, et dont les feux éclairaient tous les environs. A cette clarté, Franceska s'orienta parmi les rochers, les buissons et les taillis ; elle atteignit non sans peine le plateau adjacent à la forteresse du côté de l'est ; la cohue des familles turques qui fuyaient hors de la ville lui servait de guide. Les femmes éplorées gémissaient, les enfants criaient, les lourds chariots grinçaient, les chevaux hennissaient, les chiens hurlaient, — tout cela se confondait avec le piétinement d'une masse informe d'hommes et de bestiaux, terrifiés par les vainqueurs. Souvent on entendait s'élever de cette multitude épouvantée le cri :

— Les Uscoques !

Les fuyards croyaient voir à tout instant l'ennemi à leurs trousses. Ils redoublaient d'efforts et couraient à perdre haleine ; ils se devançaient les uns les autres, se bousculaient tous ensemble, hommes et femmes, soldats et simples citoyens, vieillards et enfants, hommes et animaux.

C'est à cette troupe que se joignit Franceska. Autant que le lui permettaient la nuit et les difficultés du chemin, elle dépassa les fuyards ; elle chevauchait de côté et s'efforçait d'arriver aux premiers rangs de la colonne qui encombrait la route. Aussi ne pouvait-elle se hâter. Jusqu'au point du jour, elle fut obligée d'avancer côte à côte avec la multitude.

Ce ne fut qu'à l'aube qu'elle put rejoindre les hommes de son escorte; ceux-ci après l'avoir perdue, avaient été saisis d'épouvante. Les eunuques et les olans ne savaient ce qu'elle était devenue ; ils avancèrent d'abord tranquillement, persuadés que la hanem, l'épouse du vizir, les précédait ; mais lorsqu'ils s'aperçurent de la réalité, ils furent pétrifiés de peur. Chacun d'eux sentit le froid de la mort lui parcourir le corps; chacun d'eux vit déjà son propre cadavre balancé au bout d'une corde, devant le konak de Serayewo; chacun d'eux se souvint des mots du vizir :

— Vous m'en répondez sur vos têtes.

Il semble qu'ils pouvaient ne pas retourner à Serayewo, et pourtant ils n'y songèrent pas, l'obéissance est pour les musulmans une seconde nature. Les gens de l'escorte devaient donc aller recevoir la punition qu'ils avaient méritée; mais ils préféraient toutefois pouvoir l'éviter. C'est pourquoi ils s'étaient dispersés en avant, en arrière, à droite, à gauche, cherchant, questionnant : — Et leur joie fut grande, quand ils aperçurent la hanem, à cheval, marchant tranquillement à côté des fugitifs de Clissa.

— Aman! aman!... s'écria d'une voix pleine de joie et de larmes le premier eunuque qui la rencontra, arrêtant devant elle son cheval couvert d'écume, nous t'avons cherchée toute la nuit.

Franceska écouta la plainte de ses gens et répondit négligemment :

— Je me suis éloignée par hasard, et je me suis égarée.

— Pardonne-nous, ô hanem!

Cette prière signifiait, que, si le vizir apprenait que l'escorte avait perdu de vue un seul instant le trésor qu'il lui avait confié, les ennuques n'auraient pas échappé aux plus terribles châtiments.

Franceska fit un geste de la main :

— Ne craignez rien... dit-elle.

L'eunuque mit sa main sur son cœur et baissa la tête, et sa figure d'ébène s'éclaira dn rayonnement de ses yeux et de l'éclat de ses dents blanches, qui montrèrent leurs longues rangées entre ses lèvres rougeâtres.

Bientôt l'escorte entière accourut de tous les côtés. Les cavaliers arrivaient l'un après l'autre et se rangeaient à leur place respective. Au lever du soleil ils étaient tous réunis, et la cavalcade avait repris l'aspect qu'elle avait, lors du voyage de Serayewo à Clissa. Bientôt aussi la voyageuse eut dépassé la masse des fuyards qui, ne se voyant poursuivis par personne, avait perdu son élan primitif et commençait à se reconnaître.

Les gens armés se séparèrent de la populace et se mirent à l'arrière-garde. La foule s'organisa sur la grande route. Le beylerbey envoya un détachement du coté de la forteresse. En un mot, ils reprirent leurs esprits et, quand le détachement revint, ils purent s'arrêter pour se reposer.

Franceska, put, de son côté, continuer son voyage tranquillement et en toute sécurité.

Bien qu'aucun épisode n'ait signalé ce voyage, il est nécessaire d'en noter encore quelques points.

Au passage de la rivière de Cettignè, Franceska rencontra un courrier du vizir, qui portait des ordres au beylerbey de Clissa et à la hanem elle-même. Hassan-pacha signifiait au beylerbey en termes sévères, qu'il eût à fortifier Clissa le plus solidement possible, et il lui annonçait l'envoi de renforts. Il enjoignait instamment à la hanem de revenir sur le champ à Serayewo. La première partie de ces ordres n'était plus exécutable : la seconde partie était déjà en voie de s'accomplir. Le courrier parlait de la grande colère et de l'anxiété du vizir; il dit aussi que les troupes du pachalik entier avaient été appelées aux armes.

Quant à ce dernier point, notre voyageuse eut bientôt l'occasion de le vérifier par elle-même. Sur les hauteurs de Bialobjeg, elle rencontra des bataillons turcs tendant en toute hâte vers Clissa, et sur le revers oriental des montagnes, elle trouva tout le pays en ébullition. Les beys convoquaient les spahias; les petits détachements, en garnison dans diverses localités, se réunissaient en corps plus importants; dans les petites villes, les armuriers étaient accablés d'ouvrage; les courriers s'élançaient bride abattue d'une place à l'autre; souvent on rencontrait sur la route des colonnes entières de fantassins ou de cavaliers ; près de chaque ville brillaient les tentes blanches des *askers* campés sous les murailles.

L'atmosphère respirait, pour ainsi dire, la guerre.

On s'en ressentait surtout à Serayewo. Franceska, apercevant du haut d'une montagne les tentes innombrables d'un campement disséminé sur les rives de la Bosna, s'arrêta étonnée de la promptitude avec la quelle cela s'était fait. Le motif de sa surprise s'expliquait par la question qu'elle se posait intérieurement :

— D'où vient une telle énergie chez Hassan-pacha?

Elle devait trouver la réponse au konak, dans le salemlik, où le vizir prévenu de son arrivée, l'attendait avec inquiétude.

Nous passerons rapidement sur les premiers moments de l'entrevue de ces deux personnages. Nous constaterons seulement qu'ils ne furent point marqués par des témoignages extérieurs de tendresse bien que tous deux montrassent de la joie. Du côté de Franceska, cette joie ne se manifesta que par un sourire quelque peu protecteur ; du côté de Hassan-pacha, elle se manifesta par un rire guttural. Sans l'expression du visage on aurait pu prendre ce rire pour une toux étouffée, ou pour une série de grognements successifs.

— Hem, hem, hem...

Ils étaient seuls dans le salemlik.

Franceska prit place sur le divan à côté u dignitaire. Ils entamèrent en langue italienne un dialogue, qui commença par des reproches bienveillants :

— Eh bien! tu vois!... disait Hassan-pacha. J'avais raison de m'opposer à ton voyage. Je pressentais qu'il y aurait quelque chose.

— Après tout, il n'y a rien eu de mal.

—Hem!... grogna le pacha.

— Je suis revenue saine et sauve.

— Oui... Si un seul cheveu était tombé de ta tête, trente têtes seraient tombées aussitôt.

C'était une allusion à l'escorte. Il ajouta :

— Et Clissa?

— Clissa! répliqua Franceska. Bah!... on la reprendra... Peut-être que, par la même occasion.

— Bertuci tombera entre tes mains. Bertuci!... grinça le pacha, et ses prunelles étincelèrent! si on me le livrait vivant.

— Tu as donné, Effendim, les ordres nécessaires. Tu as promis une bourse d'or à celui qui te le livrerait.

— Ah! non! je l'ai oublié!... Il n'y avait personne pour me le rappeler! Oh! comme c'est mal que tu m'aies quitté dans un moment pareil !

Il frappa dans les mains. Un eunuque noir se montra à la porte.

— Le kitabdji.

L'eunuque disparut et fut remplacé par un Turc vêtu d'un long caftan, un turban sur la tête, un encrier à la ceinture.

— Ecris un *bérat* qui déclare à tout le monde en général et à chacun en particulier, que nous, vizir de la Bosnie, nous promettons une bourse d'or à celui qui nous livrera Bertuci vivant.

Il fit un signe ; le kiltabdji disparut.

— Je l'écorcherai vif, dit le vizir avec énergie, étendant ses mains grasses comme pour montrer qu'il était prêt à faire cette opération de ses propres mains.

Franceska laissa voir un sourire ironique.

— Comme il est malheureux que tu n'aies pas été ici ! Personne ne me l'a rappelé, et il m'est difficile de me souvenir de tout par moi-même. A peine étais-tu partie, qu'il est arrivé un tchaouch avec un firman du grand-vizir.

— Ah ! un firman ? Quel est ce firman ?

demanda Franceska, faisant semblant de ne rien savoir. Quels sont les ordres du grand-vizir?

— Il ordonne d'exterminer ces brigands, ces coquins, ces chenapans, ces Uscoques.

— Ce n'est pas le premier firman de ce genre... remarqua Franceska avec nonchalance.

— Le premier!... Hein... Non... Ce n'est pas le premier... Hem... Mais...

Le pacha avait l'air de se rappeler quelque chose.

— Ah!... reprit-il au bout d'un instant, il est écrit dans ce firman que je dois sortir en personne, bloquer Sègne, enlever ce nid de brigands et les exterminer tous dans leur propre repaire.

— Ce sera donc une entreprise offensive contre l'empire d'Allemagne... dit Franceska se parlant à elle-même.

— Contre l'empire d'Allemagne?... Eh bien, vois-tu, personne ne me l'a dit... Ah oui... Contre l'empire... Oui... Hein?

Cette nouvelle, on le voyait, ne faisait pas plaisir au pacha. Elle ouvrait devant lui une perspective de fatigues, peu séduisantes pour un homme bercé dans les plaisirs du harem. Son esprit conçut une sorte de terreur, et se mit tout de suite à la recherche d'un moyen quelconque qui lui permît d'éviter cette contrariété subite ; Franceska devina ce travail et l'arrêta à son début.

— Le firman est catégorique?

— Catégorique... soupira Hassan-pacha.

Cela signifiait, pour ceux qui sont au courant de la subordination musulmane, que par le fait même de l'envoi du firman, le grand vizir avait posé au vizir de Bosnie l'alternative suivante : ou prendre Sègne, ou se passer soi-même au cou le cordon traditionnel.

— Alors, il faut prendre Sègne... dit Franceska.

— Il le faut... répéta en guise d'écho Hassan-pacha.

Dans ces mots se révélait une résignation qui couvrait beaucoup de mystères insaisissables pour ceux qui ne connaissait pas Hassan-pacha aussi bien que Franceska.

— Il faut d'abord convoquer toutes les troupes.

— C'est fait, dit Hassan-pacha.

Le firman !

Les firmans de cette espèce sont publiés aussitôt après leur réception. Le mot de Hassan-pacha rappelait cette publication qui, faite immédiatement, avait été cause des préparatifs militaires et du mouvement général de toute la Bosnie; Franceska comprit donc l'origine de l'énergie inaccoutumée qui l'avait surprise à la vue du camp de Serayewo. Le firman avait levé toutes les milices musulmanes; il avait mis en mouvement les beys et les spahias, les garnisons de janissaires, les Arnaoutes et les Albanais, pour qui la guerre a l'attrait de la proie pour les carnassiers. Et comme Serayewo était la capitale, tout venait se concentrer sous ses murs. Ce premier point s'était donc réalisé de soi-même.

— Il faut, Effendim, que tu prennes toi-même le commandement?

— Il le faut, répondit le pacha.

Pour une femme qui connaissait à fond le vizir, cette réponse voulait dire : « Vieux, lourd et efféminé comme je suis, déshabitué de la guerre et accoutumé au plaisir, que ferai-je à la tête d'une armée? »

Se mettre à la tête d'une armée est encore facile; mais la conduire et la commander!

— Il faut, pacha, que tu nommes parmi les beys un lieutenant.

Les traits du pacha s'illuminèrent.

— Parce qu'il ne sied pas à ta gravité, expliquait Franceska, de t'occuper personnellement de tout le détail des opérations militaires. Il suffit que tu sois présent à l'armée.

— Oui... oui... approuvait le vizir.

— Ton regard y veillera d'en haut, comme le regard d'Allah.

Elle se servit à dessein de cette comparaison, pour rappeler au pacha la nature de l'autorité, conformément aux doctrines musulmanes. De même qu'il n'y a qu'un Allah dans le ciel, il n'y a qu'un sultan sur la terre et un seul gouverneur, établi par le sultan, dans un pachalik.

Le pouvoir d Allah passe donc, en petit, à son représentant immédiat, et de celui-ci aux représentants subalternes, qui ne perdent cette autorité qu'en présence d'un dignitaire plus élevé en hiérarchie. *L'on-*

bachi (décurion), en l'absence du *yusbachi* (centurion), a vis-à-vis de ses subordonnés l'autorité d'un sultan, d'un Allah ; et, en revanche, le grand vizir perd tout pouvoir en présence du sultan, le vizir en présence du grand-vizir, le pacha en présence du vizir, et ainsi de suite. L'attribution principale de tout supérieur est une irresponsabilité complète vis-à-vis de ses subordonnés, jointe au droit illimité d'astreindre à la responsabilité tous ceux qui lui sont inférieurs.

Ainsi les paroles de Franceska rappelaient tout cela à Hassan-pacha.

— Oui... oui... dit le vizir, réjoui par l'espoir de faire la guerre sans avoir même besoin d'y penser. Je désignerai un des beys.

L'indécision avec laquelle il avait prononcé ces derniers mots, montrait à Franceska, qu'il lui fallait souffler encore le nom du bey que l'on désignerait pour commander sous la direction nominale de Hassan-pacha. Elle dit avec indifférence :

— Osman-bey Sokolitch...

— De Wichnitza?... s'écria le pacha.

— C'est un vieux guerrier, expérimenté,

plein de haine pour la Bosnie et pour tout ce qui est Bosniaque, particulièrement pour les Uscoques, car parmi eux s'est réfugié celui dans les bras duquel il a tué sa fille unique.

— *E vero... e vero...* répétait le vizir.

— La nomination de Sokolitch ne froissera personne. Il est le plus ancien de tous par l'âge et par la gravité, en outre, neveu du grand vizir et époux d'une petite-fille de sultan ; enfin, il est riche et musulman zélé.

— *E vero...* répéta le vizir. Je l'avais oublié, et sans toi, Franceska, je ne m'en serais pas rappelé. Comme il a été malheureux que tu ne fusses pas là, lorsque j'envoyai des troupes à Clissa ! J'aurais pu m'emparer de Bertuci... Ha !..

— Ta sagesse a réparé ce mal... — répondit Franceska d'un ton où une oreille sensible aux modulations de la voix humaine aurait peut-être saisi la note de l'ironie.

Mais Hassan-pacha n'avait pas l'oreille sensible. Il prit ces mots flatteurs au pied de la lettre. Il se gonfla d'orgueil et souffla comme après une grande fatigue.

En vérité, il était fatigué... par l'effort

même de son attention. Et ce n'était pas tout. De plus grandes fatigues l'attendaient encore, fatigues inséparables d'une entreprise telle que le commencement des hostilités contre l'empire. Quoi qu'il en fût, tous ces préparatifs ne pouvaient se faire d'eux-mêmes et Franceska ne pouvait non plus remplacer partout Hassan-pacha Il eut aussi pour sa part un grand travail. Il lui fallut, par exemple, donner une audience solens nelle aux beys, aux sandjak-beys et aux alays réunis à Serayewo, leur distribuer de-fonctions et tenir avec eux une sorte de conseil de guerre, pour esquisser le plan général de l'expédition.

Le but était fixé par le firman : Sègne !

Le chemin le plus court pour arriver à ce but était la route qui conduisait de Serayewo à Sègne ; ce n'était toutefois pas la même qu'avait suivie André de Sègne à Serayewo.

Pour le moment du départ, on décida d'attendre que toute l'armée, portée à cinquante mille hommes, fût réunie dans le camp de Serayewo.

Quant au commandement, tous les beys, sans excepter les plus fiers, tels que Ghazi-

Memi de Zwornitza, Moustapha de Clissa, Mohamed de Mostar, cousins du sultan, accueillirent Sokolitch avec empressement; il offrait en effet toutes les garanties tant sous le rapport des connaissances militaires, que sous celui du courage et de l'énergie; c'étaitce même Sokolitch qui a joué un si grand rôle dans le prologue de notre récit.

Osman-bey avait vieilli; mais l'âge n'avait pas eu sur lui la même influence que sur Hassan-pacha. Au contraire. Il s'était desséché et ridé, il avait blanchi, mais on aurait dit qu'il n'en était devenu que plus fort, qu'il s'était changé en bronze. Et une si grande sévérité régnait sur son visage orné de deux longues moustaches, une telle férocité étincelait dans ses yeux ombragés par d'épais sourcils gris, que son visage et ses yeux inspiraient la terreur. Son seul aspect indiquait un homme destiné à commander des armées, et capable d'anéantir ses ennemis.

X. — Excès de bonheur.

Pour échapper au désastre qui les avait frappés à Clissa, les débris de l'armée uscoque auraient fui, comme on dit, jusqu'au bout du monde. Quelques-uns se jetèrent vers Splet; ils voulaient respirer, se reposer, panser leurs blessures, essuyer la sueur de leurs fronts. Hélas! ils trouvèrent les portes fermées, et les murailles garnies de sentinelles qui les menacèrent de faire feu.

Et eux qui sortaient d'un orage de feu!

Quant à chercher refuge dans les forteresses vénitiennes, il n'y avait pas à y penser.

Les fugitifs n'eurent donc rien de mieux à faire que de se jeter dans les montagnes, se disperser et chercher les sentiers par lesquels les hommes ne passent pas ordinairement.

Ils allèrent au-delà du monde. Les montagnes qui longent les rivages de l'Adriatique se peuplèrent de groupes d'hommes semblables à des fantômes, errant à travers les rochers et les bois comme un troupeau de bêtes fauves poursuivies. Leurs joues creuses et leurs yeux enfoncés témoignaient des privations endurées; leurs visages farouches portaient l'empreinte du désespoir. Toutefois, comme personne ne les poursuivait, ils marchaient avec lenteur, se reposant souvent à l'ombre de forêts que le pied humain n'avait jamais foulées. Ils se nourrissaient de feuilles et de racines, de fruits sauvages et de gibier. A la vérité, ils se traînaient, plutôt qu'ils ne marchaient, laissant en arrière ceux que les forces abandonnaient. Souvent, le soir, ils se couchaient quatre, par exemple, autour d'un foyer, et le lendemain il ne s'en relevait que trois. L'un d'eux s'était endormi pour l'éternité. Ses compagnons creusaient une tombe, y déposaient le corps refroidi, le couvraient de terre et reprenaient leur chemin. Il arrivait quelquefois qu'un fugitif isolé, épuisé de fatigue et de faim se couchait seul pour ne plus se relever.

Ces scènes lamentables ont laissé beaucoup de légendes parmi les habitants des côtes morlaques. Les légendes parlent de cadavres changés en revenants, errant la nuit dans ces forêts sombres et inextricables et qui, buvaient le sang. Les légendes sont dans l'erreur, ces prétendus cadavres étaient des vivants semblables à des cadavres, fuyant après un grand désastre et désespérés ; et ils ne buvaient pas le sang, mais, affamés, ils se ruaient sur les hameaux de la montagne et enlevaient aux hommes le pain, fruit de leur travail. Ils l'enlevaient à la façon des bêtes féroces. Traqués dans les plaines et dans les endroits habités ici par les autorités vénitiennes, là par les autorités allemandes, là par les Turcs, ils suivaient la crête des montagnes dans l'unique direction qui leur restât à suivre, dans celle du nord, dans celle de Sègne.

Ils fuyaient vers Sègne ; mais qui les poussait de ce côté ?

Ce qui les poussait ? Avant tout, c'est q'ils ne pouvaient s'arrêter, ni s'établir nulle part. Toute station eut été pour eux la mort. Et comme l'instinct de la conservation, commun à tout ce qui vit, ne s'était pas éteint en eux, ils ne s'arrêtaient pas ; ils allaient, ils allaient vers le nord, justement dans la direction de Sègne. C'était le premier motif qui les guidait, ou, pour mieux dire, qui les poussait vers Sègne. Un autre motif, non moins important, venait ensuite, c'est que chacun des Uscoques possédait à Sègne quelque chose qui l'attirait : un abri, une femme et des enfants, des amis ou des connaissances, ou simplement le souvenir de la vie assurée et calme se passant au milieu d'hommes placés dans des conditions analogues : quelque chose comme la terre ferme et le port pour des naufragés! Sègne était pour les Uscoques une sorte d'asile officiellement reconnu, où ils avaient le droit de se réfugier.

Le droit? Tout droit s'appuie sur certaines bases qui en garantissent l'existence. Sur quelles bases s'appuyait le droit des Uscoques? N'étaient-ils pas menacés de trouver aux portes de Sègne le même accueil que celui qu'ils avaient trouvé sous les murs de Splet?

Ils en étaient menacés; mais ils ne pensaient pas alors à cette éventualité : Sègne était pour eux le salut.

Les Uscoques se dirigeaient donc vers Sègne. Ils y tendaient comme les cigognes tendent vers leurs nids.

Il ne s'en suit pas que tout en marchant, ils allassent sans pensées et sans paroles.

Ils pensaient, ils réfléchissaient et ils parlaient de ce qui s'était passé, de cette catastrophe terrible qui était tombée sur eux et qui de vainqueurs, en un moment, avait fait d'eux des fuyards !

Nous entreprendrions une trop grande tâche, si nous voulions répéter toutes les conversations des groupes fugitifs, aux haltes de jour et de nuit. Nous nous contenterons d'en reproduire une seule, en choisissant des figures de connaissance : le père Cyprien et André Kosmatch.

André Kosmatch et le père Cyprien n'étaient pas restés à Clissa, c'est-à-dire n'avaient pas partagé le sort de Wuk, de Jean Alberti et de deux cents autres Uscoques. Ils s'échappèrent; ils sortirent sains et saufs avec le vieux général que la Providence semblait avoir envoyé exprès pour sauver l'étendard et emmener les débris de l'armée; et ils se trouvèrent parmi ceux qui s'étaient jetés dans les montagnes. Le désastre les avait épargnés.

— Nous voici dehors... dit Kosmatch, le

deuxième ou le troisième jour de leur course errante, en déposant auprès du foyer le repas du soir, composé de châtaignes et de mûres sauvages.

— Grâces en soient rendues au Très-Haut... ajouta le moine.

— Eh! mon père, ce que je vais dire est un péché, mais il me démange de le dire. Y a-t-il vraiment lieu de remercier Dieu et de lui rendre grâces pour ce qui nous est arrivé?

— N'est-ce pas lui qui nous a tirés d'un si grand péril ? répondit le moine d'un ton légèrement indigné.

— C'est vrai, mon père. Mais qu'est-ce que cela fait qu'il nous en ait tirés! Il aurait peut-être mieux valu pour nous que nos têtes fussent livrées au glaive musulman plutôt que d'en être réduits à cueillir des mûres et des châtaignes.

— Les décrets de Dieu sont impénetrables. Si cela eût mieux valu, nous ne serions pas sortis de Clissa. Il fallait probablement que nous en sortissions, parce qu'il nous reste encore quelque chose à faire. Ce n'est pas pour rien que le Tout-Puissant a arraché Daniel de la fosse aux lions; ce n'est point pour rien qu'il nous a sauvés. Cela prouve que notre tâche n'est pas terminée, puisqu'il ne nous a pas encore appelés à lui.

Cette réponse fit taire Kosmatch : l'exemple de Daniel suffit pour résoudre les problèmes que le désespoir avait enchevêtrés dans son cerveau. Il compara d'abord la fosse aux lions à la forteresse de Clissa ; il étendit ensuite cette comparaison à toute la Bosnie, ployée sous le joug ottoman. Dieu avait délivré Daniel afin qu'il proclamât la vérité.

— Daniel, c'est le peuple bosniaque, c'est nous... pensa-t-il en lui-même. La vérité est de notre côté. Dieu nous a sauvés, pour qu'elle ne se perdît pas !

Les mots du moine étaient tombés dans une âme courageuse, simple et croyante.

— *E viva!* s'écria Kosmatch en italien, en prenant une poignée de mûres. Nous servirons encore à quelque chose !

Le moine fit un geste approbateur.

Cette exclamation délivra l'esprit de Kosmatch d'une sorte d'accablement. Elle le délivra du doute, elle le releva d'un moment de faiblesse et d'affaissement moral. Il se mit tout de suite à penser et à combiner plus librement.

— Et cependant, nous aurions pu éviter cette catastrophe.

Et il énumérait sur ses doigts :

— Si les Tchetas de Sègne étaient tout de suite allées à l'assaut ; si les Allemands n'avaient pas occupé le konak ; si les nôtres ne s'étaient pas querellés entre eux ; si, — il prononça ces mots avec l'accent de la conviction — au lieu de ce crétin de Bertuci, nous avions eu pour chef Djordji Miloschewich.

Le père Cyprien soupira profondément.

C'est sur ces paroles d'André et sur le soupir du père Cyprien que nous interrompons ce dialogue ; nous avions besoin de le citer pour montrer la voie que suivaient aussi les raisonnements des fugitifs. Une conversation semblable se répéta dans chacun des groupes qui se frayaient un chemin à travers les montagnes. Bien que simples et ignorants, ils étaient en état de penser — les plus ignorants possèdent cette faculté, on l'oublie trop souvent, — et de soumettre au scalpel de l'analyse les événements qui les avaient si rudement frappés. Sans se rencontrer, sans se concerter, sans se communiquer leurs observations, ils arrivèrent tous au même résultat, à savoir : qu'un tel malheur ne leur serait pas arrivé, si, au lieu d'un charlatan comme Bertuci, ils avaient eu Djordji Miloschewitch. La seule différence qu'il y eût entre eux, était que les uns considéraient l'absence de Djordji comme un arrêt de la Providence, tandis que les autres maudissaient Miloschewitch. Ces derniers étaient les plus nombreux. C'était tout naturel ! Il fallait rejeter sur quelqu'un la faute première : sur qui l'aurait-on rejetée, sinon sur celui que Bertuci avait souillé de ses calomnies ? Sur celui qu'il avait flétri du nom de « traître » ? A quoi, en effet, se rapportait surtout cette accusation ? — A son absence, c'est-à-dire, à un fait incontestable. Djordji était absent. Par conséquent, peu importait d'où venait l'accusation. Le fait n'en restait pas moins tel quel. Djordji, selon l'opinion générale, était le plus grand coupable, la source première de tout le mal, la cause unique du désastre.

Cela était-il vrai ?

Examinons dans son essence le crime de

Djordji. Peut-être y trouverons-nous quelques faits qui amoindriront la faute.

Sans doute, en la considérant au point de vue absolu, sa faute était celle d'un soldat qui se cache pendant la bataille derrière les rangs de ses camarades ou ce qui est pis encore, d'un soldat qui s'enfuit du champ du combat, en se disant en lui-même :

— Que les autres périssent, pourvu que je me sauve !

Ce n'était là pourtant qu'une apparence, suffisante sans doute pour faire condamner un homme par tous les codes militaires et par les Uscoques exaspérés, mais insuffisante pour nous, qui sommes obligés de regarder dans l'âme des personnages qui se meuvent dans notre drame.

Comment l'âme de notre héros se présente-t-elle à nous ?

Elle se présente semblable à un lion blessé, qui s'est attaché à l'homme qui l'a guéri de sa blessure. Sa reconnaissance n'a pas de limites. Il est couché aux pieds de son bienfaiteur, et lui sert de gardien fidèle, et malheur à celui qui voudrait l'empêcher de pratiquer sa reconnaissance.

Nous nous sommes encore représenté l'âme de notre héros comme une fleur fanée, qui revient à la vie grâce à une goutte de rosée; comme un rossignol qui oublie tout après avoir jeté la première note du concert dont il remplit les nuits de mai. Nous nous la sommes représentée sous toutes sortes de formes, et nous sommes enfin arrivé à cette conclusion, qu'elle avait ployé sous le fardeau de son bonheur.

Et il vit voler dans ses bras celle qui apaisa la faim de l'affamé, la soif de l'altéré.

Pouvait-il la repousser?

Il eût fallu qu'il fût à la fois un héros et un saint. Or ce n'était qu'un homme, à l'âme généreuse et ardente, mais un homme fragile. Le charme magique du bonheur l'enveloppa comme d'un nuage et lui cacha les horizons des devoirs et des sacrifices; tout l'univers se concentra dans sa femme bien aimée, il ne vit plus qu'elle, il oublia tout le reste.

Et cela s'était fait si vite!

Il s'élança hors du bateau en la tenant par la main et il l'amena à sa mère.

— Mère, c'est ma femme!

Du ton dont ces simples mots furent prononcés, la mère comprit leur profondeur. Ce ton lui raconta l'histoire du cœur de Djordji. Elle ne demanda rien, elle ne perdit pas de temps à parler.

— Venez... dit-elle.

Ils allèrent.

Il faisait nuit, nous le savons. Ils partirent tous trois vers la montagne; la vieille femme servait de guide.

— Ici; suivez-moi par ici.

Elle se hâtait, elle courait; eux, jeunes et pleins de santé, ils pouvaient à peine la suivre. Ce n'est pas étonnant. La mère avait deviné par le cœur le bonheur de son fils, et déjà elle craignait qu'il ne s'en égarât la moindre parcelle. Déjà elle était devenue jalouse, et avare, et avide. Elle avait déjà un trésor à garder; et, pour mieux le garder, elle eût voulu se changer en cerbère.

— Suivez-moi..., disait-elle à tout instant.

Djordji et Annunziata gravissaient la montagne en se donnant la main. Ils la gravissaient rapidement, légèrement, sur les traces de l'ombre qui glissait devant eux et qui les conduisait, non pas par le sentier ordinaire, tournant en mille zigzags du port à la ville, mais par un autre chemin, plus long et plus difficile, et qu'ils ne pouvaient reconnaître dans la nuit. Ils voyaient seulement la forme vague de la mère, et ils se hâtaient sur les pas de ce guide.

Elle les conduisait par des détours et des zigzags, au-dessus des précipices, souvent sur des pentes escarpées, tantôt de bas en haut, tantôt de haut en bas. Tantôt ils montaient, tantôt ils descendaient. Souvent Djordji prenait Annunziata par la taille, la soulevait et la portait. Et alors, il était reconnaissant à sa mère, parce qu'elle lui donnait l'occasion de porter un fardeau dont le poids lui était si cher. Céla lui abrégeait sa course sur la pente de la montagne couronnée par la forteresse. Djordji ne se rendait pas compte où il allait. Il voyait sa mère devant lui, cela lui suffisait ; il savait qu'il ne pourrait trouver sous le soleil de guide meilleur.

Ils allaient ainsi et ils arrivèrent au sommet. L'horizon de la nuit s'étendit devant eux en un cercle plus vaste. A droite brillait la mer sourdement mugissante; à gauche on entrevoyait les sombres contours des montagnes gigantesques; au-dessus, le firmament azuré étincelait de millions d'étoiles; devant eux s'allongeait la ligne circulaire des murailles grises de la forteresse.

— Suivez-moi... par ici... répétait la vieille mère.

Elle les mena un instant le long des murs, et elle répéta de nouveau :

— Suivez-moi... par ici... mais faites attention.

Ils se trouvaient devant un monceau de pierres disposées comme le sont d'ordinaire les ruines récentes. On aurait dit qu'une muraille s'était renversée ou écroulée, et qu'elle avait couvert de ses décombres une partie du terrain.

— Attention... répéta la vieille femme, derrière moi.

Elle avait ralenti le pas. Elle prit Djordji par la main, Djordji prit la main d'Annunziata, et ils entrèrent tous trois parmi les pierres qui glissaient sous leurs pieds. La route était devenue autre que jusqu'à ce moment, et cette circonstance, jointe aux avertissements de sa mère, força Djordji à demander :

— Mère, qu'est-ce que c'est ?

— Rien, mon fils... répondit-elle. Un pan du mur s'est fendu, s'est écroulé. Je vous ai conduit par ici, pour ne pas rencontrer de curieux sur la route ou à la porte.

— Mère !... dit Djordji d'une voix empreinte de reconnaissance.

La vieille femme ne répondit pas. Elle leur fit traverser les décombres et les fit entrer dans la ville. Ils ne marchèrent plus longtemps. Dans une ruelle étroite et silencieuse, ils tournèrent tout à coup à droite et se trouvèrent devant une porte que Louba ouvrit.

— Attendez un peu.

Elle disparut, et revint bientôt avec une lampe dont elle abritait la flamme de la main.

A la lumière de cette lampe on put voir la figure de la vieille femme, illuminée, non tant par ce reflet rougeâtre que certains peintres savent si bien rendre sur la toile, que par le reflet d'une lumière intérieure, qui faisait rayonner d'une auréole de doucœur et de calme sa tête, couverte d'un mouchoir dont s'échappaient des mèches de cheveux gris, et son visage, creusé de rides profondes.

— Venez, dit-elle.

Djordji et Annunziata entrèrent dans le vestibule. La mère ferma la porte derrière eux et poussa un verrou de bois, puis, les éclairant, elle les conduisit au fond du corridor à une porte derrière laquelle il y avait un escalier de quelques marches, roide comme une échelle. Nos jeunes mariés montèrent cet escalier, et se trouvèrent au sommet devant une porte si basse, que Djordji dut beaucoup baisser la tête pour y entrer. Après avoir franchi le seuil de cette porte et après l'avoir fermée derrière elle, la vieille femme posa la lampe sur la table.

C'était le moment où, pour la première fois de leur vie, deux femmes placées dans des conditions si différentes et rapprochées par la force des circonstances, se regardaient l'une l'autre dans les yeux. L'une descendue de cette sphère supérieure que que l'on pourrait appeler l'Olympe du genre humain, ceux qui lui appartiennent étant fort disposés à se considérer comme des demi-dieux; l'autre appartenant à la sphère inférieure à cette foule immense du peuple, que la petite-fille des doges, la fille d'un grand seigneur, la fiancée d'un prince souverain n'avait jamais vue que de haut et de loin, et dont le catéchisme lui avait seul révélé l'affinité dans ce beau et grand nom du *prochain*. De son côté, la mère de Djordji puisait dans les fables et les légendes des notions sur la sphère d'où venait Annunziata. C'était donc deux mondes étrangers qui se rencontraient ainsi face à face à la pâle lumière de la lampe, dans la personne de ces deux femmes et qui se regardaient dans les yeux, non sans surprise et sans effroi.

Louba reconnut dans sa belle-fille une grande dame.

Annunziata reconnut dans sa belle-mère une femme du peuple.

L'une et l'autre, dès le premier coup d'œil, s'étaient manifestées par leur extérieur, leur costume, leur attitude, leur manière d'être, et l'une et l'autre furent saisies par un sentiment commun, assez indéfinissable, mais qui peut néanmoins se caractériser par ce mot : confusion.

Louba fut confuse d'elle-même en présence de cette grande dame si délicate, si magnifiquement parée, si belle et si majestueuse, qui était sa belle-fille !

Annunziata fut confuse d'elle-même, en présence de cette femme à cheveux gris, courbée par la vieillesse, simple, couverte de vêtements grossiers, qui était la mère de celui auquel elle avait sacrifié la grandeur, les hommages, le luxe de la vie, de celui pour lequel elle avait tout quitté.

En l'espace d'un court instant, d'un clin d'œil, dans la tête de ces deux femmes, de condition si différente, passa et repassa comme un tourbillon, une multitude tumultueuse d'idées.

Cette agitation de pensées très diverses eût pu être le point de départ d'une hostilité, ou, du moins, d'un éloignement mutuel, quand tout à coup involontairement les deux femmes tournèrent l'une et l'autre les yeux vers Djordji.

Dans leur amour pour Djordji, ces deux femmes si différentes, la patricienne et la femme du peuple, trouvèrent le centre commun de leur âme.

Notre héros était debout devant elles, et son regard semblait les embrasser toutes deux. Quelques peintres savent donner cette expression aux yeux de leurs personnages. Dans le regard de Djordji, qui semblait confondre en une unité parfaite sa mère et sa femme, il y avait une telle tendresse, une telle émotion, une telle reconnaissance, une telle exaltation, qu'elles en furent comme pénétrées, et, pour ainsi dire électrisées, elles se jetèrent dans les bras l'une de l'autre.

Deux grosses larmes roulèrent le long des traits virils de Djordji.

Il n'est guère besoin, croyons-nous, de relever le sens de ces larmes.

Un moment plus tard, la mère était assise à côté de la belle-fille, et elles se regardaient dans les yeux. La petite main douce, tendre et délicate de la Vénitienne caressait la main rugueuse et noircie de la Bosniaque. Elles ne se disaient rien; comment se seraient-elles parlé! L'une ne savait pas le serbe, l'autre ignorait l'italien. Mais cela ne les empêchait pas de se parler des yeux. Elles avaient pour interprète un amour commun, concentré sur un même foyer. L'une et l'autre se disaient sans rien dire :

— J'aime Djordji.

Elles lisaient l'une et l'autre dans leurs yeux l'histoire de cet amour, et elles la lisaient avec cette force de divination qu'ont seuls les cœurs des mères et des épouses. Avaient-elles besoin de délayer leur conversation en paroles? Ce qu'elles lisaient dans leurs yeux ne suffisait-il pas?

— Tu l'aimes, tu es sa mère... c'était le refrain sans paroles qui pour Annunziata commençait, finissait chaque chapitre de cette histoire d'amour. Ton cœur se consumerait en cendres pour lui, sans le moindre égard pour toi-même. Ton amour est plus que de l'amour; il vient de Dieu, pur et sacré, il descend sur lui, embrassant tout ce qui lui est cher. Par conséquent tu m'aimes aussi!

Cette conclusion était un retour égoïste. Que voulez-vous! La nature des choses le veut ainsi.

Quant à Louba, ce qu'elle lisait dans les

yeux d'Annunziata se traduisait dans ce mot que ses regards, à défaut des lèvres, lui redisaient sans cesse : tu l'aimes?

Louba lisait donc dans les yeux de la jeune Vénitienne l'amour de celle-ci pour son mari Djordji.

C'était tout.

Le reste se fondait dans un ravissement et une reconnaissance sans bornes. Louba ne savait rien de l'origine, de la richesse et du rang d'Annunziata. Elle avait seulement deviné, grâce à la perspicacité naturelle du cœur féminin, qu'Annunziata avait dû sacrifier quelque chose pour son fils. Quoi ? Elle ne le cherchait pas. Ce « quelque chose » qu'Annunziata avait sacrifié pour descendre jusqu'à Djordji, c'était plus que suffisant pour la disposer à lui en rendre grâces. La mère était prête à se jeter à genoux devant cette fille belle et souriante comme le jour. Elle n'avait pas de mots pour lui exprimer toute l'étendue de sa reconnaissance, de ce qu'elle avait contribué au bonheur de son fils.

Pendant que les deux femmes se parlaient, ou plutôt qu'elles se regardaient en se tenant par la main, Djordji examinait la chambre.

Leur dialogue ne fut pas long. En quelques moments, elles se dirent tout, et Louba put répondre aisément aux questions de son fils.

— Mère, qu'est-ce que cela signifie?

— Quoi, mon fils?

— Cette chambre?

— C'est ta chambre, ta cellule.

— Comment y êtes-vous arrivée?

— J'ai cherché, et j'ai trouvé. J'ai longtemps cherché une maisonnette écartée, où tu pusses être libre et solitaire. Tu étudies les livres. J'ai donc interrogé les gens qui étudient les livres, afin de savoir de quoi ils ont besoin. Et j'ai appris que, dans notre nation, ces gens ne se trouvent qu'à Dubrownik (1), Hektorowitch, Gutchelitch, Tchurbanowitch, Zlatawitch.

— Mère !... s'écria Djordji stupéfait, où avez-vous pris connaissance de ces noms?

— Je me suis informée, répliqua Louba d'un ton naturel, comme s'il n'y avait là rien d'extraordinaire. J'ai voulu savoir quelque chose de ceux qui font ce que fait

(1) Raguse.

mon fils. Et j'ai appris que la solitude et la liberté sont pour eux ce que l'eau est pour le poisson. Aussi les ai-je préparées ici. J'ai cherché longtemps ; j'ai enfin trouvé cette maisonnette écartée, et dans cette même maisonnette, sans que personne le sache, j'ai préparé deux petites chambres dans lesquelles tu pourras t'isoler du monde et des hommes. Ici, dit-elle en promenant sur la chambre un regard circulaire, tu peux ne rien savoir de personne, et personne ne saura rien de toi.

La stupéfaction de Djordji augmentait et s'unissait à l'attendrissement.

— Et vous avez fait cela de vos propres mains?

— Pas tout, mon fils. Oh! je ne pouvais pas tout faire. Mais j'ai moi-même ajusté, collé, cloué, et voilà, cela s'est fait petit à petit. Ce n'était pas du nouveau pour moi.

Nous dirons ici, en guise d'explication, que chez les Slaves méridionaux, les femmes partagent les travaux de leurs maris, et qu'elles se livrent même à des occupations qui sont considérées, en tout autre pays, comme l'apanage exclusif de l'homme.

Dans le Monténégro, la femme remplace son mari en toutes choses, et, de plus, elle l'accompagne à la guerre. Il n'est donc pas étonnant que Louba ait su préparer un logement pour son fils. Et Djordji ne s'en étonnait pas; mais il fut saisi de stupeur à la vue d'une sollicitude que l'on n'aurait pu expliquer et faire comprendre qu'à une femme instruite, au fait des conditions nécessaires pour faciliter le travail intellectuel. La mère de Djordji ne savait ni lire ni écrire. Elle ne possédait pas une intelligence cultivée; elle avait, en revanche, cette raison naturelle et innée, cette raison qui ne s'élève pas très haut, mais que fortifie et développe l'observation. Cette faculté est accordée à chaque homme à un degré plus ou moins grand, mais elle agit souvent avec plus d'activité chez ceux qui n'ont aucune idée de l'instruction que l'on trouve dans les livres. Cette raison naturelle l'avait amenée à comprendre ce dont Djordji avait besoin. Elle voyait que tout travail humain nécessite certains instruments et certaines conditions particulières.

Elle considéra son fils comme un travailleur, et elle arriva facilement à la conclusion que son travail exigeait certaines conditions. Elle se mit donc à les lui préparer, afin que, lorsqu'il reviendrait à Sègne, il pût les trouver dans un état aussi parfait que son cœur maternel l'entendait.

Cela lui prit des années entières. Comme une fourmi, elle amassait, elle ajustait, elle collait et clouait; elle mettait dans cet ouvrage la part du butin qui lui revenait parmi les Uscoques après chaque expédition contre les Turcs, et peu à peu elle prépara pour son fils un abri, approprié aux besoins d'un homme qui s'adonne à l'étude.

Cet abri se composait de deux chambrettes, contiguës à une maison modeste et soigneusement dérobées à la curiosité d'autrui. On ne pouvait guère se douter de leur existence. Ceux qui connaissaient la maison savaient bien qu'une cour y était adjacente par derrière et qu'un grand châtaignier croissait au milieu de cette cour. Le sommet du châtaignier s'épanouissait en bouquet au-dessus du toit. On le voyait continuellement. On ne supposait même pas qu'il pût y avoir dans la cour autre chose encore, et sans doute la surprise de l'ancien propriétaire de cette paisible demeure eût été grande, s'il avait vu les changements qui s'y étaient opérés. Le nouvel abri était bâti sur une terrasse couverte d'un gazon moëlleux et entourée d'une haie de buis. Au pied de la terrasse croissait le châtaignier dont les branches touffues formaient au dessus un dais de verdure. Le mur de clôture était tapissé par la vigne, dont les rameaux se recourbaient en avant de manière à donner de l'ombrage. De cette terrasse, la vue s'étendait sur la mer, les montagnes et la partie septentrionale de l'île de Kerk; les fenêtres s'ouvraient du côté de la terrasse, de telle sorte qu'il suffisait d'un coup d'œil, pour que la vue embrassât un spectacle dont la beauté majestueuse disposait à la rêverie. Quelques buissons de roses et de jasmins remplissaient la cour de parfums. Quant aux chambrettes, elles présentaient une simplicité et une modestie voisines de la pauvreté, mais en même temps une propreté et une recherche que l'on n'aurait guère trouvées chez les plus riches. Les meubles de bois simple brillaient comme s'ils étaient polis, et, disposés avec symétrie, ils donnaient à cet intérieur un cachet pittoresque, relevé encore par des tapis dûs au travail domestique, aux dessins gracieux, étendus sur des divans turcs qui servaient à la fois de sièges et de lits. Il n'y avait point d'ornements, à l'exception de quelques pots de fleurs sur les fenêtres, et d'un petit tableau, suspendu à la paroi opposée, et représentant la Mère de Dieu avec son enfant dans les bras. Ce tableau était un souvenir des temps anciens. Nous avons vu Louba agenouillée devant cette image dans l'une des plus grandes douleurs de sa vie. Elle l'apporta dans le logis qu'elle destinait à son fils.

Ce logis, bien que pauvre, simple et modeste, était cependant confortable, trop confortable même pour la destination que lui donnaient les circonstances. Il devint l'asile des jeunes époux.

Djordji n'aurait pas échangé cet asile, que lui avait bâti l'amour maternel, contre un château royal, contre les palais de Venise.

Mais Annunziata?

Nous ne savons encore ce qui va suivre; mais, dans le premier moment, la jeune épouse de l'Uscoque fut enchantée de cette simplicité vraiment idyllique, qui s'était présentée à elle de son meilleur côté. Ce bon côté était que rien ne blessait ses sens, raffinés par la vie des palais. Ce n'était sans doute qu'une qualité négative, mais d'une importance capitale dans le premier moment. Rien ne l'avait blessée. Au contraire. Le sens de l'ouïe se reposait dans un silence solennel, dans lequel jouait une musique entendue d'elle seule, une musique suave, mélodieuse, vibrante, qui avait sa source dans son propre cœur. Le sens de l'odorat était frappé par les parfums de jasmins et de roses qui pénétraient dans la chambre par la fenêtre ouverte. Le sens du toucher était satisfait par la propreté de tout ce qu'elle approchait. Le sens de la vue était ravi par le tableau qui s'offrait aux yeux de cette grande dame, descendue des « palais orgueilleux » dans une « humble chaumière. » Sans doute l'amour embellissait ce tableau par le charme qu'il puisait dans le cœur de la signorita pour le répandre sur tout ce qu'elle voyait.

Mais, même sans amour, il n'y avait rien à critiquer. La symétrie, cette condition essentielle de l'harmonie des formes, et la propreté, cette marque de la délicatesse du goût, faisaient le fond du tableau. Et sur ce fond se détachaient deux figures : celle d'un mari adoré, et celle d'une vieille mère qui regardait son fils « comme les mères seules savent regarder ».

Après être restée quelques instants assise à côté de Louba, Annunziata se leva, jeta un regard autour de la chambre, recula de quelques pas, s'arrêta et, pendant un instant, promena ses yeux noirs, rayonnants d'un étrange éclat, de Djordji sur la vieille femme, de la vieille femme sur Djordji ; puis elle se jeta dans les bras de ce dernier et elle se serra contre sa poitrine, avec ce cri qui, semble-t-il, s'échappait du plus profond de son âme.

— Je t'aime !

Louba s'essuya les yeux. Pendant qu'Annunziata reposait ainsi dans les bras de Djordji, elle se tourna vers l'image sacrée, joignit les mains, parut prier, et les mots suivants tombèrent de ses lèvres :

— Faites, mon Dieu, que ce moment de bonheur dure longtemps pour eux !

Et elle soupira ! Et comme si le souvenir de quelque douleur profonde et inconsolée venait tout à coup de traverser sa mémoire, ellle s'écria :

— O mon Dieu !

Elle sortit et ferma soigneusement la porte derrière elle.

XI. — Chimères et illusions.

Le seuil de la maison devint pour Louba comme le rebord d'un nid, où sa tendresse maternelle montait la garde, avec une vigilance infatigable et inquiète. En jetant les yeux dans l'intérieur de la maison, vers la porte fermée derrière laquelle ils étaient tous deux, elle souriait avec béatitude ; en jetant les yeux au dehors, où allaient et venaient les curieux importuns, elle se renfrognait et grondait. Elle veillait sur eux, elle tremblait et elle implorait pour eux quelques moments de bonheur et de paix.

Après ?

Ce mot troublait les idées de la vieille femme.

— Ils viennent de s'unir : doivent-ils se séparer tout de suite ?... se disait-elle. Il ne sera jamais trop tard pour se séparer. Ils sont si bien ensemble !

Quand Louba pensait à ce qui était arrivé, elle ne s'inquiétait pas autant de son fils que de cette belle-fille tombée du ciel, et qui avait réellement l'apparence d'une déesse. Belle, délicate, habituée au luxe et au bien-être, qu'aurait-elle fait sans Djordji?

— Il a remplacé tout ce qu'elle a quitté pour lui ! Faut-il l'en punir?

La vieille femme se trompait elle-même. Ce n'était pas de sa belle-fille qu'elle s'inquiétait à ce point ; c'était de son fils. Ce bonheur lui paraissait aussi impossible pour lui que nous paraît irréalisable le désir des enfants, qui veulent cueillir les étoiles dans le ciel. Elle souhaitait ce bonheur, mais elle n'osait l'espérer. Sa véritable espérance était tournée vers un autre pôle : la vengeance et la justice !

Elle se représentait son fils sous la figure

de l'archange Michel, une épée flamboyante à la main. Elle le voyait grand dans l'avenir; mais heureux, elle n'y songeait même pas. Une femme ignorante, une mère, avait su pressentir dans son cœur maternel la différence qu'il y a entre la gloire et le bonheur, et elle avait compris ce qui était accessible pour un homme comme son fils, et ce qui ne l'était pas. Ce qui avait beaucoup contribué à le lui faire comprendre, c'était l'expérience, ou plutôt l'épreuve qu'elle avait subie, alors que Djordji était encore un tout jeune homme. Au seul souvenir de ce qui s'était passé une vingtaine d'années auparavant, dans le jardin d'Osman-bey, Louba frissonnait de terreur.

— Il étendait la main vers le bonheur, et peu s'en est fallu qu'il ne pérît misérablement, se disait-elle souvent en elle-même.

Elle avait renoncé à l'espoir du bonheur pour son fils. En revanche, elle s'était attachée à un autre espoir, qui était né dans son âme et qui s'était développé sous l'influence de circonstances en partie indépendantes d'elle et de Djordji, en partie créées par leur fait.

Les circonstances indépendantes de leur volonté se résumaient toutes dans la situation de la Bosnie, situation acceptée par beaucoup de gens, mais que Louba et son fils Djordji n'avaient pas acceptée. De là les autres circonstances dont la première origine avait été la résistance de Milosch Vidulich, qui avait mieux aimé endurer un horrible supplice, plutôt que de livrer son fils aux Turcs. Après la mort de son mari, Louba avait dû cacher son fils. Elle lui avait trouvé une retraite que la Providence elle-même semblait lui avoir fournie : son fils avait pu, grâce à son jeune âge, être déguisé en fille et caché sous le toit de son ennemi, dans le harem d'Osman-bey.

C'était un refuge très sûr ; mais cette sécurité dépendit du petit Djordji. La moindre imprudence pouvait le trahir. Aussi dut-il se tenir continuellement sur ses gardes, c'est-à-dire demeurer dès son enfance dans un état continuel de tension d'esprit qui développa ses facultés intellectuelles et qui fut peut-être le point de départ de cette passion pour l'étude qui devait le distinguer plus tard; il put satisfaire celle-ci une fois qu'il eut quitté avec sa mère la contrée de ses ancêtres. Louba aidait à l'avancement de son fils, comme le vent qui enfle la voile aide à la marche du vaisseau. Occupée de lui seul, absorbée en lui, elle le vit peu à peu entouré du respect et de l'approbation des hommes.

Elle vit grandir graduellement ce respect et cette approbation, et dans sa pensée, dans sa sollicitude maternelle, elle les éleva haut, très haut, jusqu'aux plus hauts sommets. Ce n'était pas que sa tendresse ne l'égarât et ne l'aveuglât. Mais c'était là une conséquence bien naturelle. Ayant fait le sacrifice de tout espoir du bonheur pour son enfant, elle se sentait en quelque sorte autorisée à élever au plus haut degré l'espoir de sa grandeur, dans la voie que Djordji lui-même avait choisie. Elle exagérait peut-être l'importance de ce dernier ; elle rêvait la gloire pour lui, comment s'en étonner ? elle était mère ; elle contemplait à travers le prisme de son amour maternel ce fils qui lui était seul resté après l'affreuse mort de son mari, elle le contemplait vêtu de toute la gloire de ses rêves, au milieu des incessantes clameurs guerrières qui l'entouraient dans le nid des Uscoques.

Louba avait donc sacrifié jusqu'à l'espérance du bonheur pour son fils, mais peut-on supposer qu'elle ne regrettait pas cette espérance ?

Que chaque mère se mette à la place de Louba ; que préférerait-elle : que son fils fût grand, ou bien qu'il fût heureux ?

Aussi, quand le bonheur se présenta tout à coup, Louba en eut une sorte d'éblouissement.

Elle en fut effrayée, elle en fut surprise, et elle fut saisie du désir, non qu'il durât toujours, mais qu'au moins il ne s'évanouît pas, dès le premier moment, comme une bulle de savon.

— Qu'ils jouissent au moins un peu de leur tendresse et de leur bonheur !

Telle était la formule dans laquelle elle avait enfermé son désir.

Et, la quenouille à la ceinture, elle s'assit sur le seuil, ange gardien pour les jeunes mariés, cerbère pour les étrangers.

Un jour s'écoula ainsi, puis un second et un troisième.

Louba fermait quelquefois la maison et sortait dans la rue, quelquefois jusqu'à la *piazza*, se mêlant à la foule et prêtant une oreille distraite au bourdonnement des débats et des conversations. Comme ces gens lui paraissaient petits! Leurs cris et leurs discussions la froissaient et l'indignaient. Les côtés mauvais et défectueux des foules la frappèrent pour la première fois, — et elle était seulement étonnée de ne pas les avoir remarqués plus tôt.

Ce serait pour ces cris et pour ces querelles que Djordji devrait la quitter! qu'il devrait, dès les premiers jours de leur union, la précipiter dans un abîme de désespoir! Que ferait-elle, la pauvre enfant!...

Annunziata masquait Djordji. Annunziata lui servait d'excuse, de subterfuge d'avocat, à l'aide duquel elle défendait son fils devant le tribunal de sa propre conscience. Et sur ce point elle avait raison. Si ce n'avait été Annunziata, Louba aurait elle-même conduit Djordji par la main sur la place où les Uscoques délibéraient deux jours durant sur le choix d'un woïvode. Grâce à Annunziata, non seulement elle ne le mena pas sur la place, mais encore elle éconduisit ceux qui la questionnaient, soit par le silence, soit par des réponses comme celles qu'elle avait données à Kosmatch et au père Cyprien.

Toutefois, un combat intérieur se livrait dans son âme. Elle bénissait le bonheur échu à son fils; mais parfois elle regrettait l'espérance d'une grandeur qui, semblait-il, était sur le point de se réaliser. Ce regret s'éveillait en elle chaque fois que les souvenirs du passé et les tableaux du pays natal lui revenaient à l'esprit. Parfois son cœur était serré comme dans un cercle de fer, et elle était prête à courir vers son fils et à lui rappeler le devoir austère. Mais chaque fois elle s'arrêtait.

Et elle répétait son refrain :

— Qu'ils jouissent au moins un peu de leur tendresse et de leur bonheur.

Cet « un peu » se prolongea un jour, puis un second et un troisième.

Le troisième jour, au lever du soleil, Louba aperçut les tchaïkas sur la mer. Elles se balançaient sur les flots dorés par les rayons. Elles se couvrirent de voiles blanches et, déployant leurs ailes pour le vol, elles jetèrent un chant d'adieu dans lequel les guerriers, emportés par les barques légères, annonçaient qu'ils vont là « où s'élèvent des gibets et des pals sanglants. »

Ces mots frappèrent Louba comme un remords de conscience. Son cœur fut sur le point d'éclater. Elle étendit les bras. Elle voulut crier :

— Arrêtez !

Il était trop tard.

Elle voulut partager ce remords avec son fils, courir à la maison, ouvrir la porte de sa retraite, et lui jeter à la figure ces seuls mots :

— Ils sont partis !

Mais elle ne se sentit pas capable d'une telle cruauté. Elle s'adossa à la muraille, baissa la tête et se mit à pleurer ; puis elle essuya ses larmes et revint à son poste sur le seuil.

A vrai dire, les émotions par lesquelles Louba avait passé, n'avaient pas de causes rationnelles. Elles provenaient du cœur, et le cœur, on le sait, ne raisonne pas. Si elle avait consulté sa raison et considéré son fils avec sang-froid, elle se serait convaincue qu'il n'y avait rien de mieux à faire que de le laisser tranquille.

Les plus grands hommes, les plus célèbres, les âmes les mieux trempées ont leur moment de faiblesse, des moments où ils sont envahis par une impuissance pareille à celle qui enchaîne l'homme en rêve, lorsqu'il se sent précipité dans un gouffre sans pouvoir s'arrêter. Tel était le moment où se trouvait notre héros. C'était un état fiévreux, maladif, un état de folie, si l'on veut. Ses facultés mentales s'étaient concentrées sur un seul objet et cet objet lui fermait complètement l'horizon, qu'il aimait auparavant et qu'il savait contempler. Il n'avait pas cessé de savoir ce qu'il savait, ni d'aimer ce qu'il aimait; il ne s'était pas écarté du chemin qu'il suivait pour atteindre son but; seulement, il s'était arrêté à une étape plus longtemps qu'il ne l'aurait dû. Pèlerin harassé de fatigue, égaré dans les déserts sablonneux du Sahara, il avait rencontré une oasis délicieuse et il s'était assis à l'ombre d'un vert palmier, près du courant d'une source rapide. Une brise rafraîchissante avait effleuré son visage couvert de poussière et inondé de sueur. Et un bien-être inconnu s'était emparé du pèlerin ; il se sentait reposé, réconforté, et il se disait :

— Je m'arrêterai ici... un instant.

Un instant? Oui. Le temps a une valeur relative. Un instant de bonheur est un siècle pour les malheureux.

Djordji, près d'Annunziata, avait perdu la notion du temps. Chaque jour écoulé lui paraissait avoir duré une seconde. A peine l'aurore avait-elle paru que le soir descendait déjà. Le soleil levant et le soleil couchant se confondaient à tel point que notre héros , interrogé à l'improviste, n'aurait certes pas su répondre au crépuscule du soir si c'était l'aube matinale, et à l'aube si c'était le crépuscule. Pour lui, la clarté lui semblait incesssante dans ce rayonnement plein de charmes ineffables qui passait d'elle à lui pour l'inonder intérieurement, pour le pénétrer de part en part. Le soleil brillait constamment en lui.

Les chambrettes où ils vivaient, cette terrasse et ce châtaignier limitaient le monde de Djordji. Là, il vivait. En dehors de ce monde, il ne se sentait bon à rien.

Ses journées s'écoulaient comme les ondes limpides d'un ruisseau, courant à travers des prairies émaillées de fleurs. Son univers, enfermé dans d'étroites limites, fleurissait comme un paradis. Ils étaient deux, mais l'amour les avait confondus en un; pareils à un son qui, tiré de deux lyres différentes, forme dans l'espace une onde sonore unique.

Et tous deux vivaient ainsi une vie d'oubli, d'un oubli si complet qu'ils ne se souvenaient plus de deux choses avec lesquelles l'existence de l'homme doit toujours compter sur cette terre : le temps et l'espace!

Tout cela n'était qu'une illusion, que la réalité dissiperait un jour!

L'illusion elle-même, il est vrai, est encore une sorte de réalité, mais fugitive, éphémère, qu'un rien dissipe et fait évanouir. L'ordre fondé par la Providence le veut ainsi; les lois de l'équilibre, qui existent aussi bien pour le monde de l'esprit que pour celui de la matière, ne sauraient perdre leur empire; qui s'y soustrait momentanément, doit y rentrer malgré lui.

Ce rien qui brisa les illusions de Djordji

et d'Annunziata leur vint, tout d'abord, sous la forme d'une chanson.

En veillant sur eux, Louba avait l'habitude de s'asseoir sur le seuil, la quenouille à la ceinture, et, tout en filant, de chanter à demi-voix.

Tout d'abord, notre couple, absorbé par lui-même, n'y faisait pas attention. Une fois cependant, comme ils étaient assis tous deux sous le châtaignier et qu'ils s'occupaient de ces riens qui sont tout pour les amoureux, Annunziata dit à Djordji :

— Ecoute, mon bien-aimé, ta mère qui chante.

Djordji ne répondit pas, mais son front s'assombrit.

— Qu'as-tu, mon amour?

— Rien.

Annunziata frémit. Jamais Djordji ne lui jetait de réponses aussi rudes et aussi brèves.

— Qu'as-tu? dit-elle avec angoisse.

Djordji soupira, la prit dans ses bras et la serra contre sa poitrine.

Cela passa, non sans laisser quelques traces. Djordji s'assombrissait chaque fois que la chanson de sa mère arrivait à ses oreilles. Annunziata comprit que cette tristesse était causée par le chant qui, sans doute, éveillait en lui de pénibles souvenirs. Il en avait tant ! Elle trouva moyen d'y remédier. Quand Louba chantait, elle engageait une conversation qui détournait l'attention de Djordji.

Elle était si prudente que jamais elle ne le questionnait sur aucun souvenir. Elle se sentait chargée de la guérison de Djordji et c'était une douce charge pour elle. Souvent elle disait à son mari :

— Comme nous sommes bien ! comme nous sommes heureux !

Une fois, elle ajouta :

— Oh ! si cela pouvait durer, toujours?

Quelle ne fut pas sa stupeur, quand Djordji, à ces mots, tressaillit comme dans une frayeur soudaine et demanda d'une voix étrange :

— Comment?

— Et tandis que cette question tombait lentement de ses lèvres, son front se creusait en rides profondes, ses sourcils s'abaissaient sur ses yeux, et son regard brillait d'une expression qui laissait percer quelque chose de saisissable. Annunziata lui jeta bien vite les bras autour du cou, se serra contre lui, et cela passa.

Mais elle avait eu peur; et quand sa peur se fût dissipée, elle réprima difficilement les sanglots qui lui montaient, malgré elle, à la gorge. Pourquoi? Elle avait dit « toujours »; et il avait répondu par une question qui l'avait bouleversée comme un présage de malheurs. Elle avait donc un motif pour pleurer, et toute autre femme à sa place eût éclaté en larmes. Mais Annuziata était de ces femmes qui ont l'âme ferme et qui savent se dominer. Elle nota dans sa pensée la question de son mari, et non seulement elle la nota, mais, après réflexion, elle en pénétra le sens, et elle se dit qu'il ne fallait pas diriger les pensées de son mari sur ce qui pouvait avoir lieu le lendemain, dans un avenir plus ou moins éloigné, en un mot, dans le temps auquel son « toujours » avait fait allusion.

— Il faut l'épargner... se dit-elle en réprimant un soupir.

Annunziata connaissait son passé; elle savait qu'il était plein d'épreuves et de douleurs qui s'étendaient sur son avenir et le limitaient.

En attendant, le temps passait pour eux comme s'il eût été réglé par un programme, avec ceci de particulier que le programme s'était fait de lui-même.

Dès le début de la journée, par exemple, Annunziata s'éveillait, ouvrait les yeux et rencontrait toujours le regard de son mari, qui la contemplait avec tendresse et lui souriait. Elle s'était si bien habituée à ce réveil qu'elle n'eût pu le concevoir autrement ; c'était un article du programme.

Beaucoup de matinées se succédèrent ainsi. Hélas ! il en vint une où le programme fut bouleversé. Annunziata s'éveilla, ouvrit les yeux, et ne rencontra pas les yeux de son mari. Djordji était dans la chambre, mais il était assis à l'écart, auprès de la table, et il avait la tête appuyée sur sa main. Ses yeux étaient ouverts, mais ils ne la regardaient pas. Son regard contemplait un objet invisible, et ce regard était sec, fixe et farouche. Ses joues frémissaient, son front était couvert d'un nuage.

— Djordji !.. s'écria Annunziata terrifiée.

Il leva la tête, tourna les yeux de côté et d'autre, comme s'il ne savait d'où lui venait cet appel, et il sourit amèrement.

— Djordji !... ajouta la femme d'une voix tendre.

Djordji poussa un profond soupir et dit, comme en se parlant à lui-même :

— Quelque chose me pèse... Quelque chose m'accable... Vers le matin, des cris affreux m'ont réveillé ; des visions sanglantes m'ont tourmenté dans mon sommeil.

— « L'ange du Seigneur... » commença Annunziata, en se levant ; elle s'agenouilla, joignit les mains, et levant les yeux vers l'image de la sainte Vierge : *Ave Maria...*

C'était précisément ce matin là que s'engageait à Clissa la lutte terrible, dans laquelle une poignée d'Uscoques, faisant front à des milliers d'ennemis, se sacrifiaient héroïquement dans une lutte inégale. Sans doute un pressentiment avait ébranlé l'âme de Djordji. Le cri de ses frères mourants parvint à son âme à travers l'espace, par-dessus la terre et la mer. Des phénomènes de cet ordre arrivent quelquefois, sans que l'intelligence humaine puisse les comprendre ni les expliquer.

Annunziata dit trois *Ave* avec une foi ardente, et elle se calma.

Djordji se calma aussi, d'autant plus facilement qu'il ne dit rien de cela à sa mère, qui, elle aussi, était visiblement sous l'empire de tristes pressentiments. Les restes de sa tristesse furent dissipés sous le châtaignier et la journée se passa comme d'ordinaire; le jour suivant, cela ne se répéta plus. Néanmoins la continuité du calme, qui jusqu'alors avait été la condition la plus importante du bonheur des jeunes époux, avait été interrompue. Ils étaient toujours heureux, mais déjà quelque chose les gênait. Annunziata avait senti son âme envahie par une inquiétude vague, et Djordji était saisi de temps à autre par une tristesse qu'il ne pouvait surmonter.

Ainsi passaient les journées, ainsi passaient les semaines.

Hélas ! ce qui était ne pouvait durer toujours. Le bonheur dont jouissaient les jeunes mariés était trop grand; des nuées sombres, portant le tonnerre dans leurs flancs, approchaient du côté des montagnes.

Dans la cage entourée de verdure et remplie de parfums, dans laquelle habitaient, comme deux oiseaux, Djordji et Annunziata, aucun écho du dehors n arrivait. Aucune voix, aucune nouvelle ne pouvait y pénétrer; Louba, l'unique intermédiaire entre le monde extérieur et le monde d'Annunziata et de Djordji, veillait surtout à ce que rien ne troublât la sérénité de leur bonheur. Elle avait toujours sur les lèvres, pour son fils et pour sa belle-fille, un sourire et une bonne parole, qui étaient en quelque sorte pour eux une approbation et un encouragement. Elle venait rarement, mais quand elle venait, c'était comme une poule auprès de ses poussins ; elle leur apportait la nourriture du corps et la nourriture de l'âme. Annunziata lui baisait la main ; elle baisait au front Annunziata, faisait une croix au-dessus de sa tête, et dans ses yeux ternis par la vieillesse passait une lueur qui semblait leur dire :

— Vous êtes heureux, oh ! moi aussi, je suis heureuse.

XII. — Puissance de la confession.

Les fugitifs de Clissa approchaient lentement de Sègne. À travers les montagnes, par des chemins non tracés, se traînaient des guerriers misérables, exténués, faisant en trois ou quatre jours à peine le parcours qu'ils faisaient d'ordinaire en un jour. Aussi furent-ils précédés par la nouvelle qui vint apporter au sein des familles le deuil et la consternation. On ne savait rien de sûr; et précisément cette incertitude était insupportable. Les femmes restées à Sègne pleuraient chacune quelqu'un: celle-ci son mari, celle-là son père, une autre son frère ou son fiancé. La tristesse était générale, et cette tristesse se réflétait aussi sur la figure de Louba.

On prétend qu'un malheur ne vient jamais seul. Cette assertion se montra vraie à Sègne. Ce n'était pas assez de la nouvelle du désastre; il vint encore une autre plaie, sous la figure d'un commissaire extraordinaire envoyé de Gratz, et muni du droit de vie et de mort sur les Uscoques. Les Uscoques n'y étaient pas encore, et déjà le *jus gladii* était là qui les attendait. Cette sévérité était motivée par les réclamations de la République. Venise avait menacé l'empire allemand de lui fermer le commerce de la mer Adriatique, s'il ne lui donnait pas satisfaction des délits dont les Uscoques s'étaient rendus coupables envers elle. Parmi ces délits il y en avait un que l'on qualifiait du nom de *crimen lesæ majestatis* — crime d'Etat — à savoir, le rapt d'une femme qui intéressait la République. Les autres crimes étaient aussi très graves : brigandage, incendie, démoralisation des sujets vénitiens, violation des lois de la République, etc., toutes accusations capitales. La cour impériale, menacée de la fermeture des ports, ne pouvait négliger les réclamations de la République. En effet, cette négligence aurait été un *casus belli*, et l'on n'avait pas la moindre envie à Prague de s'engager dans une guerre contre Venise, au moment où la Turquie montrait des dispositions hostiles. On prit donc en considération les griefs de la République et, donnant à l'affaire le plus d'éclat possible, on délégua à Sègne un commissaire extraordinaire pour examiner les griefs, rechercher leurs auteurs et punir les coupables. Et afin que la République fût persuadée de la sincérité des intentions de la cour impériale, on nomma commissaire le conseiller d'Etat, bien connu à Venise, le signor Giuseppe Rabata.

On se mit en frais tout particulièrement pour l'arrivée du commissaire. Les autorités locales se réunirent pour le recevoir, la garnison lui rendit les honneurs. Au roulement des tambours et aux fanfares des trompettes, le plénipotentiaire impérial traversa les rues de la ville pour se rendre au castel où l'on avait préparé son installation. Les femmes Uscoques considéraient avec une curiosité mêlée d'effroi le cortège, en tête duquel s'avançait à cheval un personnage austère, muni du pouvoir de disposer à son gré de la vie de ceux qui avaient survécu à la catastrophe de Clissa. On les attendait avec impatience en leur préparant du repos après tant de fatigues sanglantes. Un beau repos leur était réservé! Dans le château, on leur préparait des prisons. Sur les remparts de Sègne, on élevait quatre gibets tournés aux quatre côtés de l'horizon.

On peut facilement se représenter de quelle terreur les femmes furent saisies... Elles ne savaient que désirer. Le retour à Sègne de leurs maris, de leurs pères, de leurs frères et de leurs fiancés était plus terrible pour elles que leur éloignement. Elles auraient désiré les revoir, et elles auraient voulu qu'ils ne revinssent pas. Plus d'une aurait préféré apprendre que celui qu'elle attendait était tombé sur le champ de bataille, sous les coups d'un glaive musulman, que de le voir exposé à la potence allemande.

Des gémissements de douleur se faisaient entendre dans la ville. De plaintifs *koukou*, l'exclamation par laquelle les Serbes expriment leur tristesse, s'échappaient de chaque rue, de chaque maison. Les cris *yaou yaou, koukou meni !* s'élevaient en un chœur continu, qui ne cessait le soir que pour recommencer le matin et durer toute la journée.

Le nouveau commissaire ne pensait pas

à plaisanter. On put le constater dès ses premiers actes. Il annonça une sévérité absolue, et il en fit preuve aussitôt. Quelques jours après l'arrivée de Rabata, débarqua à Sègne un fonctionnaire vénitien, délégué par le sénat dans le but de vérifier la présence du commissaire impérial ; il eut l'occasion de constater non seulement sa présence, mais encore son énergie. Il trouva déjà, en effet, deux cadavres uscoques se balançant aux potences.

Les femmes étaient accablées par le désespoir.

Les pendus étaient des malheureux qui, comme on dit, n'en pouvaient mais. Ils n'avaient pas la moindre prétention de passer pour chefs. Ils étaient arrivés les premiers, voilà ce qui leur avait valu le gibet.

— *Yaou*, *yaou*! gémissaient les femmes. Si l'on pend ceux-là, qui épargnera-t-on? On n'aura plus qu'à élever les gibets l'un à côté de l'autre et à garnir les remparts de cadavres uscoques.

Cette supposition sembla confirmée lorsque, pendant le séjour du délégué vénitien, un troisième cadavre apparut sur les murailles, aussi peu coupable que les précédents.

— Que va-t-il se passer!... redemandaient les femmes désespérées.

Mais, après le départ du délégué, le commissaire s'adoucit subitement. Quelques fugitifs arrivèrent et purent se réfugier au sein de leurs familles. Il en vint ensuite quelques autres, puis quelques autres encore, et personne ne les inquiéta. Il est vrai que les femmes, dans leur sollicitude pour le sort des Uscoques, avaient organisé un service de vedette. Elles sortaient de la ville dans les forêts et les montagnes, elles guettaient sur les routes et les sentiers, et elles prévenaient ceux qui approchaient. Les Uscoques ne se montraient pas dans les rues. Les uns se cachaient dans les maisons, les autres n'entraient pas dans la ville. Mais, au bout de quelques jours, ces précautions parurent superflues. L'un d'eux se montra par hasard dans la ville, et personne ne lui dit rien. La même chose arriva à un second et à un troisième ; le quatrième sortit exprès. Son exemple fut suivi par un cinquième, par un sixième, et ainsi de suite. Les plus prudents ne s'y fiaient pas et avertissaient les autres, prévoyant quelque artifice.

— Ils ne nous disent rien, — prétendaient-ils, — pour attirer tout le monde dehors et nous prendre tous à la fois. Ce n'est pas pour rien qu'ils ont préparé des prisons au château.

Cette opinion était appuyée par le témoignage des trois gibets occupés, et du quatrième qui attendait un patient.

Mais, comme il arrive d'ordinaire dans des cas de ce genre, les conseils raisonnables bien qu'ils fussent approuvés, n'étaient pas mis en pratique. Ceux qui avertissaient, donnaient les premiers l'exemple de l'imprudence. Les fugitifs ne se montraient d'abord que dans les ruelles éloignées du centre de la ville; peu à peu, ils s'enhardissaient de plus en plus, et il y en eut enfin quelques-uns qui se décidèrent à entrer en cachette dans l'auberge sur la place. Ces quelques-uns furent suivis par le reste. Ceux qui se cachaient dans les environs entrèrent dans la ville. Et Sègne reprit peu à peu la physionomie qu'elle avait avant l'expédition de Clissa.

Il manquait deux à trois cents guerriers. Leurs veuves et leurs orphelins prirent le deuil, et le temps, ce grand médecin de toutes les douleurs, commença à cicatriser les blessures de leur cœur.

La vie et le mouvement rentrèrent à Sègne. L'auberge se remplit de monde de nouveau. Les anciens débats et les anciennes clameurs reprirent leur train.

Le sujet principal et presque unique de toutes les conversations était l'expédition de Clissa. Nous disons « presque unique », parce qu'on effleurait encore d'autres questions : la guerre turque, au sujet de laquelle circulaient de sourdes rumeurs, la sévérité singulière dont le commissaire avait fait preuve immédiatement après son arrivée, et le quatrième gibet qui étendait son bras vide au-dessus de la muraille.

Il y en avait qui attribuaient l'adoucissement du commissaire aux prévisions d'une guerre prochaine.

— Si le Turc les attaque, les Allemands se mettront à nos pieds. Vous verrez... disaient-ils.

Le Turc est maintenant (*barabar*) avec les

Allemands... disaient en croisant les index ceux qui ne croyaient pas à la possibilité d'une guerre. Pourquoi le Turc, *maïka niegowa*, irait-il attaquer ceux qui lui ont livré Glissa ? Les Allemands, les *pezewenks*, ont rendu un grand service aux Turcs. Que le diable... !

Ils juraient contre les Allemands, et ils étaient secondés aussi bien par ceux qui croyaient à la guerre, que par ceux qui n'y croyaient pas, sans prendre garde que, non loin de l'auberge, s'élevait le château habité par un commissaire qui avait sur eux le droit de vie et de mort. Ils n'y prenaient pas garde. Ils donnaient libre cours à leurs récriminations. Les jurons les soulageaient. Ils juraient donc en chœur, à l'unanimité.

Et de même qu'ils étaient unanimes à jurer, de même ils étaient unanimes à rechercher l'explication du mystère qui se présentait à eux sous la forme d'un quatrième gibet, debout sur la muraille comme s'il attendait une victime.

— Il attend quelqu'un... ça, c'est sûr ; mais qui?

— Qui pourrait-il attendre ?.... répondait André Kosmatch; ou bien moi, ou bien toi, ou celui-ci, ou celui-là...

Il montrait du doigt les assistants l'un après l'autre, ce qui les faisait rire, mais d'un rire contraint. Les suppositions d'André Kosmatch étaient de celles qui font une impression désagréable. Il n'y avait point de motif pour leur refuser la vraisemblance; il n'y avait point d'indice pour découvrir la vérité. Le quatrième gibet se dressait sur la muraille et attendait quelqu'un.

Rabata gardait dans son castel le plus profond silence. Un vrai sphinx!

Le bruit d'une guerre avec la Turquie augmentait de plus en plus.

Il arriva un courrier au château, un courrier de Gratz. Qu'apportait-il? c'était une nouvelle énigme. Les Uscoques se mirent à parler du courrier.

Toutefois la solution de ce nouveau mystère ne se fit pas longtemps attendre. Le sphinx du château sortit de son silence, et il en sortit sous forme d'un édit promulgué par le conseiller Joseph Rabata, commissaire extraordinaire de l'archiduc d'Autriche, aux gens appelés Uscoques, auxquels

Sa Majesté impériale daignait accorder, dans sa générosité, un refuge sur son territoire.

Cet édit contenait un pardon magnanime pour tous les crimes, forfaits, fautes et délits, pour toutes les offenses et injures, un pardon général et complet, à une condition et avec une seule exception.

La condition se rapportait à la reconnaissance de ceux qui recevaient le bienfait. Rabata, au nom de l'archiduc, qui agissait au nom de l'empereur (on ne s'adressait jamais officiellement aux Uscoques que par troisième ou quatrième intermédiaire) exprimait l'espoir que la grandeur de la reconnaissance se mesurerait à la grandeur du bienfait; que de même que celui-ci était immense, de même celle-là serait illimitée; que les Uscoques verseraient leur sang et donneraient leur vie avec bonheur pour leur très gracieux maître, empereur et roi, lorsque l'occasion s'en présenterait.

— Eh bien, tu vois!... dit celui qui croyait à la guerre, en poussant du coude celui qui n'y croyait pas, lorsque cette partie de l'édit arriva aux oreilles des Uscoques.

— On ne parle pas encore de la guerre...

répondit à voix basse celui qui n'y croyait pas. Ecoutons la suite.

Venait ensuite l'exception. Elle se rapportait à quelqu'un dont on ne donnait ni le nom, ni le prénom, à un affreux criminel, à un homme qui, oubliant les bienfaits accordés aux Uscoques par l'empire, avait attenté de gaieté de cœur aux relations amicales existant entre deux puissances et rompu le lien qui devait sanctionner ces relations. Il était représenté sous les couleurs les plus noires, comme une brebis galeuse qui infectait le troupeau entier, et qui méritait les châtiments les plus sévères de la loi.

— Il y a donc quelqu'un pour le quatrième gibet... chuchota Kosmatch au père Cyprien, en le heurtant du coude.

Le moine se caressa la barbe et poussa un soupir.

Le paragraphe qui avait trait à l'exception se terminait en disant que le commissaire, au nom de l'archiduc et par là, au nom de l'empereur, manifestait l'espoir et l'assurance que non seulement les Uscoques chasseraient de leur sein cette brebis galeuse, mais qu'ils appliqueraient encore tous leurs efforts à découvrir la retraite du criminel, et à remettre cet homme entre les mains de la justice. On avait réservé pour la fin un argument expressif, la preuve la plus énergique de la nécessité de se saisir du criminel anonyme : cent sequins de récompense.

— A qui en veulent-ils ?... demanda Kosmatch au père Cyprien.

— Ils en veulent... répliqua le moine lentement, comme s'il pesait sa réponse, hum !.. à Djordji Miloschewitch.

André jeta au moine un regard perçant ; il secoua la tête et avec un sourire sarcastique dit :

— Hum ! je comprends... On ne le désigne pas par son nom, parce qu'on veut éprouver d'abord si les cent sequins feront leur effet. On est prudent !

— Pst... fit-on de tous cotés.

Un nouvel édit ! un manifeste impérial ! Celui-ci commençait directement par ces mots : « Nous, Rodolphe II, par la grâce de Dieu empereur d'Allemagne, roi de Hongrie, de Bohême, d'Illyrie, etc. » Les titres étaient énumérés au complet. C'était une proclamation adressée à tous les pays de la couronne et à tous les peuples fidèles, les appelant en termes étudiés à prendre les armes, afin de défendre les frontières confiées par Dieu à l'empereur, contre l'invasion injuste, inique, criminelle des ennemis de la chrétienté, contre l'invasion des Turcs.

Le dernier mot électrisa les Uscoques. Une rumeur soudaine s'éleva au milieu d'eux.

— Ho ho!... s'écria quelqu'un à haute voix. Nous montons en valeur!

— Ces Allemands, *Boga-mi*, ont pourtant quelque chose de bon!... fit entendre un autre.

— Les intrigants!... remarqua quelqu'un.

— Allons donc, intrigants!... Ils intriguaient, et ils ont abouti à une guerre contre les Turcs.

— Mais demande-leur donc un peu : y auraient-ils abouti s'ils n'avaient pas payé de nos têtes?... insinua l'un des plus réfléchis.

— Et avaient-ils besoin de faire périr tant de guerriers!... ajouta un autre.

André et le père Cyprien ne faisaient

point d'observation. Ils se regardèrent l'un l'autre dans les yeux et ils se comprirent. Ils se glissèrent hors de la foule et se rendirent directement à la maisonnette de Louba.

Louba était assise sur le seuil.

— Nous ne venons pas, *maïka*, te questionner au sujet de Djordji, commença Kosmatch ; mais nous venons te communiquer des choses qui touchent de près ton fils.

Et ils lui racontèrent tout.

Dans le courant de ce récit, Louba avait laissé échapper l'exclamation :

— O Mère de Dieu !

Ce cri était parvenu aux oreilles de Djordji et avait provoqué la scène conjugale que nous avons décrite précédemment.

Louba ne s'emporta plus. Elle écouta en silence la fin du récit; elle réprimait en elle-même le tremblement intérieur qui la saisissait par moment; quand André et le moine eurent terminé, elle se tordit les mains, gémit sourdement et prononça à demi-voix.

— Que ferai-je maintenant?

Ces mots ne concernaient qu'elle seule; mais l'expression de ses yeux disait que c'était une question qui se rapportait aussi aux deux hommes arrêtés devant elle. Bien plus, le ton même de cette question témoignait qu'elle était prête à la poser à la foule, comme un problème à résoudre, tant elle sentait le besoin d'une réponse, d'un conseil. Le moine et André le comprirent, et ce dernier lui adressa les paroles suivantes :

— Nous ne te demandons pas, mère, où est Djordji ?!... Où qu'il soit, il faut qu'il apprenne tout cela au plus tôt...

— S'il est à Mlet, ou dans une des îles de la République, qu'il s'enfuie... ajouta le moine. S'il est sur un territoire soumis aux Allemands, qu'il s'enfuie aussi. S'il est à Rome, qu'il ne bouge pas et qu'il se tienne coi, car la main vengeresse pourrait l'y atteindre.

— O mon Dieu !.... gémit la vieille femme.

— Si je pouvais, maïka, vous être utile à quelque chose, dit André, dites seulement un mot. S'il faut aller ou nager quelque part, j'irai, je nagerai.., c'est mon métier... je parviendrai partout.

— Je te remercie, répondit la vieille femme, je te remercie pour ton offre et tes bonnes paroles. Je croyais qu'il n'y avait plus une âme au monde qui ne maudît Djordji... Je vous remercie. Laissez-moi. Je me tirerai d'affaire toute seule. Je vois bien que Djordji doit tout savoir, et il le saura... Et si j'ai besoin de quelque secours...

Elle leva sur André un regard suppliant.

— Alors, je suis à l'auberge... se hâta d'ajouter André. Faites seulement un signe, maïka.

Ils partirent. Louba, après être restée immobile un moment, remuant les lèvres comme si elle se disait quelque chose, fit le signe de la croix, sans doute pour se donner du courage, et ouvrit avec précaution la porte du logis de Djordji et d'Annunziata.

Le spectacle qui s'offrit à ses yeux n'avait rien d'extraordinaire. Djordji et Annunziata étaient assis sous le châtaignier, la main dans la main, les yeux dans les yeux. Elle lui disait quelque chose. Il écoutait. Si la vieille femme avait eu le temps de l'examiner, elle aurait découvert dans les yeux de son fils une certaine distraction, qu'il n'avait pas d'habitude en écoutant parler Annunziata; mais Louba n'eut pas le temps de l'examiner. Djordji, dès qu'il l'eut aperçue, se leva vivement et lui demanda :

— Mère, qui a parlé avec toi?

Et, sans lui laisser le temps de répondre, il ajouta :

— J'ai reconnu la voix d'André et celle du père Cyprien... Que disaient-ils? Ne me cache rien, car j'irai moi-même en ville et je m'informerai de tout.

— *Yaou*! s'écria Louba. Tu ne peux pas te montrer!

— Moi? Je me serais déjà montré, sans elle!

Il désigna sa femme du regard.

— Je serais déjà sorti, mais elle m'a retenu jusqu'à votre arrivée, mère.

Louba tourna sur Annunziata un regard plein de remercîment; bien que celle-ci ne comprît pas la langue serbe, elle savait de quoi il s'agissait. Elle l'avait deviné.

— Ainsi raconte-moi, mère, tout ce qui s'est passé. Je devrais le savoir déjà. Hé!

j'ai été trop et trop longtemps... heureux.

Il regarda sa femme avec tendresse, et il soupira.

— Je te dirai tout... répondit la vieille femme d'un ton de soumission résignée. Sois tranquille... Ecoute.

Elle commença depuis le moment du départ pour Clissa, et elle raconta lentement, tranquillement, en s'éclaircissant la voix de temps en temps, en s'arrêtant quelquefois, comme pour reprendre haleine. Elle raconta la prise et la perte de Clissa, la mort de Wuck, d'Alberti et de tant d'autres vaillants, le retour des fugitifs, l'arrivée de Rabata, les quatre gibets, les édits, et enfin l'exception. Vers la fin, sa voix tremblait. Evidemment, elle se faisait violence. Elle répéta cependant à son fils tout ce qu'elle venait d'apprendre, et tout ce qu'elle savait déjà auparavant.

Annunziata ne comprenait pas ses paroles. Le sens des mots lui était étranger, mais l'intonation de la voix de Louba et l'expression du visage de Djordji ne l'étaient pas. En écoutant, elle ne perdit pas un des accents qui traduisaient l'état du cœur de la mère. En regardant, elle ne laissa pas échapper un seul des tressaillements qui révélaient l'état de l'âme de son mari. Djordji semblait écouter tranquillement, mais ses joues frémissaient, l'éclat de ses yeux changeait, et sur ses tempes et sur son front les veines se gonflaient ; celles-là même s'étaient montrées, qui d'ordinaire se cachent profondément sous la peau.

La vieille femme termina. Djordji secoua légèrement la tête. Un jeu rapide de sentiment se refléta dans ses yeux et sur son visage. Il serra les dents, fronça les sourcils, ses yeux lancèrent des éclairs.

— Je dois sortir... — dit-il à sa mère.

Louba lui répéta les mots du moine, au sujet du danger de son séjour dans le territoire soumis au sceptre impérial ou à la république de Venise.

— Oh !... répliqua-t-il. Il ne me manquerait plus que de fuir... Non !

Tout à coup son visage changea d'expression. Il devint doux, tendre, mélancolique. Il se tourna vers Annunziata. Celle-ci le regarda dans les yeux et éclata en pleurs.

Djordji la prit dans ses bras. Il la pressa

contre son cœur. La femme se serra contre lui avec emportement. Elle ne savait pas qu'elle était cause du danger présent ; mais elle savait que l'heure avait sonné qui devait mettre fin à leur bonheur, que ce charme était brisé, qui leur faisait un monde à part complet en lui-même, ravissant, enchanteur.

— Djordji !. mon Djordji !. sanglotait-elle.

— Femme, ne me brise pas le cœur... dit Djordji avec l'accent de la prière.

A ces mots, ses larmes s'arrêtèrent comme par enchantement. Elle se dégagea des bras de son mari, elle s'arrêta, rejeta ses cheveux en arrière, releva la tête.

— Non, mon mari, dit-elle, tu n'auras pas lieu de te plaindre de moi.

Elle lui tendit la main avec un geste de reine. Djordji la pressa contre ses lèvres.

— Sois bénie... *Adio, mia cara.*

Il n'allait pas loin, et cependant il prononçait des paroles d'adieu avec un accent passionné. C'était leur première séparation, depuis qu'ils étaient unis par le lien du mariage. Et, de plus, dans les circonstances actuelles, pouvait-il savoir s'il ne se séparait pas de sa femme, pour toujours?

— Djordji!... s'écria sa mère, et elle s'arrêta sur le seuil, dans la même attitude que celle d'Annunziata peu auparavant. Tu vas à une perte... inutile.

— Inutile?... mère!... et c'est toi qui le dis, toi, qui m'as montré... tu t'en souviens?... les cheveux blancs de mon père!

— Le sang de ton père crie la vengeance!

— Et le mien ne criera-t-il pas!... Dieu compte chaque goutte versée innocemment, et il les réclamera un jour... Et quel crime ai-je commis?... Je me suis uni à la femme que j'aimais et j'ai brisé un lien qui devait augmenter en haut la puissance, en bas les larmes?... Non, mère, ce n'est pas de ce crime que je me sens coupable, mais d'un autre... J'ai négligé mon devoir... J'ai osé étendre la main vers le bonheur.

— Mon fils!... gémit Louba.

— Que mon sang serve de leçon!... Laisse-moi passer, ma mère!

Il étendit le bras avec un geste d'autorité. La vieille femme, tremblant de tout son corps, s'écarta du seuil. Djordji tourna la tête vers Annunziata, et lui jeta un sourire d'adieu.

Annunziata s'élança vers l'image.

Louba suivit son fils.

Précédons-les.

La foule s'était amassée dans l'auberge et sur la place. La nouvelle des édits parcourut Sègne avec la rapidité de l'éclair, et électrisa toutes les âmes. Personne n'aurait même supposé qu'il restât encore tant de monde après le carnage de Clissa. Il est vrai que les Uscoques ne s'assemblèrent pas seuls, car si l'édit du commissaire les regardait exclusivement, le manifeste de l'empereur concernait tout le monde; néanmoins, les Uscoques formaient, pour ainsi dire, le noyau de la foule. Car le manifeste s'adressait avant tout aux hommes de guerre, et ils l'étaient par excellence. Ils formaient un noyau de la masse compacte qui s'était réunie sur la place; ils y jouaient le rôle principal. Ils parlaient haut. Ils discutaient avec la gravité que donne à l'homme la conscience de se sentir nécessaire. Ils critiquaient le passé et auguraient de l'avenir, effleurant les faits qui avaient lieu dans le présent.

Dans l'un des groupes on s'émerveillait de la finesse allemande.

— Ce n'est pas pour rien qn'ils ont livré Clissa aux Turcs... Le Turc s'est entassé à Clissa, et il y restera sans bouger, tandis que les Allemands entreront à Serayewo... Ho!.. Les Allemands ne sont pas bêtes.

Ils formaient des plans de campagne.

Dans d'autres groupes, on parlait de l'édit du commissaire, et surtout de cette exception qui intriguait tout le monde au plus haut degré. Ce n'était pas le fait même d'un misérable crime d'Etat, qui intéressait les Uscoques, mais bien la personne de celui qui l'avait commis. Ils se perdaient en conjectures ; qui ce pouvait-il être? Ils devinaient. Ils citaient différents noms, de ceux même qui appartenaient à des hommes morts depuis longtemps. Quelqu'un eut une idée :

— Serait-ce Bertuci?

— Allons donc!

Il concluait des traités et il avait un chien

qui lui découvrait tous les secrets d'Etat.

— *Bré! Bré!*... — fit quelqu'un. Les Allemands l'ont pourtant entre leurs mains, avec ses traités, ses secrets et son chien. Ils n'iraient pas donner cent sequins pour lui.

— Cent sequins!... — s'écria quelqu'un.

— Une jolie somme!

On pourrait en acheter à Mlet le meilleur mousquet!

— Un mousquet qui part tout seul... fit quelqu'un d'un ton railleur.

— Et dix mesures de poudre par-dessus le marché!. dit un autre.

— Et une provision de balles! ajouta un troisième.

— S'il s'agissait de Bertuci, fit quelqu'un à haute voix, je le traînerais moi-même par les cheveux et je le donnerais aux Allemands pour dix sequins, pour nous avoir fait monter sur des échasses et revêtir des jupons d'osier.

Ces mots excitèrent les rires et les plaisanteries. On entendit des voix :

— Je le donnerais pour rien !... Je payerais encore, pourvu qu'ils le prissent!

Les rires résonnaient dans l'assemblée.

Parmi les rires s'élevèrent quelques voix plus sérieuses :

— Nous nous moquons ici de Bertuci et des Allemands, tandis qu'il ne faut pas oublier qu'aujourd'hui ou demain nous devrons marcher avec eux contre les Turcs. Il faut donc que nous soyons d'accord; et nous ne nous accorderons pas, tant qu'il y aura parmi nous quelqu'un qui ait fait un grand tort aux Allemands.

— Quel tort? posa-t-on la question.

— Un tort quelconque; cela suffit. Qu'est-ce cela? quel est-il? C'est leur affaire! Notre affaire est de leur donner satisfaction.

— Comment? questionnait-on de toutes parts.

L'interpellé ne savait pas répondre couramment. Il ripostait par généralités, il s'embrouillait, et de ce qu'il disait on pouvait présumer que son opinion était de se laisser couper un pan de l'habit, en d'autres termes, de sacrifier, pour l'amour de la paix, le coupable anonyme.

— Ils pourraient prendre la moitié de nous... argumentait-il. — Eh bien... quoi ?

ils n'en ont pendu que trois ?... Le grand malheur !... Ils en veulent encore un quatrième ! Donnons-le-leur !.

— Mais qui ?... qui... ? demandait-on.

Dans les groupes, on parlait du criminel inconnu. On en causait à haute voix, bruyamment ; on s'écriait :

— Que le commissaire public donne son nom !

Soudain, comme si l'ange du sommeil avait passé en secouant sur la foule sa guirlande de pavots, un silence profond s'établit. Ceux qui discutaient encore quelque part, dans les groupes éloignés, furent forcés de se taire par un :

— Psss... prolongé.

Le silence s'établit. Toutes les têtes se tournèrent vers le milieu de la place, et tous les yeux aperçurent la stature élevée de Djordji Miloschewitch.

On le reconnut immédiatement. Il n'avait pas changé ; il était seulement devenu plus délicat, et par là plus beau, et il ressortait par un contraste étrange sur le fond de ces figures qui portaient les traces de fatigues récentes, tout amaigries, basanées, sauvages.

Quant à lui, il sentait le raffinement.

Mais ce raffinement ne lui avait rien ôté des traits virils de son visage, ni des formes herculéennes de sa taille. Au contraire, il avait ajouté quelque chose d'insolite et d'imposant à tout son air, ce quelque chose que l'on ne peut exprimer, mais qui éveille le respect dans les foules.

Djordji était sans armes. Sur ce point encore, il se distinguait des siens. Quand il se fut arrêté au milieu, il promena lentement son regard tout autour et, se voyant l'objet de l'attention générale, il prit aussitôt la parole.

Sa voix résonnait forte, distincte et sonore:

— Savez-vous pour qui s'élève le quatrième gibet? dit-il. Pour moi.

Il appuya son doigt sur sa poitrine.

Une stupeur muette s'empara des assistants. Beaucoup d'entre eux ouvrirent la bouche et se changèrent en statues de l'oubli. Car ce n'était pas une chose ordinaire de voir un homme, condamné à la potence, venir la réclamer lui-même. Le père Cyprien et André Kosmatch n'étaient pas le moins étonnés.

Il reprit :

— Pour moi... et c'est juste. J'ai mérité un châtiment qui vous servira d'exemple, à vous et à vos enfants. J'ai négligé mon service... Le bonheur m'a souri, je me suis laissé entraîner. Je m'accuse devant vous publiquement et ouvertement, et je vous dis, frères et camarades, que ma faute n'est pas celle que le commissaire a écrite dans son édit ; mais elle est d'avoir, pour un instant, négligé mon devoir. Voilà ma faute, voilà mon crime ! Que les Allemands et les Mletichis m'accusent de ce qu'ils veulent. Je ne m'en soucierai pas. Je suis venu devant vous exprès dans ce moment, pour vous avouer une faute véritable, pour vous dire que j'ai sur ma conscience le sang de ceux qui ont péri à Clissa, afin que vous disiez à vous-mêmes et aux autres : Voilà celui qui aurait dû tomber sur le champ de bataille, comme un vaillant guerrier ; pour un instant d'oubli, il est mort sur la potence, comme un chien. Ma mort ne sera pas inutile.

Il se tut. Les Uscoques écoutaient encore. Il se tourna dans la direction de la porte du château, dans l'intention de se rendre au castel et de se livrer aux autorités allemandes; il fit quelques pas, mais il dut s'arrêter. Il trouva devant lui un rempart infranchissable. La foule se pressait autour de lui. Une rumeur s'éleva dans cette foule, une rumeur d'abord étouffée, qui croissait par degrés, qui montait comme le grondement d'une tempête éloignée; et tout à coup éclatèrent des cris formidables :

— Tu n'iras pas!... Tu resteras parmi nous!... Nous ne te donnerons pas.... Nous ne sommes pas des Judas.... Que les Allemands viennent te prendre. Ils passeront sur nos cadavres pour arriver à toi.... Oh! oh!

Et ainsi de suite; les cris et les menaces n'en finissaient pas.

On oublia la trahison qu'on lui reprochait. Par l'aveu de sa faute, il s'était gagné tous les cœurs, et cela parce que l'homme pris collectivement a le sentiment de la justice plus développé et plus délicat que l'homme pris individuellement. Il pressent des circonstances atténuant la faute. Il n'est pas aussi prompt à condamner sans appel, surtout lorsque les apparences trompeuses sont écartées, lorsque le coupable peut se présenter à la foule et confesser publiquement son crime.

C'était justement ce qu'avait fait notre héros.

Il se confessa, et dès qu'il l'eut confessée, sa faute lui fut immédiatement remise. Plus encore : ceux qui l'accusaient naguère étaient devenus ses défenseurs. Sa faute ne lui fut pas seulement remise ; elle fut oubliée. On se pressait autour de lui. On lui parlait de tous côtés.

— Djordji!... criait-on, *Kako si,* frère! Dieu te bénisse!

Et dans le lointain retentissaient les cris :

— Nous ne te donnerons pas!... Nous te défendrons!...

Dans les groupes on se moquait des bêtes d'Allemands, qui pensaient tenter les Uscoques avec cent sequins.

— Les bêtes d'Allemands! Ils ne nous tenteraient pas avec mille sequins!...

— Ils ne nous tenteraient pas avec dix mille sequins!

Le vacarme continuait. La foule se concentrait autour de Djordji, qui était bousculé, questionné, embrassé, caressé.

En attendant, il se produisit sur le théâtre des événements une scène qui mit tout de suite les sentiments de la foule à l'épreuve.

Un homme en costume espagnol parut à la porte du château et considéra un instant en silence ce qui se passait devant l'auberge. Un sourire ironique était suspendu sur ses lèvres, et rien que ce sourire, qui avait autrefois accueilli Annunziata dans le palais des Grimani, aurait été suffisant pour faire reconnaître Giuseppe Rabata, conseiller d'Etat, naguère délégué impérial à Venise, aujourd'hui commissaire extraordinaire à Sègne.

Le commissaire ne regardait pas uniquement en amateur des rassemblements populaires. Peu après son apparition, les portes du château s'ouvrirent toutes grandes, et des troupes allemandes en sortirent en bon ordre. A mesure qu'elles sortaient, les pelotons se rangeaient devant les portes. En peu de temps, la garnison presque entière se présenta de front à la foule. Il y avait là deux cents hommes en armes.

De son côté, la foule se présenta de front à l'armée, et au bout de quelques instants, il se forma dans cette masse confuse un ordre de bataille naturel, qui puisait son arrangement régulier dans la discipline militaire des Uscoques. Ceux qui n'avaient pas d'armes allèrent en arrière, ceux qui étaient armés prirent les premiers rangs et s'alignèrent les uns à côté des autres. Cela s'était fait de soi-même ; chacun visita son arme, la prit en main, et se mit en position.

Les préparatifs de combat s'étaient faits de côté et d'autre avec tant de rapidité, que l'on aurait pu croire qu'un magicien les avait évoqués d'un coup de sa baguette. Ici les rangs de l'armée, là les rangs des Uscoques. Ils se tenaient en face les uns des autres, à une distance de quelques dizaines de pas, et ils attendaient.

A la porte du château apparut un héraut suivi de deux trompettes, et il s'avança devant les rangs des Uscoques. Les trompettes s'arrêtèrent. D'une voix forte et distincte, au nom du roi et empereur, le héraut somma Djordji Miloschewitch de se livrer entre les mains de la justice. Avant qu'il n'eût achevé, sa voix fut couverte par un cri unanime :

— Nous ne le donnerons pas! nous ne le donnerons pas! nous ne le donnerons pas!

Le silence se fit. Djordji prit la parole :

— Frères! s'écria-t-il, ému jusqu'au fond de l'âme, je dirai aux Allemands qu'au lieu de me pendre, ils me laissent aller contre les Turcs et mourir avec vous.

— Tu iras devant nous, s'écria une voix.

La foule l'entendit.

— Devant nous! répéta-t-elle d'une voix de tonnerre.

— Jivio le woïvode!

— Jivio!... ces cris éclatèrent de toutes parts.

Derrière les rangs des Uscoques, au fond de la foule, parmi les femmes dont le nombre était au moins double de celui des hommes, une des femmes s'évanouit. On se précipita pour la ranimer. Il se fit un tumulte. Les mots suivants arrivèrent à Djordji :

— Louba s'est évanouie.

En un instant le fils se trouva près de sa mère. On lui jetait de l'eau à la figure.

La vieille femme ouvrit les yeux et tendit la main à son fils. Elle sourit.

— Je voulais, mon fils, te crier « Jivio ! » et mes yeux se sont obscurcis... C'est que, vois-tu, je suis si vieille... Les forces m'ont manqué tout à coup.

Les émotions trop fortes qu'elle avait éprouvées pendant ces quelques heures, avaient ébranlé son organisme usé par les années.

Djordji prit sa mère dans ses bras et l'emporta à la maison. La foule se rua sur ses traces avec les cris :

— Jivio le woïvode! Nous ne le donnerons pas!

André parla de la nécessité de mettre des gardes autour de sa maison. Cette proposition fut aussitôt approuvée, acceptée, et exécutée. Toute une tcheta s'installa devant la maisonnette de Louba. Dans les ruelles avoisinantes on établit des sentinelles. Sur la maison de Djordji on suspendit l'étendard sauvé de Clissa, et on le suspendit en signe de la solennité de l'élection, en signe de l'inviolabilité de celui qu'on avait élu.

XIII. — Deux fois la même ruse.

Ce qui était arrivé ne plaisait pas à Rabata. Il n'y a pas à s'en étonner. Une pareille rébellion ne pouvait plaire à l'homme dont la mission spéciale était de faire respecter l'autorité impériale. Le commissaire se trouva donc dans une position tellement embarrassante, qu'il ne pouvait rien entreprendre qui ne fût fâcheux. Employer la force? c'était courir un risque grave; il pouvait, en effet, se compromettre lui-même et compromettre son gouvernement, si la force était inefficace. La garnison du château comptait en tout deux cents knetchs et il y avait encore à Sègne jusqu'à quatre cents Uscoques. Dans tous les cas, et alors même que la garnison eût été plus nombreuse que les Uscoques, répandre le sang dans une querelle intestine, sous les yeux de l'ennemi et après la publication du manifeste impérial eût été d'une mauvaise politique et simplement nuisible. Fermer les yeux, n'était pas non plus une bonne solution ; c'était tolérer la désobéissance et laisser impuni un homme solennellement déclaré criminel. Des griefs personnels venaient encore aggraver la question ; Djordji Miloschewitch avait anéanti l'heureux résultat d'une négociation menée à bonne fin par Rabata. Le diplomate nourrissait donc dans son cœur un ressentiment profond et un âpre désir de vengeance ; or, Rabata était à la fois un diplomate allemand et un italien, c'est-à-dire que son désir de vengeance était en même temps très ardent et très subtil, un de ceux où le mot « dignité » appliqué au choix des moyens, n'a plus aucun sens.

Il y a cependant des situations si compromises qu'avec les plus indignes, les plus infâmes moyens, il est impossible de s'en tirer. Cela arrive souvent, dans les sphères diplomatiques, alors qu'un homme, ayant un problème devant lui, possède tout ce qu'il faut pour le résoudre, à l'exception de la force nécessaire. La force est encore souvent le meilleur argument diplomatique. Cet argument-là faisait justement défaut à Rabata. La garnison n'était pas nombreuse:

de plus, elle était réclamée par le chef des armées de la Slavonie, qui l'appelait à grossir les colonnes qu'il organisait pour marcher contre les Turcs. D'un jour à l'autre, la garnison du château devait partir pour le théâtre de la guerre, et il ne resterait alors à la disposition de Rabata que quelques pandours, gardiens de l'ordre public, qui ne pouvaient lui prêter qu'un secours absolument insuffisant. Cette circonstance mettait Rabata dans une position fort délicate. Il ne lui restait rien à faire qu'à dissimuler dans le moment présent et à chercher des expédients pour l'avenir.

C'était là le motif pour lequel, quand les Uscoques eurent proclamé Djordji woïvode, il donna l'ordre à la garnison de rentrer dans le château.

Ce n'était pas très politique de la part du commissaire. Les Uscoques crurent qu'ils lui avaient fait peur.

— Les Allemands perdent contenance, criaient-ils de côté et d'autre.

Mais il n'y avait pas d'autre parti à prendre. Le commissaire avait mis en avant la force armée pour effrayer les Uscoques : il avait échoué, il fallut donc se replier et chercher d'autres moyens. D'autres moyens, mais lesquels ? Rabata avait à combattre des adversaires obscurs et rebelles. Ils ne lui paraissaient pas difficiles à dompter, ce que prouvait d'ailleurs le succès qu'avait obtenu sur eux à Clissa le baron Norad, par l'emprisonnement de Bertuci.

— Jeter à la canaille un os de discorde, se dit Rabata en lui-même. Que les chiens s'entre-dévorent.

Le baron avait emprisonné le chevalier; le conseiller le relâcha. Et comme Bertuci, que l'on avait amené à Sègne quelques jours auparavant pour le mettre à la disposition du commissaire, reprochait à celui-ci la conduite indigne dont le baron Norad s'était rendu coupable envers lui à Clissa, Rabata lui fit la réponse suivante :

— Un malentendu, chevalier! un malentendu!... C'est une chose triste, mais essentiellement humaine. *Errare humanum est.* Un homme qui occupe une position telle que la vôtre, chevalier, ne doit pas s'arrêter à ces bagatelles. Le baron se laissait guider par la raison d'Etat et il a été entraîné dans l'erreur par de fausses apparences.

— Des apparences? interrompit Bertuci, des apparences? J'ai fait avec lui une convention claire et précise, j'ai conclu un traité verbal, mais non équivoque. J'enlève Clissa, et Norad me jette en prison, après avoir préalablement violé le traité, en faisant occuper le konak par la garnison de Splet; et de prison en prison, sans faire le moindre cas de mes réclamations, on m'amène ici, sans dire pourquoi, comment, pour quelle raison?... Des apparences? Je voudrais que quelqu'un m'expliquât cette conduite.

Bertuci était furieux. Rabata, comme on dit vulgairement, riait dans sa barbe.

— L'explication en est facile...dit Rabata.

— Je suis curieux de la connaître! interrompit Bertuci. Je l'ai réclamée à Clissa, à Splet, à Riecca, et nulle part on n'a su me répondre.

— Parce que l'affaire n'était pas éclaircie.

— Et qu'elle ne peut l'être... interrompit de nouveau Bertuci. Le traité était précis. J'enlève Clissa, et on me jette en prison. Qu'y a-t-il à éclairer là-dedans!...

Si je n'avais pas pris Clissa, je ne dis pas. Mais j'ai fait ce qui me regardait. Il fallait me laisser continuer. Je voulais traverser le pays de Cettigne et occuper la position de Bialobrzeg. J'avais l'intention de livrer en cet endroit un combat décisif, puis de continuer, de menacer Mostar à droite, Travonik à gauche, et d'arriver à Serayewo. Le peuple bosniaque n'attendait qu'un signal. J'aurais fait un signe, et les Bosniaques se seraient soulevés. Voilà?... Mais j'étais sous clef!

Rabata sourit ironiquement.

— Qui a perdu à ce jeu?... continuait Bertuci, sans remarquer ce sourire. Qui? Moi et l'empereur... Pour moi, peu importe...

— Quelle magnanimité!... articula Rabata à demi-voix.

— Mais Rodolphe II devrait citer Norad devant les tribunaux et le faire juger comme coupable de haute trahison. Je sais bien ce qui lui trottait par la tête! Il s'imaginait qu'en m'arrêtant il gagnerait les bonnes grâces des Turcs.

Remarquons ici que cette conjecture n'était pas tout à fait dénuée de fondement.

La diplomatie allemande s'efforçait à cette époque de gagner les bonnes grâces des Turcs, et elle avait même entamé des négociations pour leur livrer Bertuci, négociations abandonnées lorsqu'il fut évident que cette démarche n'empêcherait pas la guerre.

— Imbécile! Ane stupide! continuait Bertuci, appliquant ces épithètes à Norad. Il a privé en ma personne la cour impériale d'un puissant allié. Car nul ne savait mieux que lui ce que je proposais à l'empire : une alliance offensive et défensive! Le traité que j'avais conclu avec lui avait toute cette portée! Ane!... Imbécile!

— Ecoutez-moi, chevalier! glissa Rabata.

— J'écoute.

— Il y avait des apparences.

— Quelles apparences!.. Il n'y avait point d'apparences, et il ne pouvait y en avoir. Parce que...

— Permettez-moi de parler.

— Parlez.

— Vous avez campé à Salone.

— Et après?.. J'ai campé à Salone pour satisfaire la fantaisie de Norad, qui a trouvé bon de me donner pour société les lézards et les salamandres nés des cendres de Dioclétien. Je voulais établir à Splet mon quartier général et envoyer une avant-garde à Salone. Mais j'ai dû...

— Ecoutez-moi donc! interrompit Rabata avec impatience.

— J'écoute... répondit Bertuci tranquillement.

— A Salone...

— Je n'ai pas seulement pu y rester trois jours, et j'avais absolument besoin de trois jours, sans lesquels...

— Mais laissez-moi parler !

— Parlez.

— On vous a vu à Salone.

— On m'a vu faire mes préparatifs de campagne. Quel est le général qui s'en va en guerre comme à une promenade?

— Laissez-moi m'expliquer.

— Expliquez-vous.

— On vous a vu occupé...

— A disposer des destopèdes offensifs et défensifs et des boucliers sous-poitrinaires, et c'est pour cela que le baron von Norad a trouvé bon de me donner un croc-en-jambes au moment où la série de mes triomphes allait commencer. Ha! ha! J'y pensais justement lorsqu'on m'a ouvert la porte de la prison de Sègne et qu'on m'a appelé vers vous, conseiller. Il a trouvé bon de me donner un croc-en-jambes, parce que j'ai devancé mon siècle!

— Mais ce n'est pas pour cela!.. interrompit Rabata en élevant la voix, de manière à dominer celle de Bertuci.

— Et pourquoi?

— Laissez-moi donc m'expliquer!

— Expliquez-vous.

— C'est parce que, dit Rabata d'une voix élevée, vous avez conféré secrètement avec un partisan déclaré de la Curie romaine.

— Moi!... bégaya Bertuci.

Rabata répéta ses paroles.

— Avec qui?

— Avec Jean Alberti.

Bertuci se frappa le front de la main.

— Vous avez conféré avec lui à l'écart, en tête à tête.

— Je lui donnais mes ordres et mes instructions.

— Avouez-le vous-même, les apparences

étaient contre vous. Le baron devait procéder vigoureusement avec un homme qui conclut un traité avec la cour impériale, et qui s'entend en même temps avec la Curie romaine.

— Ce coquin d'Alberti !... s'écria Bertuci.

— On l'a tué... dit Rabata négligemment.

Bertuci fit un geste de dédain, gonfla les lèvres, respira bruyamment; il était évident que cette explication l'avait impressionné et dérouté, ce qui donna à Rabata le temps de parler.

— L'affaire s'est éclaircie. J'ai reçu l'ordre, non seulement de vous rendre la liberté mais encore, chevalier, de solliciter solennellement votre pardon.

Bertuci prit un air important.

— Et, continuait le commissaire sans permettre à Bertuci de prendre la parole, de vous témoigner que votre concours serait agréable à la cour impériale.

— Ah?!..

— Parce que, se hâta d'ajouter Rabata, la Turquie a déclaré la guerre à l'empire ; le vizir de Bosnie approche de la frontière à la tête d'une armée considérable et le ban rassemble des forces pour lui résister. Les Uscoques pourraient être fort utiles dans l'armée du ban.

A cette nouvelle, le regard de Bertuci s'alluma d'un éclat inaccoutumé.

— Les Uscoques sont revenus à Sègne... ajouta Rabata.

— Nombreux?... demanda Bertuci.

— Quatre cents environ.

— A mon appel, il y en aura quatre mille. Mais il me faut les préparer.

— C'est votre affaire. De mon côté, je puis vous assurer solennellement de mon assistance zélée. Je me mets à votre disposition. Seulement, chevalier, rappelez-les à l'ordre, ils en ont besoin.

— Je les réprimerai avec une main de fer.

— Il y a au milieu d'eux Djordji Miloschwitch... dit Rabata négligemment et comme par hasard.

— Lui!... fit Bertuci avec une moue de mépris. Je sais que faire avec des intrigants de cette espèce. Les diables ont pris Alberti, ils en ont pris d'autres, ils prendront encore Miloschewitch. Que je me montre seulement.

Il siffla Hassan-pacha, qui pendant tout le temps de la conversation était resté assis auprès de la porte, il fit un signe d'adieu à Rabata, et il sortit. Dans la cour du château, les soldats lui présentèrent les armes. Sur la place, le bourgmestre, averti sans doute par le commissaire, vint à sa rencontre et, avec un profond salut, lui fit l'offre d'un logement et de ses services. Bertuci le suivit, prit possession de son logement préparé dans une des maisons de la place et enjoignit au bourgmestre d'un ton de commandement d'appeler auprès de lui, woïvode de Bosnie, de Serbie, des côtes, etc., tous les tchetowozas qui se trouvaient à Sègne.

A cet ordre, le bourgmestre leva les épaules.

— Qu'y a-t-il?... demanda Bertuci, remarquant ce geste.

— Je ne sais pas s'ils voudront venir.

— Ah!... et pourquoi?...

— Ils ont élu un autre woïvode... Djordji Miloschewitch.

Cette nouvelle troubla Bertuci, qui ne perdit cependant pas son aplomb.

— Va auprès de chacun des tchetowozas et dis-leur que ce sont mes ordres...

Le bourgmestre s'en alla. Bertuci s'assit et se plongea dans ses réflexions. Sa physionomie réflétait la mobilité de ses pensées. Tantôt il baissait la tête, tantôt il la relevait; tantôt il fronçait les sourcils, tantôt son front s'éclaircissait; il remuait les lèvres et faisait des gestes, comme s'il soutenait avec lui-même un débat plein de contradictions.

Il resta longtemps assis. Il s'impatientait, Personne ne venait.

A la fin il vint un de ceux qui avaient appartenu à ses gardes du corps. Bertuci l'accueillit chaleureusement. Il s'élança, l'embrassa et le fit asseoir à ses côtés.

— Tu vois?... Ces scélérats d'Allemands m'ont joué un vilain tour. Mais nous réparerons cela, je compte sur toi.

Le nouvel arrivé soupira.

Il en vint un second de la même catégorie. Bertuci s'élança de nouveau, l'embrassa et le fit asseoir à ses côtés. Il lui dit aussi :

— Je compte sur toi.

Celui-ci soupira à son tour.

Il en vint encore un troisième, et la même cérémonie se répéta. Celui-ci prononça le nom de Djordji Miloschewitch.

— Je sais tout... dit Bertuci en lui coupant la parole. J'aurais empêché cela si j'avais pu me montrer plus tôt. Mais nous y remédierons. Je suis prêt à laisser à Miloschewitch le commandement des Uscoques de Sègne. Il ne peut prétendre à rien autre.

Tout à coup il demanda :

— Qu'est devenu l'étendard ?

— L'étendard existe... lui répondit-on. Il a été sauvé de Clissa par Henkowitch. Il flotte sur la maison de Miloschewitch.

— Allez-y tout de suite et rapportez-le-moi ! Cet étendard m'appartient, c'est ma propriété, à moi, woïvode de Bosnie, de Serbie, des côtes, et de tous les pays slaves. C'est moi qui l'ai fait faire. Allez-y, et rapportez-le-moi ici, tout de suite !...

Voyant que son ordre ne produisait pas

l'effet voulu, et que ceux auxquels il était adressé se regardaient avec surprise, il répéta énergiquement :

— Voyons, allez-y !

— Ils ne le donneront pas... dit l'un d'eux.

— Ils ne peuvent pas ne pas le donner... répliqua Bertuci. Le droit est de mon côté ; personne ne peut le nier.

— Oui, c'est vrai ; mais respecte-t-on toujours le droit ?

— J'en appellerais à la justice... Je ferais un procès... Ils doivent me rendre ce qui m'appartient !... Comment !... on m'a élu woïvode de la Bosnie, de la Serbie, de la Croatie, des côtes et de tous les pays slaves ! J'ai fait faire un étendard ! Et le premier blanc-bec venu pourrait me l'enlever ?

Le bourgmestre rentrait avec une mine déconfite.

— Eh bien?... demanda l'ex-woïvode.

— J'ai rempli tes ordres. Je suis allé chez chaque tchetowoza. Je leur ai répété tes paroles et ils m'ont répondu...

Il s'arrêta embarrassé.

— Qu'ont-ils répondu?

— Que tu ailles t'adresser, non à des hommes, mais à des chiens.

— *Maikamiegowa*!... Je leur apprendrai!... Allons!

Il fit un signe aux assistants, siffla Hassan pacha, et se tournant vers le bourgmestre :

— Conduis-nous à la maison de Djordji Miloschewitch!

Bertuci ne manquait pas de courage, de celui qu'on appelle le courage civil. Il était prêt à tout entreprendre, et c'était là ce qui lui avait valu une position en vue parmi des hommes qui se trouvaient dans une situation anormale, entourés de dangers qui touchaient presque à l'impossible, et qui étaient par conséquent toujours attirés par les entreprises téméraires. Ce que Bertuci allait tenter était téméraire; et cela plut à ceux qui osaient encore s'avouer ses partisans. Ils le suivirent. Bertuci, précédé du chien aux orbites rouges, gesticulant des bras et dardant de dessous ses sourcils froncés des regards menaçants, traversa la ville à grands pas. Les passants le regardaient avec curiosité : quelques-uns se joignaient à son cortège, poussés par la curiosité.

— Où va-t-il?... Que va-t-il faire?

La démarche à laquelle le chevalier voulait recourir prouvait que cet homme connaissait certaines particularités de l'âme humaine qui constituent son côté faible. Cette démarche prouvait entre autres choses que Bertuci savait quelle est l'influence des symboles sur les imaginations populaires. En effet, qu'est-ce que l'étendard? Comme la couronne, le sceptre, la massue, c'est un symbole, la représentation d'une idée, et c'est à ce titre que l'on s'incline devant eux. La foi naïve des peuples entoure cette représentation d'un respect qui est la source de puissances mystérieuses, Il en émane un charme, un prestige, qui se communiquent au personnage auquel se rapporte le symbole. C'est pour cela que Bertuci, dès qu'il eut obtenu le commandement des Uscoques, avait pensé tout d'abord à se couvrir de l'ombre d'un étendard. C'est pour cela aussi que maintenant l'étendard lui venait tout de suite à l'esprit. Il y voyait une condition de son retour au pouvoir. Et il ne se trompait pas. L'étendard jouissait d'un grand prestige. Et le prestige de celui que Bertuci voulaitreprendre était maintenant d'autant plus grand qu'il avait été sauvé de Clissa. Cet étendard avait reçu le baptême du feu. Troué par les boulets turcs, et arrosé du sang des Uscoques, il leur était devenu plus cher et plus précieux. Il n'y avait pas de doute que si, au lieu de flotter sur la maison de Djordji, il avait flotté sur celle de Bertuci, les Uscoques y auraient vu le doigt de Dieu, la volonté de la Providence, et qu'ils en auraient été passablement embarrassés.

Bertuci avait compris cela.

Il se hâtait de reprendre l'étendard, comme sa propriété. Ceux qui étaient avec lui pouvaient à peine le suivre. Il était évident qu'il voulait apparaître soudainement, surprendre les assistants, s'emparer du symbole de l'autorité et se mettre sous sa protection.

Et cela lui aurait peut-être réussi, si son arrivée avait été soudaine, s'il était apparu au milieu des Uscoques qui gardaient la maison de Djordji, comme s'il tombait du ciel.

Mais hélas ! il avait commis une erreur, et

cette erreur avait tout gâté. Il avait envoyé le bourgmestre porter ses ordres aux tchetowozas. Cela avait répandu à Sègne la nouvelle de son apparition. Les tchetowozas lui refusèrent l'obéissance. Le public les acclama. L'ordre donné avant de s'être rendu maître de l'étendard avait fait naître des commentaires qui, passant de bouche en bouche, excitaient des rires bruyants parmi les Uscoques postés devant la maison de Djordji. On se rappelait les échasses, les jupons d'osier et les piques fixées sur des cercles, on parodiait les mots et les gestes de Bertuci, et l'on s'attendait à ce qu'il ferait suivre son ordre de quelque acte. On ne savait pas précisément ce que ce serait, mais tout ce qu'il aurait fait maintenant était dépouillé d'avance de tout prestige.

— S'il apparaissait ici... Ha! ha! ha! s'écriait-on.

Il apparut.

On vit d'abord accourir Hassan-pacha. La vue du chien causa une certaine impression, sans doute parce que l'on n'en avait pas parlé. Le silence se fit parmi les Uscoques, que le chien flairait l'un après l'autre, et qui reculaient devant lui, non sans quelque crainte, jusqu'à ce que l'un d'eux, plus audacieux, se fût hasardé à lui lancer au flanc un violent coup de pied. Le malheureux chien poussa un hurlement de douleur. L'exemple de l'audacieux fut suivi par les autres. Hassan-pacha, roué de coups, courut se réfugier auprès de son maître, qui marchait droit à l'étendard, la tête fièrement rejetée en arrière.

Quand on doit échouer, l'échec est amené, d'ordinaire, par l'incident le plus insignifiant.

Hassan-pacha bondit entre les jambes de Bertuci et le jeta de tout son long par terre, et cela juste au moment où il levait la main et ouvrait la bouche dans l'intention de frapper les esprits par quelque brève allocution. Cet accident fit éclater parmi les Uscoques un rire homérique.

Bertuci se releva instantanément, mais il n'était plus temps. Il parlait, on riait ; il gesticulait, on riait; il bondit vers l'Uscoque le plus rapproché, et celui-ci le repoussa. Bertuci se retourna vers celui qui se trouvait en face, qui le repoussa aussi ; il s'adressa à un troisième qui le repoussa en s'écriant :

— Pas à moi !

Le quatrième le poussa en répétant le cri :

— Pas à moi?

Il se forma un cercle, dans lequel Bertuci était bousculé, poussé et repoussé en tous sens. On se le rejetait de l'un à l'autre comme une balle. Il criait :

— A moi l'étendard !

On répondait :

— Pas à moi !

Une hilarité générale accompagnait ce jeu. Les uns pleuraient à force de rire, les autres se tenaient les côtes, d'autres se tordaient, d'autres se couchaient par terre. Dieu sait combien de temps cela aurait duré, sans la diversion que produisit involontairement Annunziata. Elle se montra sur le seuil et attira sur elle l'attention de tous. Un murmure d'admiration parcourut la foule. Le rire cessa peu à peu. On cessa de bousculer Bertuci. Les Uscoques se groupèrent en demi-cercle devant le seuil sur lequel la belle Italienne s'était arrêtée.

La curiosité des Uscoques effaroucha l'épouse de Djordji. Elle resta un instant sur la porte et se réfugia dans l'intérieur de la maison. On se souvint alors de Bertuci, mais il n'y était plus.

On se mit à parler d'Annunziata.

— *Lépa* (1)... *lépa*... — répétaient les assistants, et ils faisaient claquer la langue en branlant la tête.

— *Lépa... lépotitza.*

— Il n'est pas étonnant que Djordji ait oublié Clissa.

— Qui ne l'aurait pas oubliée !

Ils secouaient la tête et faisaient claquer la langue, et ils ne pensaient plus à Bertuci.

Ainsi, l'os de discorde que Rabata avait jeté et sur lequel il comptait, n'avait servi à rien. Chaque chose, dit-on, doit être faite en temps et lieu. Le même moyen n'a pas deux fois le même succès. Le baron avait réussi à Clissa à brouiller les Uscoques et à les rendre impuissants ; Rabata n'y réussit pas à Sègne. Dès sa première démarche, Ber-

(1) *Lépa*, belle ; *lépotitza*, très belle.

tuci échoua complètement. Irrité, excité, compromis, discrédité, il revint à son logement; il s'assit à sa table pour écrire; il écrivit pendant toute la nuit, et le lendemain il mit au jour deux actes ; une protestation contre l'usurpation du commandement, adressée aux tribunaux de la ville, et une plainte contre l'enlèvement illégal de son bien et les violences commises contre sa personne, le tout adressé au commissaire extraordinaire.

Rabata, averti préalablement de ce qui s'était passé, prit en main la plainte, la parcourut du regard et la jeta dédaigneusement sur la table.

— Eh bien, conseiller d'Etat?... fit le chevalier.

— Rien... répondit le conseiller d'un ton sec et bref.

— J'exige que l'on me fasse justice!

Rabata haussa les épaules.

— Je réclame l'assistance que vous m'avez si solennellement promise!

— Je vous l'aurais certainement accordée si...

— Si?... interrogea Bertuci.

— Si vous vous étiez emparé de l'autorité sur les Uscoques d'une main de fer, comme vous le disiez...

— C'est-à-dire, fit Bertuci avec un sourire amer, que vous m'auriez accordé votre aide, si je n'en avais pas eu besoin...

Ces derniers mots du charlatan qui a joué un rôle remarquable dans notre récit mériteront d'être notés dans la mémoire. Ce fut, à ce qu'il semble, la seule vérité qui s'échappa, involontairement, des lèvres de Bertuci. On reconnut qu'on n'avait plus besoin de lui; il s'était usé comme instrument, et on le rejeta. Il fut mis de côté. Nous ajouterons encore, pour n'avoir plus à y revenir, que, n'ayant rien à faire à Sègne, il se rendit à Gratz, et de là à Prague, où il termina ses jours, importunant jusqu'à la fin les dignitaires de la cour de Rodolphe II par les réclamations, les plaintes et la revendication de ses prétendus droits. Telle est la relation que nous donne l'histoire de la fin de sa carrière. Elle n'appartient plus à notre récit.

Rabata fut obligé, bon gré, mal gré, de se soumettre aux circonstances, qui lui devenaient de jour en jour plus défavorables.

Le ban, campé sous les murs de Kostel, insistait pour qu'on lui envoyât au plus tôt la garnison et les Uscoques. Les forces dont il disposait étaient si faibles que même un soldat isolé lui était précieux ; à plus forte raison un corps qui comptait six cents hommes ! Il envoyait courrier sur courrier pour réclamer un secours prompt. On ne pouvait donc traîner. On n'avait pas le temps d'inventer de nouveaux moyens de vengeance; celui que l'on croyait avoir sous la main faisait défaut. Rabata n'avait plus qu'à se soumettre à la force des choses et à se conformer aux ordres du ban.

On fait beaucoup quand on y est forcé.

Nous ne nous chargeons pas de décrire ce qui se passait dans le cœur du conseiller d'Etat. Nous dirons seulement qu'à l'extérieur il sut garder toute la gravité convenable au rang qu'il occupait ; il se retira de la scène au fond du château, et, par l'intermédiaire du chapelain de Sègne, il annonça aux Uscoques qu'ils avaient à faire leurs préparatifs pour se rendre en toute hâte aux frontières menacées.

Cet avertissement laconique mit au comble la satisfaction de ces enfants de la guerre. Ils oublièrent le mal qu'ils avaient souffert, la catastrophe sanglante, les pertes irréparables, les fatigues d'une course errante par des sentiers non tracés; ils oublièrent tout le passé, pour ne plus s'occuper que de l'avenir.

— Nous marchons contre les Turcs!... voilà les mots par lesquels les Uscoques se saluaient en se rencontrant.

— Contre les Turcs!... ils se jetaient dans les bras les uns des autres et pleuraient de joie.

Il leur semblait que Dieu lui-même leur envoyait cette guerre pour venger ceux qui étaient tombés à Clissa, pour les venger complètement, car ils s'imaginaient que le ciel aurait enfin pitié des souffrances de leur patrie, et qu'il mettrait un terme au règne des musulmans.

Et de nouveau Sègne se remplit d'une vie d'une ardeur belliqueuse.

Ni Rabata, ni aucun autre représentant de l'autorité impériale, ne se mêlait en aucune façon de l'organisation intérieure des Uscoques. Ils possédaient sur ce point une indépendance absolue, qui se fondait non sur des lois écrites, mais sur des coutumes respectées de part et d'autre. Cela était surtout vrai pour l'organisation militaire. C'est ce qui fournit au commissaire impérial un prétexte pour se désister honorablement des poursuites commencées contre Djordji.

— Puisque les Uscoques l'ont nommé woïvode, on suspend les poursuites légales dirigées contre sa personne.

Tel était l'éclaircissement donné par le chapelain aux Uscoques qui étaient en rapports directs avec lui.

Cet éclaircissement avait l'air, d'un côté, de respecter la volonté des Uscoques, et de l'autre, il n'engageaiet à rien vis-à-vis de Djordji. Son affaire était suspendue, mais non abandonnée. Et comme, en même temps, on enleva les gibets des remparts, la suspension des poursuites prit un air de sincérité et écarta du cœur des Uscoques les soupçons tenus continuellement en éveil par cette exposition.

Tout s'arrangeait donc pour le mieux, les vides même que Clissa avait faits dans les rangs se comblaient rapidement par de nouveaux arrivants, qui, à la nouvelle de la guerre, accouraient de tous côtés, d'Ottohatch, de Mushenitza, de Busnisht, de Bern, de Brebir, de Modrush, des îles, en un mot, de toute la contrée pour laquelle Sègne jouait le rôle de foyer central. Il va de soi que ce n'étaient pas seulement des gens échappés à la domination turque; les sujets impériaux et les sujets vénitiens entraient aussi dans les rangs uscoques; mais, comme c'était en temps de guerre, on fermait les yeux sur cet abus. On avait besoin du plus grand nombre possible de soldats.

En effet, l'empire n'était pas prêt pour la guerre. Jusqu'au dernier moment la diplomatie allemande avait conservé l'espoir de détourner l'orage et, à son grand étonnement, des influences secrètes et puissantes détruisirent les combinaisons les mieux imaginées, qui avaient pour but de conserver une paix si agréable à Rodolphe II. La tempête approchait menaçante, mystérieuse. On recevait de Stamboul, de Roumélie, des nouvelles sur les troupes nombreuses qu'on mettait sur pied en Europe, en Asie et en Afrique. Une armée s'était réunie sous les murs de Serayewo et s'était mise en marche du coté des frontières de la Croatie. On ne pouvait plus se taire illusion. Dans toutes les églises de l'empire, on ordonna aux fidèles d'implorer le Dieu des armées. L'atmosphère elle-même était lourde, étouffante. Le soleil se couchait tout sanglant; des comètes sillonnaient le ciel, des détonations étranges éclataient dans les airs; des apparitions terribles glaçaient les populations. On sentait l'approche d'un fléau.

XIV. — Gare aux femmes!

— Père Cyprien, parle-lui de Dieu, inspire-lui de la confiance en Celui qui veille sur la créature la plus misérable, inspire-lui la soumission à sa volonté.

— Mère, réchauffe-la à la chaleur de ton cœur, pleure avec elle et priez ensemble.

Tels étaient les mots que Djordji adressait au moine et à Louba.

— Et toi, Annunziata... Et toi, Annunziata...

Il voulait parler à sa femme éplorée, mais les mots lui manquèrent.

Il ne put qu'articuler.

— Ne pleure pas...

Et quoique ses yeux fussent secs, on sentait dans l'intonation de sa voix les larmes qui inondaient son cœur.

— Ne pleure pas.

— Je ne pleure plus... répondit Annunziata, relevant la tête et essuyant les traces de ses larmes sur ses joues et sur ses paupières. Vois-tu? mes yeux sont secs.

En effet, ses larmes avaient tari, en un clin d'œil il se passa en elle une métamorphose étrange. Un instant avant, c'était une femme affligée, désespérée; soudain, elle était devenue un génie incarné sous les traits d'une jeune femme.

— Je voudrais pouvoir t'aider.

Elle réfléchit, comme pour se rappeler quelque chose. Au bout d'un instant, elle prononça à voix lente ces mots :

— Je m'en souviens. Tu me parlais des cheveux blancs d'un homme qui était sans cesse présent à tes yeux. Cet homme était ton père. Je le vis aussi, et je le vois maintenant... Je le vois... Il m'a inspiré mon amour pour toi... Mon Djordji! Je ne t'aurais pas aimé, n'avait été ton père, qui m'a fait verser les premières larmes, à moi, l'enfant du bonheur. Les premières larmes et le premier amour se sont rencontrés dans mon cœur et ont été bénis par la main invisible du martyr.

Elle leva la main.

— Va au nom de ton père!... Que son esprit te guide... Qu'il veille sur toi.

Elle était d'une beauté admirable, avec un regard sérieux et austère dont le rayonnement l'enveloppait, pour ainsi dire, d'une auréole lumineuse et d'une majesté souveraine.

— Va, dit-elle, ne te soucie pas de moi. Je puiserai des forces dans la source qui a fait naître mon amour. Ma pensée t'accompagnera, ma prière t'assistera.

Djordji regarda sa femme avec des yeux pleins d'une reconnaissance indicible; il la serra contre son cœur, embrassa sa mère et, accompagné de sa femme, de sa mère, du père Cyprien, et de quelques-uns des principaux Uscoques, il se rendit sur la place du château, où se rangeaient les colonnes guerrières.

La garnison du château était déjà sous les armes et occupait l'aile droite; les Uscoques se formaient sur l'aile gauche.

Les Knechts allemands, étrangers dans un pays où un ordre les avait envoyés, attendaient tranquillement, appuyés sur leurs lances ou sur leurs mousquets et regardaient de côté, les uns avec attendrissement, les autres avec dédain, l'agitation qui se manifestait parmi les Uscoques. C'était l'agitation d'adieux interminables. Chaque guerrier était entouré. Chacun d'eux se séparait de quelqu'un, celui-ci de sa famille, celui-là de ses amis. Aussi les rangs ne se formèrent-ils qu'à l'arrivée de Djordji Miloschewitch. Les femmes, les enfants, les vieillards, les amis, les connaissances se retirèrent de côté et se groupèrent en deux masses compactes, laissant au milieu le champ libre pour les tchetas rangées en bon ordre. L'étendard flottait au milieu. A côté de l'étendard se tenait Djordji tout armé. On attendait le commissaire qui devait faire la revue des troupes et donner le signal du départ.

On n'attendit pas longtemps.

Nous n'entreprendrons pas de décrire la revue. D'ailleurs, elle ne méritait aucune description. Ce n'était qu'une formalité ; le commissaire devait s'assurer de ses propres yeux du départ des Uscoques, pour pouvoir inscrire dans son rapport au gouvernement: J'ai vu. Rabata passa lentement devant le front de l'armée; il s'arrêta au milieu, parcourut les rangs du regard, et ce fut tout. Il avait fait ce qui le concernait. Il fit ensuite un signe. Le chef de la garnison commanda en allemand :

— *Rechts* !

Les Knechts tournèrent à droite.

— *Marsh* !

Ils partirent.

Les Uscoques s'ébranlèrent après eux.

Voilà tout ce que nous avions à dire sur le départ des troupes de Sègne, mais non sur les personnages qui nous intéressent.

Pour donner plus d'importance à l'acte qu'il accomplissait, Rabata avait paru complètement armé à la façon des guerriers. Il était revêtu d'une cuirasse; un casque lui protégeait la tête ; une épée lui pendait au côté. Et quand il apparut dans ce costume sous le portique du château, parmi ceux qui l'attendaient deux hommes ressentirent une singulière impression. La vue de ce guerrier sembla les éblouir. Ces deux hommes étaient Djordji et le père Cyprien. L'un et et l'autre furent ébahis. Djordji fronça le sourcil, considéra le commissaire pendant un instant ; puis il haussa les épaules et se dit à lui-même :

— Non, cela ne peut être... Mes yeux me trompent... Une ressemblance fortuite.

Le père Cyprien se frottait les yeux, tendait le cou, penchait la tête tantôt à droite, tantôt à gauche, comme fait un homme qui regarde avec une curiosité surprenante, et se disait à demi-voix :

— Mais c'est lui... c'est lui-même !... Mes yeux ne me trompent pas... Il est présent à ma mémoire, car je l'ai regardé très attentivement. La même taille, la même armure... le même homme !... Hem !

Il secouait la tête et regardait tour à tour Djordji et Annunziata.

La première impression passée, Djordji avait repris son attitude tranquille. Annunziata, après avoir jeté un œil indifférent sur Rabata, qu'elle savait être commissaire impérial, n'avait de regards que pour un seul être au monde, pour son mari. Le moine ne put rien y lire d'autre que ce qu'on lit dans les yeux d'une femme aimante qui considère celui qu'elle ne doit peut-être plus jamais revoir.

Sous ce rapport on y lisait beaucoup de choses.

Annunziata se trouvait dans une position des plus délicates. L'amour l'avait fait descendre des plus hautes sphères de la société dans les plus humbles, et là elle ne possédait rien ni personne que lui seul. Elle était le lierre qui a enlacé le chêne de ses rameaux, qui l'a entouré de ses feuilles et qu'une tempête arrache à son arbre protecteur. Elle avait tout sacrifié pour Djordji, elle avait brisé pour lui les liens de la famille et de la société; pour lui, elle était entrée dans un monde étranger, et elle y restait toute seule.

Elle y restait seule. Qui avait-elle, en effet, à ses côtés? La mère de son mari, qu'elle ne pouvait pas même comprendre;

et le père Cyprien, resté à Sègne sur les instances de Djordji, et qui ne pouvait la comprendre, elle. Personne ni rien, excepté l'espérance du retour de son mari. Et s'il ne revenait pas? Voudrait-elle profiter du droit institué dans le but de protéger les femmes uscoques, et accorder sa main à un autre guerrier? Voudrait-elle s'adresser à sa famille et rentrer dans le patriciat de Venise, comme la veuve d'un homme considéré comme un simple brigand.

Sa position, on le voit, était plus que délicate. Elle ne s'en inquiétait pourtant pas, et on lisait dans ses yeux, non le souci, mais quelque chose qui commandait aux autres de se soucier d'elle. On y voyait briller une résignation poussée aux dernières limites, à un oubli complet du lendemain. On y voyait briller une témérité d'une espèce toute particulière, une témérité où brûlait la flamme de l'inspiration, et d'où semblait émaner un ordre, qui envoyait l'être adoré aux plus grands périls. On y lisait :

— Va là, où mille morts t'attendent ! Fais ton devoir !

La même expression avait autrefois brillé

dans ses yeux, pendant le combat singulier entre Djordi et Tiepolo. Si Djordji avait eu peur alors et s'il avait reculé, il lui serait devenu odieux.

L'amour des femmes de cette trempe est dangereux pour les hommes qui ne possèdent pas dans l'âme un courage à toute épreuve.

Le moine ne trouva donc pas dans les yeux d'Annunziata ce qu'il pensait y trouver. Ils ne lui dirent rien de Rabata, car ils n'avaient rien à dire à ce sujet. Le conseiller d'Etat était un personnage désagréable et même dangereux, jusqu'à un certain point, à Venise, pour la signorita Grimani, comme délégué de la cour impériale, chargé de négociations diplomatiques qui touchaient sa propre personne; il était dangereux pour la vigilance toute particulière dont il l'entourait. Mais tout cela était passé. Rabata, commissaire, était pour elle un personnage indifférent. Elle lui jeta un coup d'œil rapide, et elle reporta ses regards sur son mari qui, armé de pied en cap, à la tête de ses bataillons, ressemblait au dieu de la guerre. Un sentiment de fierté maternelle faisait monter les larmes aux yeux de Louba. Annunziata ne pleurait pas.

Quand les tchetas tournèrent à droite, Djordji jeta aux deux femmes un dernier regard et leur fit un signe d'adieu; — les tchetas s'ébranlèrent, — il partit.

La foule se jeta sur les traces des guerriers.

Ils ne descendirent pas au port, comme autrefois. Ils prirent la route qui mène à Nowa, le long du canal de Morlaquie. Sur la route, les bataillons s'étendirent en une colonne longue et mince, brillante comme le dos du serpent. Ils furent visibles pendant longtemps. Par moments ils disparaissaient, comme s'ils s'enfonçaient sous terre ; et puis ils se montraient au-dessus des sinuosités de la côte ; parfois ils apparaissaient sur les collines, comme un torrent roulant ses flots, par-dessus des blocs de rochers. Un étendard doré et étincelant flottait devant les Uscoques. Longtemps les femmes épièrent du regard les mouvements de la colonne. Annunziata et Louba ne détachaient pas les yeux de l'étendard, auprès duquel avançait Djordji.

Enfin les guerriers disparurent, mille poitrines exhalèrent un soupir qui les suivit comme un dernier adieu. Les Ségnins retournèrent lentement à la ville, privée de défenseurs à tel point que, si l'ennemi s'était montré sous les murailles, il aurait trouvé en tout huit pandours pour lui résister. Du reste rien que des femmes, des vieillards et des enfants, quelques marchands, quelques ouvriers, et dans le château, le commissaire extraordinaire, retenu à son poste par la raison d'Etat. La république de Venise devait savoir que la cour impériale avait l'œil tourné sur les Uscoques dont, il n'y avait plus trace à Sègne.

Cependant, à la rentrée des femmes dans les murailles de la ville, le commissaire ne se trouvait pas au château. Rabata se promenait à grands pas devant la maisonnette de Louba et, s'arrêtant de temps à autre, il avait l'air d'un homme qui attend quelqu'un.

Il était facile de deviner qui il attendait. Une satisfaction sarcastique éclatait de temps à autre dans ses yeux.

Mais l'expression de son regard devint

douce et aimable, au moment où Annunziata, accompagnée de Louba et du père Cyprien, déboucha au coin de la rue.

Le moine s'arrêta en apercevant le conseiller. Annunziata manifesta une légère surprise, mais elle continua tranquillement son chemin. Louba se mit à trembler de tout son corps, comme saisie d'un mauvais pressentiment.

— J'ai l'honneur de vous présenter mes respects, signorita, commença Rabata avec un salut chevaleresque.

Annunziata répondit au salut par un signe de tête plein de gravité, et prononça les paroles suivantes :

— Vous oubliez, conseiller d'Etat, que j'ai cessé d'être signorita... Du moment où je suis devenue femme mariée, on me doit le titre de signora.

— Pardonnez, signora, si je vous ai manqué. J'ai employé le titre que tout noble Vénitien vous donnerait en ce moment, sans excepter votre père, plongé dans l'affliction.

Les derniers mots furent prononcés avec accent.

— Je répondrais à chacun, sans excepter

mon père, ce que je vous ai répondu, signor, dit Annunziata.

Elle voulait passer, mais Rabata lui barra le chemin.

— Pardonnez-moi, signora, d'être venu si tard mettre mes hommages à vos pieds ; c'est la faute de circonstances indépendantes de ma volonté.

— Oh !... répondit Annunziata avec un geste qui témoignait, qu'elle ne lui en voulait pas du tout pour cela.

— J'ai appris trop tard votre séjour à Sègne, j'avais tant d'embarras, tant d'occupations !.. Pas une minute de liberté.

— Qui occupe une position telle que la vôtre, conseiller d'Etat, ne perd pas son temps à visiter les épouses des Uscoques... répliqua Annunziata.

— Oh ! vous êtes toujours pour moi la noble fille d'un patricien de Venise, et si je m'excuse devant vous, signora, d'avoir si longtemps tardé à remplir mon devoir, à vous présenter mes hommages, c'est pour vous prier de me pardonner d'avoir négligé encore une autre obligation.

— Laquelle ?... demanda Annunziata,

frappée par le ton singulier de ces dernières paroles.

— Celle d'avoir souffert que vous soyiez si longtemps soumise à des privations de tout genre.

— Vous êtes trop poli, signor Rabata ; je ne manque de rien.

— De tout, signora, à commencer par l'air de Venise, et à finir par un entourage convenable.

— L'air me convient et le choix de mon entourage n'appartient qu'à moi seule.

— Pas tout à fait, signora... répliqua Rabata d'un ton où perçait une note impérieuse. Il y a certains devoirs de société auxquels il n'est pas permis de se soustraire, pas même à des beautés comme vous, signora.

Il s'inclina avec courtoisie.

Annunziata lui jeta un regard sévère. Elle se redressa, en le regardant ; elle semblait grandir.

— Cela n'est pas permis, signora, répéta-t-il avec un sourire ironique, et j'ai l'honneur de vous déclarer qu'en bas, dans le port, une galère est à l'ancre, sur laquelle j'aurai le plaisir de vous accompagner à

Venise. Un père affligé et une mère désespérée vous attendent pour vous recevoir dans leurs bras.

Annunziata étendit la main, releva la tête, et ses lèvres ne jetèrent qu'un mot bref et sec :

— Hors d'ici !

Rabata sourit avec mépris ; il frappa dans ses mains ; les pandours apparurent aux angles des maisons et se rangèrent en demi-cercle.

— La force ! s'écria Annunziata.

— Signora, ne m'obligez pas à maudire une triste nécessité. Si je suis contraint de recourir à la force, ce sera vis-à-vis de la femme d'un bandit condamné à la potence, jamais vis-à-vis de la noble signorita Grimani. C'est pour cela qu'au premier abord je vous ai encore appelée signorita. Je veux garder envers vous tout le respect, toute la politesse. Vous serez traitée à bord avec les égards dus à votre illustre naissance. Je serai le premier à vous servir.

Annunziata porta instinctivement et rapidement la main à sa poitrine, et un « ah ! » plaintif s'échappa de ses lèvres. Elle n'y trouva pas le poignard, dont elle n'avait pas prévu la nécessité. Elle se sentit désarmée.

Rabata aperçut le mouvement, il entendit et comprit le sens de l'exclamation.

— Je vous préserverai, continua-t-il, inclinant la tête avec un respect plein d'ironie, de tout accident, et je vous remettrai saine et sauve entre les mains de vos nobles parents.

Annunziata se trouvait dans une position sans issue. Devant elle Rabata, souriant d'un sourire satanique, et les pandours en demi-cercle. Elle se retourna machinalement, comme pour chercher du secours derrière elle, et elle n'en trouva pas. Le moine consterné se tenait non loin d'elle, les mains jointes sur la poitrine et la tête baissée, ne sachant que faire. Louba n'y était pas; dès qu'elle eut vu apparaître les pandours, elle avait pris la fuite.

Il n'y avait donc aucune aide il n'y avait aucun secours.

La pauvre femme leva les yeux au ciel, joignit les mains, et s'écria avec désespoir:

— Mon Dieu!

Rabata continuait avec la plus grande politesse :

— Je serais heureux, *signora mia*, si vous vous rendiez à bord de plein gré,

Il appuya sur les mots « de plein gré ».

— Il n'est pas dans mes intentions de vous imposer la moindre contrainte. Au lieu d'entrer dans cette misérable chaumière, rendez-vous seulement dans cette rue — il la désignait de la main — descendez jusqu'au rivage, un bateau vous y attend... Ce bateau vous conduira à la galère... Vous trouverez sur le pont tout ce qui vous sera nécessaire : une cabine à part, meublée avec tout le soin possible, et une cameriste à votre service, seulement pas Pepita.

— Pepita !... répéta Annunziata avec effroi.

— Oh! Pepita !... fit Rabata en poussant un soupir.

— Qu'est-elle devenue ?

— Je l'ignore... Je ne souhaiterais cependant à aucune Pepita de se trouver à sa place...

— Santa Madonna ! s'écria la malheureuse.

— C'est une raison, une raison de plus, signora, pour vous hâter de rentrer à Venise... Si Pepita se trouve dans une position qui n'est pas à envier, il n'y a qu'un seul être au monde qui puisse la délivrer, et c'est vous, signora. Il n'y a pas à tarder, le bateau est prêt, la galère attend.

Annunziata ne bougeait pas.

— Le vent est favorable... Après-demain, ou dans trois jours au plus tard, vous vous trouverez dans le palais de marbre de vos ancêtres.

La femme de Djordji s'était renfermée dans un silence absolu. C'était le seul moyen auquel elle pût avoir recours. Ni la prière, qui n'aurait servi à rien, ni la résistance, qui était impossible, ni l'acquiescement à la proposition de Rabata de se rendre *de plein gré* au rivage, ne s'accordaient avec sa dignité de femme. Elle se taisait et écoutait.

Rabata pérorait poliment, parsemant ses phrases de coups d'épingles ; soudain il s'arrêta. Il tendit le cou et dressa les oreilles. Un bourdonnement étrange remplissait les airs et approchait de plus en plus distinct. Un bruit singulier, des exclamations et des cris aigus frappaient l'oreille à tout instant.

— Qu'est-ce que c'est? demanda-t-il aux pandours.

Les pandours tendirent le cou comme des grues. Ils écoutaient.

— Ce ne peuvent être que... les femmes. prononça l'un d'eux avec hésitation.

— Les femmes! confirma un autre.

Soudain, de toutes les rues et de toutes les ruelles, des femmes sur girent en colonnes serrées et approchèrent rapidement du groupe composé d'Annunziata, de Rabata et des pandours. Les femmes étaient armées, celle-ci d'une quenouille, celle-là d'un tisonnier, une autre d'une perche, une autre d'une pelle à enfourner le pain; quelques-unes portaient des bûches de bois, ou bien des pots pleins de cendre chaude, ou encore des pierres. Cette foule approchait vivement, et, apercevant l'ennemi qui était pour elle Rabata et les pandours, sans rien demander, sans entreprendre aucune démarche préliminaire, elle se rua impétueusement sur eux, avec force cris et glapissements.

Attaqué à l'improviste, le commissaire voulut se défendre. Il voulut d'abord se mettre à couvert derrière les gardiens de l'ordre public; il se retourna, les pandours n'y étaient plus. L'un d'eux, apercevant dans la colonne sa propre femme, comprit que ce n'était pas pour rire et donna l'exemple de la fuite. Les autres le suivirent. Ils tournèrent les talons à la seule vue des bataillons féminins. Rabata resta seul.

Il dégaîna l'épée. Mais mal lui en prit.

S'il avait suivi l'exemple des pandours, il en serait sorti sain et sauf; s'il avait imploré merci, il aurait peut-être reçu quelques coups, mais peu; mais en levant contre les femmes son bras armé d'une épée nue, il les déchaîna contre lui et s'attira des coups dont la dixième partie aurait suffi pour assommer à moitié un homme. Elles lui jetaient des pierres, elles le couvraient de cendres, elles le rouaient de coups de bâtons, elles le frappaient à la tête, elles le bourraient de coups, et chacune d'elles mettait son point d'honneur à le frapper au moins une fois. Les coups étaient accompagné de cris.

— Voilà pour toi, pour venir attaquer la femme d'un Uscoque!

— Voilà pour toi, pour ne pas laisser tranquille une femme dont le mari est allé à la guerre !

Rabata, qui s'était d'abord défendu avec exaspération, perdit bientôt son épée ; son casque lui tomba de la tête, sa cuirasse fut brisée et se détacha par morceaux ; enfin, il tomba lui-même. Les femmes frappaient toujours, elles bondissaient et piétinaient sur lui. Elles se stimulaient l'une l'autre. Les femmes assommaient Rabata et criaient :

— Qu'il s'en souvienne ! et qu'il le raconte à ses arrière-petits-enfants !

Dans des cas de ce genre, les femmes sont sans pitié. Et elles défendaient ici leur propre intérêt. En prenant, en effet, la chose à un point de vue général, sans entrer dans les motifs particuliers, une femme uscoque avait été attaquée. Ce qui arrivait aujourd'hui à Annunziata pouvait arriver demain à chacune d'elles. Aussi les femmes, apprenant de Louba ce qui se passait, en furent-elles indignées, et elles s'empressèrent d'arracher Annunziata aux mains du commissaire qui, disaient-elles, pouvait être envoyé à Sègne pour pendre les Uscoques sur les murailles, mais non pour emmener leurs femmes hors des murs.

Elles lui arrachèrent donc Annunziata, et elles poussèrent la chose un peu trop loin. Rabata gisait à terre sans haleine. Il ne le devait pourtant qu'à lui-même. Pourquoi avait-il tiré l'épée? Pourquoi n'avait-il pas suivi l'exemple des pandours?

Le P. Cyprien vint enfin à son aide, quand, à vrai dire, il ne pouvait plus lui être d'un grand secours.

— Arrêtez-vous, femmes!.. criait-il, les bras levés au ciel, vous le tuerez!.. Un chrétien!.. Il mourra sans confession!.. Vous perdez une âme!

Ces paroles firent revenir les femmes de leur emportement. Elles cessèrent de frapper et s'assemblant en petits groupes, elles discutaient sur leurs droits avec volubilité. Le champ du combat se vidait peu à peu. Le moine, appelant à son aide quelques hommes attirés par la bagarre, transporta au château le commissaire qui avait à peine un souffle de vie. Cet accident fournit au moine l'occasion de proférer la sentence suivante :

— Voilà comme le Seigneur punit ceux qui s'attaquent aux hommes sans défense!... Il a autrefois attaqué un voyageur qui avait pour toute arme un bâton de pèlerin; et le voilà assommé lui-même sous les coups de bâton.

Annunziata fut ainsi sauvée miraculeusement. Il va sans dire qu'elle n'avait pas pris la moindre part à toute cette affaire. A la première apparition des bataillons féminins, un passage libre s'était ouvert devant elle; elle s'élança, se précipita dans l'intérieur de la maison, et se jeta à genoux devant l'image de la sainte Vierge. Des clameurs sauvages arrivaient à ses oreilles. Enfin, tout s'apaisa. Elle ignorait comment l'affaire avait tourné. La vieille femme ne savait pas le lui expliquer. Elle devina d'après ses gestes qu'elle pouvait être tranquille, mais elle ne savait quelles étaient les conditions de sa tranquillité. Le moine vint enfin le lui expliquer, ajoutant que si Rabata ne mourait pas, il se passerait beaucoup, beaucoup de temps avant qu'il ne guérît.

— Grâce à Dieu, il a eu au moins le temps de recevoir les saints sacrements.

— Mais vous, signora, dit-il à Annunziata après une courte réflexion, vous ne pouvez rester à Sègne. N'y eût-il aucune autre raison, cet accident seul rendrait votre séjour impossible. Quant aux autres raisons, il est clair que l'illustre République tient absolument à vous reprendre ; et, sachant où vous êtes, il lui sera facile d'y arriver, d'une manière ou d'une autre.

La justesse de cette observation était évidente ; mais quel parti fallait-il prendre ? On vint bientôt à bout de cette difficulté. Car il fallait se hâter, et disparaître de Sègne sans laisser aucun vestige. Le P. Cyprien se procura un âne le jour même ; le bât était prêt. Annunziata revêtit un costume de paysanne, et le lendemain, au point du jour, ils quittaient Sègne à trois, le père Cyprien, Louba et Annunziata à la recherche d'une sécurité que l'on ne pouvait trouver à cette époque que dans un pèlerinage incessant d'un endroit à l'autre. Annunziata se réserva la faculté de se diriger toujours de manière à se trouver le plus près possible de Djordji. C'était une condition à laquelle Louba se prêtait de bon cœur, et le moine n'y trouvait rien à redire ; la connaissance du pays, possédée à fond par la vieille femme et par le P. Cyprien, la rendait facile à exécuter. Ils fermèrent la maisonnette, dans laquelle tout resta dans le *statu quo*, pour détourner les soupçons, et ils s'engagèrent sur la route qu'avaient prise les soldats. Ils ne suivirent cependant pas l'armée. Ils entrèrent dans les montagnes et y disparurent, effaçant ainsi toute trace derrière eux.

Djordji n'avait pas le moindre soupçon du péril auquel les femmes uscoques avaient arraché son épouse. Chaque fois qu'il pensait à elle, et il y pensait souvent, il se la représentait soit devant l'image de la Vierge, soit sous le châtaignier, tantôt en larmes, tantôt en prière, ou bien plongée dans la rêverie. Lui aussi, il aurait voulu plus d'une fois pleurer, prier et rêver. Mais il devait feindre la bonne humeur pour ne pas donner un mauvais exemple à ceux de ses compagnons qui avaient aussi quitté leurs femmes. De plus les embarras inhérents au commandement d'un corps de six cents soldats occupaient son esprit et l'arrachaient forcément à sa douleur. Il fallait penser à tout et pour tous. Il ordonna donc à son cœur de se taire, pour avoir la tête libre, et il amena ses troupes en bon ordre à Kostel, au camp où se réunissaient, sous le commandement suprême du ban, toutes les forces que l'on pouvait mettre sur pied à la hâte dans les environs.

L'arrivée des Uscoques causa une grande joie dans le camp ; l'un des principaux motifs de cette joie était que l'armée campée sous Kostel se composait en grande partie de leurs compatriotes. Excepté les garnisons tirées des châteaux et des forteresses, tout le reste était des Croates. La cavalerie, qui formait les trois quarts de l'armée, avait été fournie en partie par les seigneurs croates, les Krusitch, les Frangipanowitch et d'autres venus à la tête de leurs détachements, en partie par des volontaires, des miliciens qui étaient montés à cheval et s'étaient groupés par districts. Aussi le camp présentait-il un aspect des plus pittoresques. Des costumes variés et somptueux, des figures belliqueuses, des chevaux fringants, beaucoup d'ardeur et d'animation, mais hélas ! peu de monde. Quatre mille hommes en tout. L'arrivée des Ségnains avait donc son importance. Deux cents Knechts et six cents Uscoques augmentaient les forces presque du cinquième, et ceux qui arrivaient étaient des hommes sur la vaillance desquels on pouvait compter dans une guerre contre les Turcs. Car si les Croates nourrissaient dans le cœur une haine vivace contre les adeptes du Coran, qu'était-ce à plus forte raison des Bosniaques !

Aussi les Croates reçurent-ils les Bosniaques à bras ouverts. Des éclaireurs avaient annoncé leur approche et plusieurs bannières sortirent au-devant d'eux. On mit en perce plusieurs tonneaux de vin, on leur distribua une double ration de pain et de lard, et de plus de l'ail et des poivrons à discrétion. La musique, les cris de « Jivioe ! » les coups de pistolet tirés en leur honneur ébranlaient les airs.

On leur désigna enfin une place dans le campement, et on invita Djordji à se rendre auprès du ban.

Le ban fit à Djordji un de ces accueils qui

captivent le cœur dès le premier abord. Rabata et le gibet se présentaient involontairement à la pensée de notre héros, comme comparaison avec la bienveillance chaleureuse qu'il rencontrait chez un dignitaire si haut placé. Et c'était un homme sérieux, avancé en âge, un guerrier qui ne conduisait ni pour la première, ni pour la deuxième fois ses armées au combat. En conversant avec Djordji, il reconnut qu'il avait affaire à un homme éclairé, qui possédait des connaissances étendues.

— Oh!.., dit-il, je vois, messire le woïvode des Uscoques, que l'on peut et que l'on doit vous parler ouvertement.

Et il lui exposa toute la situation, qui n'était rien moins que brillante. Les armées chrétiennes se montaient tout au plus au chiffre de cinq mille hommes. Les armées turques se comptaient par quarante mille. D'après les nouvelles les plus récentes, ces dernières avaient déjà passé la frontière et, laissant une forte garnison à Bihalek, elles s'étaient emparé de vive force d'Ugne et de Sissek. La direction de leur marche était déjà évidente. C'était la vallée de la Kupa.

Ils voulaient arriver par cette vallée à la route qui menait à Sègne, et s'emparer de cette forteresse.

— Sègne est leur but... disait le ban. C'est vous qui êtes cause des tracas qui viennent nous assaillir. Les Turcs ne cherchent pas à le déguiser; ils ont déclaré la guerre uniquement à cause de vous. Il convient donc que vous nous prêtiez un vaillant secours. Je vous ai tout raconté, jusqu'aux moindres détails, afin que vous réfléchissiez pendant la nuit à ce qu'il y a à faire dans notre situation. Nous nous réunirons demain en conseil de guerre.

Pendant toute la nuit notre héros médita et réfléchit ; mais il ne pensait ni à Annunziata, ni aux moments passés sous le châtaignier.

A l'aurore, il fut appelé chez le ban.

Le ban avait établi son quartier général dans la ville.

Tous les chefs des détachements les plus considérables se réunirent chez lui : des Allemands, des Madgyars, des Croates. La salle brillait d'armures dorées et de pierres précieuses, auprès desquelles le simple costume de l'Uscoque faisait un contraste frappant. Mais, pour la noblesse et la dignité de son extérieur, le mari d'Annunziata ne le cédait à personne.

Le ban ouvrit la conférence. Il exposa nettement la situation et invita chacun des assistants à émettre son avis.

Les opinions étaient diverses, elles se partagèrent en deux camps : la minorité proposait de tenter la fortune dans une bataille rangée, la majorité se déclara pour la méthode de Fabius Cunctator.

Vint le tour de Djordji.

— A mon avis, commença le chef des Uscoques, il faut tenter le combat sans s'exposer à une défaite qui serait imminente, si cinq mille hommes se mesuraient en rase campagne avec une armée de quarante mille. Les Turcs doivent traverser la Kupa. Il faut les attendre au passage du fleuve avec des forces peu considérables, qui devront devancer l'ennemi et se préparer à une résistance opiniâtre. Les troupes désignées pour ce but n'auront qu'à élever une petite redoute non loin de la rivière, à l'entourer d'une palissade et à la fortifier le plus solidement possible. Après avoir opéré le passage, le Turc se jettera sur la redoute, et si la défense en est acharnée, il dirigera toutes ses forces contre elle. Alors le reste de l'armée chrétienne devra attaquer.

— Et écraser les Turcs occupés à prendre d'assaut la redoute, acheva le ban.

Et se tournant vers l'assemblée :

— Que vous en semble, nobles seigneurs? Le conseil est bon, mais à condition d'être mis en pratique par celui qui le donne. Car voici ce qu'il faut observer. Le détachement qui occupera la redoute doit être préparé d'avance à ce que pas un homme n'en échappera vivant. C'est cependant l'unique moyen, sinon de vaincre l'ennemi, du moins de retarder sa marche.

Les assistants tournèrent sur Djordji des regards interrogateurs et pleins de sympathique compassion.

— Les Uscoques iront-ils en avant ? demanda le ban.

— Ils iront... répondit Djordji tranquillement.

Là-dessus se termina le conseil.

Une heure plus tard, les tchetas uscoques n'étaient plus dans le camp. Elles avaient pris la route qui descend dans la vallée de la Kupa, et de là dans la vallée de la Save, et enfin au Danube, le grand fleuve slave. Devant elles marchait notre héros, en compagnie d'André Kosmetch. Ils causaient.

— Frère André, il faut que tu nous quittes.

— Ah !

— Et que tu ailles faire visite aux Turcs.

André claqua de la langue à la façon musulmane et secoua la tête.

— Ils m'ont vu à Clissa et ils paraissent s'être convaincus que je ne suis pas un fou.

— C'est dommage !... dit Djordji. Tu aurais pu nous rendre un grand service.

— Dis ce que c'est, et je verrai.

— Il faudrait exaspérer les Turcs contre nous.

— Continue.

Djordji expliqua à André le plan de campagne dans ses dispositions principales.

— S'il en est ainsi, c'est autre chose. Après demain matin je saluerai les Turcs. Seulement, dit-il après un silence, accorde-moi ce que je te demanderai. Sur le retranchement, à côté de l'étendard, plante aussi un *buntchouk** turc.

— Pourquoi cela? fit Djordji étonné.

— Pourquoi? Ne le demande pas. Plante un buntchouk, et je te réponds que la fureur des Turcs ne connaîtra pas de bornes.

— Hem... répliqua Djordji d'un ton qui signifiait : Qu'il en soit ainsi!

La conversation s'arrêta. Ils marchaient en silence, André réfléchissait, et Djordji aussi réfléchissait, et tous deux contemplaient avec quelque mélancolie la nature environnante. A quoi pensaient-ils? Le premier aux Turcs sans doute et peut-être à autre chose encore; le second à la plateforme, à la lutte prochaine, à sa vieille mère et à sa jeune épouse abandonnée.

XV. — Borghum senesi.

L'art de dresser les camps ne s'est élevé

* *Buntchouk*, lance ornée d'une queue de cheval.

chez aucun peuple à un si haut degré de perfection que chez le peuple turc ; il constituait, surtout dans les temps plus anciens, sa spécialité. Un peuple nomade avait fondé un empire, sans rien perdre cependant de ses penchants caractéristiques. Le besoin d'errer de lieu en lieu avait pour ainsi dire pénétré dans ses veines, et il ne le quittait pas même dans les circonstances où il fallait se fixer une fois pour toutes. C'est pourquoi la contradiction suivante nous frappe chez les Turcs : ils établissaient les villes comme des campements; ils établissaient les camps comme des villes. C'est pourquoi aussi ils n'ont pas perfectionné l'art de construire des bâtiments, mais en revanche ils ont perfectionné l'art de camper, d'établir des villes ambulantes, l'art d'habiter sous des tentes.

Les tentes des chefs turcs se distinguaient par une somptuosité merveilleuse.

La tente de Hassan-pacha, vizir de la Bosnie, était un édifice de toile, comptant quelques dizaines de chambres plus ou moins grandes et séparées en plusieurs parties par de grandes cours. A l'extérieur, elle était ornée de drapeaux, de franges, de festons, et de draperies chatoyantes; à l'intérieur, les parois des chambres étaient en étoffes de soie ou plissées ou tendues et bordées de larges galons d'or. Chaque pièce était d'une couleur différente : verte, jaune, rose, bleue, etc. Le long des parois s'étendaient des divans commodes, le sol était recouvert de tapis moëlleux. Les supports ou colonnes qui soutenaient les tentes étaient en bois odorants. L'encens parfumé brûlait en des vases d'argent. Dans les cours jaillissaient des fontaines. En un mot, le luxe était poussé au plus haut point. Au milieu des fatigues de la guerre, le noble représentant du Padischah ne manquait de rien, pas même de son harem qui occupait toute une moitié de la tente et qui se trouvait sous l'autorité immédiate de Franceska-Hanem.

A côté de la tente du vizir se trouvait celle de son représentant, d'Osman-bey qui, nous le savons, était le chef réel de l'expédition. Cette tente ne se distinguait que par une simplicité qui frisait l'exagération. Plus grande que les autres, elle ne différait en rien, quant aux ornements, de la plus modeste. Elle était soutenue par des colonnes de bois auxquelles pendaient des armes et des cuirasses. Le sol était couvert d'un tapis qui servait pour le repos et pour le sommeil, mais surtout pour la prière ; à chaque appel du muezzin qui convoquait les fidèles du haut d'une colline élevée à cet effet, Osman-bey récitait les prières avec la plus grande dévotion. Une selle lui servait de coussin, un manteau de couverture. La tente était ouverte jour et nuit, afin que chacun vît le chef, veillant même dans son sommeil. C'était un exemple de vigilance et de simplicité guerrière ; quant à Hassan-pacha, il représentait la majesté de l'autorité suprême. Le premier avançait à cheval à la tête de l'armée ; le second était porté dans une litière, derrière les derniers rangs.

Les tentes de Hassan-pacha et d'Osman-bey étaient toujours placées de manière à ce qu'ils pussent embrasser d'un coup d'œil tout le camp disposé en échiquier. Au milieu des tentes des simples soldats, celles des généraux se distinguaient par leur forme et par leur grandeur. Les chevaux étaient attachés par files. Les chameaux reposaient à l'écart. Sur les places bivouaquaient des bataillons différents par leurs costumes et leur armement. Ici de sombres colonnes de janissaires en cottes de mailles et en casques à visière, avec de courtes lances et de grands boucliers; là des Albanais dans leurs fustanelles blanches, avec des boucliers ronds, des arcs ou des fusils; là les montagnards sauvages de l'Arnaülick; ailleurs des Turcs avec de gros turbans; ailleurs encore des volontaires nouvellement enrôlés, dont l'origine et la nationalité étaient une énigme pour eux-mêmes; et au milieu de cette foule, des spahis en costumes magnifiques et montés sur des chevaux fougueux, l'élite de la cavalerie, prise pour modèle dans l'Europe entière. Plus loin, on voyait des canons de tout calibre, des fourgons et des troupeaux de buffles noirs employés pour l'attelage. Partout où on l'établissait, le camp présentait un spectacle des plus pittoresques.

L'armée arriva à Sissek et dressa ses tentes auprès de la Kupa, à quelque distance de ses bords. Le chef prudent voulait d'abord s'assurer du passage. Les forces impériales ne s'étaient pas encore opposées aux Turcs ; on pouvait donc s'attendre à ce qu'elles essaieraient de défendre le passage, et cela était d'autant plus probable, que le soleil de juin avait fait fondre les neiges des montagnes et que le fleuve roulait des flots tumultueux. L'armée turque arriva et dressa ses tentes sur les collines. A ses pieds s'étendait une verte vallée, coupée en deux par la Kupa. Sur le bord opposé se dressaient des collines, parmi lesquelles serpentait une route poudreuse.

Un détachement envoyé le soir en éclaireur revint sans rapporter aucune nouvelle qui pût faire entrevoir les intentions de l'ennemi. Les bords du fleuve étaient tranquilles, mais on n'avait pas trouvé un seul bateau pour passer à l'autre rive et y prendre des informations.

— Si cela continue pendant la nuit, demain je ferai jeter les ponts et j'effectuerai le passage, se dit Osman-bey.

Les éclaireurs envoyés le lendemain rapportèrent des nouvelles moins favorables. Sur la rive opposée on voyait des soldats, postés comme pour défendre le passage.

Osman-bey dépêcha aussitôt plusieurs détachements pour prendre langue, et se rendit lui-même chez Hassan-pacha.

Les toiles de la tente du vizir étaient relevées, ce qui formait sur le devant une large ouverture. Hassan-pacha reposait à moitié étendu, et laissait errer ses regards sur le camp, sur la vallée et sur les hauteurs situées vis-à-vis.

Ils échangèrent les formules de cérémonie.

— *Salam alelkiem... Alelkiem salam.*

— *Sawala-chayresen...Sarvala-chayre.*

— *Nosh gieldy... Safal gieldy.*

Enfin le vizir demanda :

— *Ne wara? ne yok?* (Qu'y a-t-il? que n'y a-t-il pas ?).

— *E... ici*, répondit Osman-bey.

Il fit ensuite un rapport sommaire de ce qui s'était passé; il le termina en disant qu'il attendait le retour des éclaireurs.

— Interroge-les en ma présence... dit le pacha.

— Ta volonté sera faite, répliqua Osman-bey.

Bientôt un des détachements revint, sans

amener personne ; enfin il s'en présenta un autre, qui amena devant la tente un homme en laisse.

Osman-bey mesura le captif du regard. C'était un homme en haillons, nu-pieds, tenant en main une branche dont il se couvrait comme d'un parasol. En le voyant, Hassan-pacha se mit à rire.

— Ha ha... Ha ha... C'est André le fou ! tu n'apprendras rien de lui.

Osman-bey sourit ironiquement.

— Si c'est, comme tu le dis, pacha, André le fou, il nous en apprendra plus que tout autre.

Et il jeta l'ordre à l'une des sentinelles :

— Qu'on appelle ici le beylerbey de Clissa.

Un instant plus tard, le beylerbey s'inclinait humblement devant le bey.

— Reconnais-tu cet homme? interrogea Sokolitch.

— Je le reconnais, effendim.

— C'est lui qui a amené les Uscoques à Clissa?

— C'est lui-même, effendim.

— Il est aussi fou que moi et toi, Pacha-effendim, dit Osman-bey au vizir. C'est un de ces chiens enragés qui mordent à la dérobée. C'est un giaour qui s'insinue dans les secrets des fidèles, et qui nuit plus que tous les autres giaours ; c'est un chien, un *pezeivinck*, un espion.

— Alors, qu'on le pende, répliqua brièvement le pacha, ou qu'on l'écartèle, ou qu'on l'empale, ou qu'on le brise sur la roue.

— Il faut d'abord tout apprendre de lui.

— *Pekii*... Qu'on allume le feu et qu'on apporte les fers.

Osman-bey fit un signe. Avant qu'on eût achevé les préparatifs pour la question, il jeta l'œil sur Kosmatch, qui regardait d'un air singulièrement égayé tantôt le bey, tantôt le pacha, et qui leur tirait la langue. Le bey fronça les sourcils; le pacha souriait. Le premier jetait des regards menaçants, le second se promettait un spectacle dont son âme de tigre se réjouissait d'avance.

On finit enfin les préparatifs. On alluma un foyer, on mit sur le feu une chaudière d'eau bouillante ; dans la braise, des fers rougissaient ; on planta dans le sol deux pieux, dont l'un muni d'une manivelle; à côté de ces pieux se placèrent les bourreaux, les manches retroussées au-dessus des coudes avec des cordes, des tringles, des marteaux, des tenailles, des aiguillons, des crampons et autres instruments employés à cette époque pour la question.

— Vois-tu?.. dit le bey à André, en lui montrant des yeux les instruments de torture.

André lui rendit un salem turc.

— Ne raille pas avec moi!.. Préfères-tu mourir vite, ou dans les tortures?

— *Yii*, effendim... J'ai vu ce matin Mahomet. Il m'a dit qu'il te ferait frotter de suie, pour te faire semblable à un nègre.

Les joues du bey commençaient à trembler d'irritation.

— Où est l'armée chrétienne?

— La tourterelle chante : *kou-krou... kou-krou*... Pourquoi ne chante-t-elle pas: Osman-bey est bête!.. Osman-bey est bête!.. Ha, ha, ha!

Le pacha se mordait les lèvres, tellement cela l'amusait. Les soldats groupés en demicercle, attirés par l'espoir d'un spectacle curieux, étaient persuadés qu'André était fou. Un homme doué de son bon sens aurait-il pu garder un tel sang-froid en présence des préparatifs de torture?

— Où est l'armée chrétienne?... répéta le bey d'un ton menaçant.

— L'armée?... ah!... Tu demandes l'armée, mon minet?... Comme tu es curieux!... Approche un peu, que je te caresse.

Il étendit la main.

— Assez!... s'écria le bey. Prenez-le!

Il fit un signe. Les bourreaux saisirent André et le lièrent horizontalement entre les pieux. L'un d'eux tourna la manivelle. André fut étendu dans l'air.

Le bey fit un nouveau signe. Un des bourreaux plongea un aspersoir dans l'eau bouillante, et lui arrosa le ventre.

— Yaou!... s'écria André d'une voix plaintive.

— Où est l'armée chrétienne?

— Dans le nid de l'alouette.

Le bey fit un signe. Le bourreau se mit à tourner la manivelle, André se mit à chanter.

— Ah!... ah!... ah!... s'écriait-il.

La douleur lui arrachait ces exclamations.

— Aïe !... hurla-t-il, lorsqu'on lui appliqua un fer rouge sur la nuque.

— Où est l'armée chrétienne?

— Demande-le à tes enfants, aux petits-fils du Padischah.

Osman-bey tressaillit. Comme pour se venger de ses douleurs physiques, André l'avait touché moralement ; il lui avait rappelé qu'il n'avait point d'enfants, ce qui faisait la honte et la tristesse de sa vie.

— Continuez!... cria-t-il aux bourreaux.

Deux hommes lui mirent une poutre sous les coudes, et un troisième approcha d'André avec un marteau et se mit à marteler lentement les jointures. Chaque coup arrachait au martyr un cri déchirant.

— Où est l'armée chrétienne?

— Derrière la montagne...

— Que fait-elle?

— Elle nourrit un chien, appelé Hassan-pacha, et elle attend l'arrivée du vizir de Bosnie, pour qu'il rende à ce chien le *salam-alelkiem.*

Hassan-pacha, dont les traits exprimaient

jusqu'alors une grande satisfaction, bondit sur son divan, s'élança en avant ; ses joues pâlirent, ses lèvres blanchirent et tressaillirent, la colère ne lui laissant prononcer que ces mots :

— Brisez ! brisez ! brisez !

Le bourreau saisissait avec les tenailles une côte après l'autre ; il la tirait et la brisait.

André hurlait d'un gémissement continu, qui s'échappait à travers ses dents serrées.

Hassan-pacha était retombé et haletait sur ses coussins.

— Que fait l'armée chrétienne ?

— Elle élève des retranchements.

— Brisez ! brisez ! grommelait le vizir.

Le bourreau, ayant fini avec les côtes, cassait les os avec des pinces.

En ce moment, Kosmatch avait un aspect effroyable. Ses yeux étaient voilés de sang, sa figure était violette, tout son corps était couvert de taches bleuâtres, le sang suintait à travers la peau déchirée. Le bourreau continuait lentement son opération, la suspendant de temps en temps afin qu'Osman-bey pût poser ses questions.

— Où élèvent-ils des retranchements?

— Sur la route.

— Seront-ils grands?

— Pour deux cents Uscoques.

— Uscoques? s'écria le pacha.

— Les impériaux se barricadent derrière eux, dit le bey à demi-voix.

Il continuait :

— Où est le reste des Uscoques?

— C'est tout, il n'y en a plus.

— Qui les commande?

— Ton gendre.

Le bey tressaillit et répéta sa question :

— Qui les commande?

— Le fils de Milosch Widulitch, Djordji... ton gendre... il marche à la tête des Uscoques, et devant lui on porte un buntchouk fait avec la tresse de Fatma Sokolitch.

A ces mots, le bey bondit sur lui-même et s'élança sur le martyr, qui se trouvait dans un état où il ne pouvait certainement plus le voir. Les yeux d'Osman-bey flamboyaient de fureur, ses lèvres frémissaient, ses dents claquaient. Il bondit. Il s'arrêta. Il saisit Kosmatch par l'épaule, si fort que le malheureux en gémit.

— La tresse de Fatma Sokolitch !.. s'écria-t-il d'une voix frémissante de rage. Parle ! parle ! J'ai faim de ta chair !... Mes dents remplaceront les tenailles !... Parle !... Où a-t-il pris la tresse de ma fille?

— Il est allé trouvé le cadavre... au tombeau... Ils se sont tant aimés !... répondait d'une voix faible le martyr.

Le vieillard saisit ses cheveux à deux mains et gémit du plus profond de sa poitrine.

— Ils se sont tant... aimés !

La voix d'André se coupait à tout moment.

— Brisez ! brisez ! criait le vizir.

— Tu l'as tuée... elle... à Djordji... au fils de Vidulitch... ses tresses... longues... noires... ses tresses virginales... oh !

Il soupira profondément.

— Mon Dieu !.. Bosnie !.. Bosnie !.. Bosnie ! ...

Il poussa ce dernier mot d'une voix forte et sonore.

Et ce fut le dernier mot de sa vie.

— Brisez !.. criait le vizir.

— Parle ! s'écria le bey.

Mais tout était inutile.

Le bey resta encore un instant penché au-dessus du cadavre ; ensuite il se redressa, passa la main sur ses yeux, comme pour dissiper le voile qui les couvrait ; il roula autour de lui un regard terrible, et s'écria d'une voix puissante, en levant au ciel son poing serré :

— Je me vengerai !... je ne lâcherai pas un Uscoque vivant !

Et le vizir criait de son côté :

— Qui remettra entre mes mains le chien et Bertuci, je lui donnerai une bourse pleine d'or !

Bientôt après, le vieux bey était monté sur son cheval ; il parcourait le camp et donnait des ordres.

Il apprit de la bouche de captifs saisis par d'autres éclaireurs qu'en effet on élevait des etranchements sur le bord opposé, que ces retranchements étaient défendus par les Uscoques, et que les Uscoques étaient commandés par Djordji. Il en conclut que tout ce qu'avait révélé le prétendu fou était vrai. La rage s'emparait de lui à la pensée qu'il ne pouvait transporter d'un coup son armée sur l'autre bord et attaquer les Uscoques tout de suite. Il devait, bon gré mal gré, se plier aux règles de l'art, creuser des tranchées disposer l'artillerie, construire des radeaux, occuper la rive opposée, jeter un pont sur un fleuve profond et impétueux et seulement après faire passer son armée. Le passage fut assez vivement défendu par les impériaux. La cavalerie repoussa dans l'eau plusieurs bataillons turcs. Mais enfin la victoire, disputée pendant toute la journée, demeura du côté des forces supérieures en nombre. Les troupes impériales se retirèrent, laissant derrière elles une redoute carrée, occupée par les Uscoques, et qui ne put être abandonnée à temps, uniquement parce que Osman-bey était parvenu, par une manœuvre rapide et habile, à séparer du corps impérial ceux qui s'y trouvaient, et à leur fermer toute issue. C'était du moins ce qu'il croyait

— Je les tiens ! s'écria-t-il. Ils ne m'échapperont pas ! et il sourit.

Il aurait pu attaquer le retranchement tout de suite, mais il préféra remettre l'assaut au lendemain, et cela pour entourer les Uscoques d'un cercle de fer, de manière à ce que pas un ne pût échapper. Il craignait que les fuyards ne profitassent des ténèbres de la nuit. Dans ce but, il fit personnellement une reconnaissance et à plusieurs reprises il disposa les divisions à leurs postes et fortifia toutes les issues possibles. Une souris, semble-t-il, n'aurait pu entrer dans le retranchement ni en ressortir.

Avant la nuit, tout le camp turc fut transporté sur le bord de la Kupa, sur lequel s'élevait la redoute des Uscoques. La tente du vizir fut dressée en un point d'où Hassan-pacha pouvait, couché sur son divan, examiner les phases successives du combat ; on transporta le pacha en litière; on fit passer son harem après lui, et le noble dignitaire, fatigué par le bruit de la fusillade qui avait duré presque jusqu'au soir, s'endormit au milieu des houris, après avoir raconté à Franceska la destination de la bourse d'or pour Bertuci et pour le chien, qui cheminaient bien tranquillement sur la route de Gratz. Il lui parlait aussi de son triomphe du lendemain.

— Le padischah te fera grand-vizir... — lui chuchotait sa femme.

Le pacha souriait et fermait les paupières. Le regard de Franceska brillait d'un profond mépris, qui se changeait en condescendance dès que le pacha entr'ouvrait les yeux. Hassan-pacha s'endormit, rêvant à la dignité de grand-vizir, à un somptueux *yali* sur les rives du Bosphore et à la vie de plaisir de la capitale.

Le lendemain, le commencement de l'attaque fut retardé jusqu'au moment du réveil du vizir, qui n'eut lieu que lorsque le muezzin eut appelé pour la seconde fois les fidèles à la prière. Dès l'aurore, Osman-bey traversait les rangs, couvert de son armure. Les soldats étaient sous les armes. Chaque minute de retard faisait croître son irritation. Mais le vizir... dormait. Un sommeil interrompu nuit à la santé. On ne pouvait se permettre à cet égard aucun manque de respect envers son supérieur. Il fallait attendre tranquillement que le vizir se fût éveillé, qu'il eût pris un bain de lait, qu'il eût fini son premier repas, qu'il se fût habillé et qu'il eût pris place sur son divan. On releva les toiles de la tente. Un spectacle peu ordinaire se découvrit aux yeux de Hassan-pacha : une sorte d'enclos entouré d'une circonvallation de terre et occupé par un troupeau de moutons blancs, — le costume des Uscoques produisait de loin cet effet — et enfermé tout à l'entour par une haie mobile de bataillons sombres, gris, blancs, bariolés et étincelants, et couverts de l'éclat des armes brillantes. Au milieu de la redoute s'élevait un étendard doré et chatoyant, et il flottait fièrement dans les airs. A côté de l'étendard se dressait un buntchouk.

Hassan-pacha regarda un instant en se caressant la barbe ; enfin il fit un signe et aussitôt un cavalier, qui n'attendait que cela, s'élança au galop du côté d'Osman-bey.

C'était le signal du combat. Peu après ce signal retentit le roulement des armes à feu, pareil au tonnerre qui suit un coup de foudre tombé dans les montagnes, et qui se répercute en mille échos. Seulement le tonnerre s'évanouit, et le roulement des détonations ne s'arrêtait pas. Il augmentait graduellement. Le roulement était accompagné de temps en temps par la grosse voix des canons, grondant dans le lointain. Au-dessus de la plaine la fumée tourbillonnait, se condensait et se suspendait au-dessus des champs en un nuage blanchâtre, de plus en plus épais.

La redoute ne répondit pas tout de suite à la fusillade turque. Longtemps elle resta silencieuse — silencieuse, calme, paisible — d'un silence et d'un calme pareil à celui des tonnerres qui sommeillent dans les nuages. Tout à coup, elle éclata. Les flammes étincelèrent en ligne brisée, au-dessus des tranchées; la fumée jaillit des canons de fusils, et au-dessus des retranchements il se forma un rempart de nuages et de fumée.

Pour Hassan-pacha, le spectacle était curieux et intéressant. Il agissait bien sur les nerfs. Le pacha était quelquefois ébranlé par les détonations. Mais la réputation de guerrier dont il jouissait ne lui permettait pas de ne pas sacrifier ce petit désagrément à l'immense plaisir d'assister à une œuvre de destruction opérée sur une grande échelle.

Le spectacle était si intéressant que non seulement Hassan-pacha le considérait, mais encore tout son harem. A travers les toiles discrètement écartées, les yeux brillants des odalisques s'égaraient sur la plaine, épiant le tourbillonnement de la fumée et le mouvement des colonnes. A l'une des fenêtres ouvertes Franceska était assise. L'expression de ses yeux était pleine de rêverie et d'une légère inquiétude, faisant place de temps en temps à des éclairs d'enthousiasme ou d'inspiration. Peut-être admirait-elle l'enthousiasme de cette poignée d'hommes qui en affrontaient témérairement des milliers. Toutefois, ce qui se reflétait de son âme sur son visage trahissait la satisfaction du présent et la tranquillité pour l'avenir.

De temps à autre on présentait à Hassan-pacha des boissons rafraîchissantes. Un esclave noir agitait un éventail de plumes touffues auprès de la tête du noble dignitaire. La journée était chaude. Cela se passait, en effet, le 20 juin 1593.

Osman-bey ne descendait pas de cheval. Sous une grêle de boulets, il parcourait les bataillons, les disposait, les encourageait, es envoyait en avant, les faisait reculer, dirigeait lui-même chaque manœuvre, contrôlait lui-même chaque mouvement. Son exemple réagissait sur les autres généraux. Chacun se trouvait personnellement à la tête de son contingent, et entre autres deux parents de sa femme, cousins du Padischah, Mustapha et Mohamed, le père et le fils, tous deux « sultanzade », parce que Mirmah, la fille de Suleyman le Grand, était la mère de l'un d'eux, la grand'mère de l'autre. Tous étaient poussés en avant, vers cette fourmilière qui vomissait de tous côtés un feu meurtrier, qui défiait l'ennemi par un étendard majestueux, et qui frappait entre tous Osman-bey, qui le mordait au cœur par la vue d'un buntchouck noir.

— Oh ! ce buntchouk ! gémissait le vieillard du fond de sa poitrine, en dardant sur la redoute des regards furieux.

Et il réunissait des forces de plus en plus considérables. Et il serrait le retranchement de plus en plus près. Et il criait aux bataillons :

— En avant, enfants du Prophète ! Au nom d'Allah !

— Allah ! Allah ! grognaient les bataillons.

Toutes les heures, toutes les deux heures, on arrêtait la fusillade. Les colonnes allaient à l'assaut.

Impossible de décrire cette effervescence de multitudes armées, qui se produisait à chaque fois qu'on en venait à se mesurer à l'arme blanche. Les Uscoques tiraient jusqu'au dernier moment, et lorsque l'ennemi se jetait dans le fossé et grimpait sur les échelles, ils sautaient sur le parapet et faisaient attention seulement à ce qu'aucune tête musulmane ne s'élevât au-dessus du rempart. Ils s'encourageaient mutuellement par les cris :

Udri ga ! Ne day se ! *

Et ils frappaient, et ils assommaient.

Le sang jaillissait. Les cadavres s'entassaient par monceaux.

Les plus vaillants bataillons d'Albanais et de janissaires passèrent par cette épreuve sanglante et durent reculer avec des pertes immenses.

* Assomme-le ! Ne te rends pas ! — cri de guerre des Slaves.

Chacune de ces retraites était pour les Uscoques un instant de répit. D'une voix tonnante ils envoyaient derrière l'ennemi le cri de :

— Jivio la Bosnie!...

Ils s'asseyaient, essuyaient la sueur de leurs fronts, et visitaient leurs armes.

Alors Djordji passait à la ronde et stimulait ses compagnons :

— Ce n'est rien encore... La fureur des Turcs augmente.

Pendant la lutte, là où le danger était le plus grand, et où Djordji apparaissait, le danger diminuait.

Le nombre des assiégés diminuait néanmoins de plus en plus, et cette diminution était très sensible, car la proportion numérique était de un à soixante. Pour chaque Uscoque, il y avait soixante Turcs. Les Uscoques le voyaient de leurs propres yeux. Mais ils ne s'en inquiétaient pas. Djordji leur avait annoncé ce combat, et ce qu'il avait annoncé s'était accompli à la lettre.

Quatre fois les Turcs furent repoussés des retranchements. Déjà le jour baissait, Osman-bey ne se possédait plus de fureur. Il volait devant les rangs l'épée à la main ; sa bouche écumait ; il jurait. Il rassembla toutes les troupes. Il les disposa. Il ordonna à l'artillerie de prendre une position d'où elle pourrait tirer sur les fuyards. Il réunit les spahias. Il descendit de cheval. Il se mit lui-même à la tête des janissaires. Il donna le signal de l'assaut suprême.

Les troupes s'ébranlèrent en masse compacte de tous les côtés à la fois.

Un feu meurtrier du haut des remparts, couchant sur le sol les premiers rangs, ne les arrêta pas.

Ils allèrent, ils arrivèrent, ils dressèrent les échelles ; ils se poussaient l'un l'autre, ils s'aidaient à monter ; les vivants se couvraient des cadavres ; ils s'élançaient sur les retranchements, comme une meute de chiens sur un sanglier abattu.

Et la redoute, semblable à un sanglier abattu, mais haletant encore, ripostait par les derniers coups de défenses.

Repoussés du parapet, les Uscoques se réunirent derrière la palissade, autour de l'étendard. Il n'y avait plus de salut pour eux. Et ils ne se souciaient pas du salut.

— *Udri ga!*

Ils frappaient, ils tuaient, ils assommaient, ils tombaient, disputant le dernier pied de terrain qui leur restait pour frapper encore.

— Fils de Widulitch! — vociféra une voix enrouée.

Djordji se retourna et aperçut devant lui un vieillard, une épée nue levée dans la main.

— Voilà pour le buntchouk de la tresse de Fatma!

Il abaissa l'épée avec violence. Mais se couvrir et frapper son adversaire fut pour Djordji l'œuvre d'un clin d'œil.

Le vieillard poussa un gémissement étouffé, chancela et tomba lourdement.

— Osman-bey! Sokolitch!... s'écria Djordji, le reconnaissant à cet instant.

Les bras lui retombèrent.

— *Udri ga!* retentissaient autour de lui les cris des Uscoques.

— *Ne day se!*

Djordji était devenu sourd, il était devenu muet, il s'oublia pour un instant. Il ne sentit pas la lance qui s'enfonça dans son côté, il ne sentit pas le coup de sabre qui s'abattit sur sa tête, il s'agenouilla auprès du vieillard secoué par les soubresauts de l'agonie. Ses yeux s'obscurcirent.

Il ne vit pas comme les Uscoques s'élancèrent de derrière les palissades contre l'ennemi rejeté en arrière.

Il n'entendit pas les fanfares des trompettes qui retentirent sur les hauteurs, remplissant la vallée de la Kupa d'échos différents de ceux du matin.

Il ne vit pas les rangs superbes d'armures brillantes, au-dessus de chevaux fringants, qui arrivaient sur le champ de bataille et tombaient, l'épée à la main, sur les multitudes effarées et accablées des enfants du Prophète.

Il n'entendit pas les cris de terreur des Turcs, à l'arrivée soudaine d'ennemis inattendus.

Il ne vit pas leur fuite précipitée vers le pont, et la rupture de celui-ci, et les élans désespérés des foules aveuglées par la terreur, dans les tourbillons de la rivière impétueuse, gonflée par la fonte des neiges de la montagne.

Il n'entendit pas les cris de triomphe des guerriers chrétiens et la publication à son de trompe de la victoire aux quatre vents du ciel.

Il ne vit pas le vieux ban, traversant pas à pas le champ de bataille, s'arrêtant avec stupeur devant les monceaux de cadavres, et répétant de temps en temps :

— Les vaillants !... les vaillants !... Il en restera quelque chose ; même quand ils n'y seront plus, nos arrière-petits-fils s'en souviendront... et ils jouiront des fruits produits par l'effusion de leur sang.

Ainsi parlait le vieux ban, en secouant gravement la tête.

Il ne pouvait cependant s'arrêter sur le champ de bataille. Sa présence était nécessaire à l'armée ; il devait examiner avant la nuit les résultats de la victoire, il devait prescrire les dispositions nécessaires.

Le soleil se coucha. Le crépuscule passa bientôt. Une magnifique nuit d'été descendit sur la terre, elle fit étincelcr au-dessus de la vallée des milliers d'étoiles sur l'azur sombre du ciel, que réfléchissaient les flots de la Kupa. Une brise légère dissipa les fumées de la bataille, et sans l'odeur du sang on aurait senti le parfum des fleurs ; sans les plaintes des blessés, sans le râle des mourants, on aurait entendu l'ébattement des cailles dans les blés, le chant de la cigale et le murmure de la rivière.

Les bruits lugubres du champ de bataille absorbaient les doux bruissements de la nature. C'est qu'il était horrible, horrible comme un spectacle plein d'épouvante, horrible comme un acte offensant la nature, horrible comme un fait historique pour l'empire ottoman, car c'est de ce désastre que commence la décadence réelle de la Turquie. Ce n'est pas sans raison que les historiens turcs désignent cette année sous le nom distinctif de *Bozghun Senesi* (l'année des Ruines). L'élite de la chevalerie turque, un grand nombre de beys, plusieurs parents du padischah, et le vizir de la Bosnie, Hassan-pacha lui-même, tombèrent sur les bords de la Kupa. Dans la panique produite par l'arrivée des armées chrétiennes, Hassan-pacha avait trouvé assez d'énergie pour chercher le salut dans la fuite. Ses esclaves l'emportèrent en litière sur le pont. Le pont se rompit sous le poids de la foule, et le noble pacha trouva la mort dans les flots de la Kupa.

Parmi ceux qui agonisaient dans la vallée, plus d'un aurait envié le sort du vizir. Car sa fin avait été légère, en comparaison de la fin de ceux qui agonisaient et ne pouvaient mourir.

A cette époque, il n'existait aucun secours médical sur les champs de bataille. Le blessé devait mourir, si la nature ne le guérissait pas. Aussi chacun de ceux qui étaient tombés attendait-il la mort comme une délivrance.

Notre héros était aussi tombé. Il n'attendait cependant pas la mort. Il avait été étourdi dans le premier instant et son étourdissement fut de longue durée. Enfin, il lui sembla qu'il se réveillait d'un profond sommeil. Il ouvrit les yeux. Il croyait être à Sègne, dans sa chambrette, non loin d'Annunziata; il croyait entendre le léger murmure de sa respiration; il étendit la main et il la retira avec horreur. Il avait touché un corps froid, glacé. Il se réveilla complètement. Il voulut se soulever. Il n'en eut pas la force. Il sentit une douleur à la tête, une douleur au côté. Il comprit, ou plutôt il devina dans quel état il se trouvait.

Il se mit à rassembler ses idées.

Il leva les yeux vers le ciel et aperçut la hampe du buntchouk, dressée à côté de lui.

— Le buntchouk?... André... je ne comprends pas... Les Turcs étaient si furieux !... Osman-bey.

Il revit dans son souvenir les murailles blanches du palais de Wichnitza, et la place, et sur cette place le pal, et sur le pal les cheveux blancs de son père; et puis un jardin et une jeune fille ravissante, pieds nus dans la rosée du matin. Il soupira.

— Que devient André?

Il ouvrait les lèvres et respirait l'air frais de la nuit qui arrivait à son terme. Les étoiles pâlissaient à l'orient. L'aurore nuançait l'horizon d'une coloration rosée.

— Le jour n'est pas loin, pensa-t-il. Et mes jours vont peut-être finir. Si je pouvais au moins la revoir encore!

Et il revit dans son souvenir le palais de marbre de Venise et dans ce palais une jeune fille admirable. Ce souvenir envahit toute sa pensée, et il la retint, faisant passer devant son imagination une suite de tableaux dans lesquels *elle* figurait invariablement, et auprès d'elle tour à tour la Morlaque à Venise, Pepita, le père Cyprien, Andréa Tiepolo, et sa vieille mère. Dans le dernier tableau, elle lui apparut sous le châtaignier, au milieu des fleurs.

Le jour parut.

Il leva la tête, regarda tout autour, partout des cadavres, et près de lui Osman-bey, étendu sur le dos, l'épée dans sa main glacée, le regard vitreux et encore menaçant, ombragé par des sourcils touffus et fixé sur le buntchouk noir.

Il crut entendre du mouvement, des conversations, des sanglots.

— Des vivants? ô mon Dieu!... qui est-ce qui pleure?...

Il lui semblait reconnaître dans les sanglots des accents familiers. Il était convaincu que c'était une illusion. Cependant, il souleva la tête et s'appuya sur le coude. Il vit de loin plusieurs personnes, des Uscoques, un moine, des femmes. Il reconnut sa mère. Il voulut l'appeler. Il gémit :

— Mère !

Avant que le gémissement ne se fût éteint, il était entouré, et la première qui se jeta sur lui fut *elle.*

— Annunziata !

Il sourit.

— Mon bien-aimé !.. mon adoré !.. mon Djordji !

La vieille femme courut vers son fils ; mais elle s'arrêta tout à coup, à la vue du cadavre d'Osman-bey. Elle poussa un cri de terreur. Ses jambes fléchirent ; elle tomba à genoux et trembla longtemps, saisie d'épouvante à la vue de ce spectacle terrible comme la justice et qui réveillait de si cruels souvenirs !

Avec quatre lances et un manteau, les Uscoques construisirent un brancard. Ils y posèrent Djordji avec précaution et le portèrent dans une des tentes abandonnées par les Turcs.

Annunziata et Louba ne quittaient pas, l'une son mari, l'autre son fils.

Le ban envoya son chirurgien qui lui pansa ses blessures. Le vieux général vint le visiter et le remercier ; il félicita sa mère de posséder un tel fils et consola Annunziata. L'exemple du ban fut suivi par les autres généraux. Djordji fut entouré de la sollicitude des siens et de l'armée, et peu à peu il reprit ses forces et guérit. Les blessures ne le rebutèrent pas du métier de la guerre. Dans le courant de la même campagne, qui, commencée en juin 1593, ne se termina qu'en novembre 1606, il conduisit encore les Uscoques au combat. On lui offrit à diverses reprises un rang élevé dans les armées impériales, mais il ne voulut jamais quitter les siens, persuadé qu'il remplissait ainsi un devoir que lui avait légué le sang de son père.

TABLE DU DEUXIÈME VOLUME

SECONDE PARTIE

I. Sous de bons auspices. 1
II. Le Fou. 30
III. Vers le même but. 62
IV. A diplomate diplomate et demi. . . . 94
V. Les comptes de Bertuci. 123
VI. Dans les ruines. 153
VII. Les inventions de Bertuci. 178
VIII. A Clissa. 211
IX. Manœuvres clandestines 243
X. Excès de bonheur. 275
XI. Chimères et illusions. 304
XII. Puissance de la confession 323
XIII. Deux fois la même ruse. 358
XIV. Gare aux femmes. 387
XV. Bozghun Senesi. 418

Paris. — Imprimerie F. Levé, rue Cassette, 17.

PARIS
IMPRIMERIE F. LEVÉ
17, RUE CASSETTE, 17

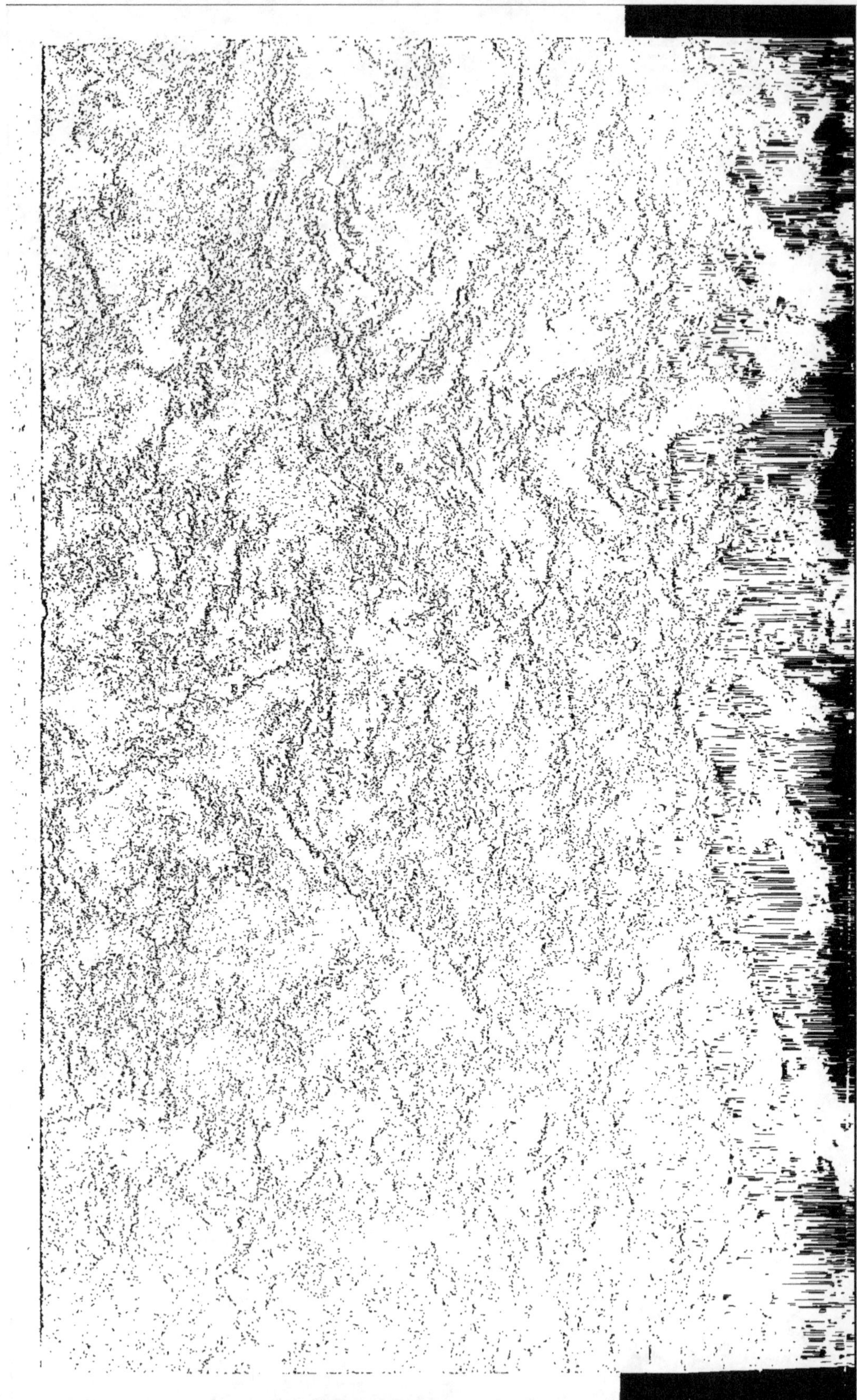

www.ingramcontent.com/pod-product-compliance
Lightning Source LLC
LaVergne TN
LVHW011301110826
845149LV00001B/215
* 9 7 8 2 0 1 3 7 1 3 7 3 3 *